Mulk Raj
Anand

Der
Unberührbare

Zu diesem Buch

Bakha lebt in einer von Kloaken umgebenen Lehmhüttensiedlung am Rande der Stadt, dort, wo all die aus der Hindugesellschaft Ausgestoßenen wohnen: die Lederarbeiter, die Wäscher, die Barbiere, Wasserträger, Schinder, Grasmäher.

Wenn er in der Stadt seiner Arbeit nachgeht, spürt er auf Schritt und Tritt die Erniedrigung. Aus Versehen berührt er einen Hindu hochgestellter Kaste. Diese Katastrophe und ihre Folgen lasten nun wie ein Fluch über allem, was er tut – bis am Abend eine riesige Menschenmenge zusammenströmt. Mahatma Gandhi spricht von den Kindern Gottes, wie er die Ausgestoßenen nennt, und verlangt die Aufhebung der Unberührbarkeit. In Bakha wird eine Hoffnung wach.

Der Autor

Mulk Raj Anand ist 1905 geboren und studierte in Indien und England. Seine Romane, die seit den dreißiger Jahren erscheinen, machten ihn zur herausragenden Gestalt der neuen indischen Literatur. Sein Werk ist ein großangelegtes Panorama Indiens von den Spitzen der Gesellschaft bis in die Tiefen der Verstoßenen. Von Mulk Raj Anand sind im Unionsverlag auch »Maharadscha« und »Gauri« lieferbar.

Mulk Raj
Anand

Der
Unberührbare

Aus dem indischen Englisch von
Joseph Kalmer

Nachwort von
Dieter Riemenschneider

Unionsverlag
Zürich

Die englische Originalausgabe erschien 1935
unter dem Titel *The Untouchable*
und wurde 1970 vom Autor überarbeitet.
Für die vorliegende Ausgabe hat Brigitte Axter
die Übersetzung nach der Fassung von 1970 revidiert.

Unionsverlag Taschenbuch 18
Erste Auflage 1992

Rieterstrasse 18, CH-8059 Zürich
Telefon (0041) 01-281 14 00

Umschlaggestaltung: Heinz Unternährer, Zürich
Druck und Bindung: Clausen und Bosse, Leck
ISBN 3-293-20018-4

1 2 3 4 5 - 95 94 93 92

Die Siedlung der Ausgestoßenen bestand aus Lehmhütten, die sich in zwei Reihen zusammendrängten. Sie standen im Schatten sowohl der Stadt als auch des Militärlagers, jedoch außerhalb und von ihnen abgesondert. Hier wohnten die Latrinenreiniger, die Gerber, die Wäscher, die Barbiere, die Wasserträger, die Grasmäher und andere aus der Hindugesellschaft Ausgestoßene. In der Nähe der Hüttenzeile floß ein Bach, dessen einst kristallklares Wasser nun vom Kot und Unrat der öffentlichen Latrinen an seinen Ufern verunreinigt war. Der Geruch der Häute und Felle von Kadavern, die am Bach zum Trocknen ausgebreitet waren, stand in der Luft. Beißende, erstickende, stechende Dünste stiegen aus dem Kot von Eseln, Schafen, Pferden, Kühen und Büffeln auf, der dort zu Haufen zusammengekehrt war, um festgestampft und zum Heizen verwendet zu werden. Da eine Kanalisierung nicht vorhanden war, hatten die Regenfälle der verschiedenen Jahreszeiten die Gegend in einen Sumpf verwandelt, der den widerlichsten Gestank ausströmte. Mit einem Wort, die Berge menschlicher und tierischer Abfälle an ihrem Rande und der Schmutz, die Häßlichkeit und das Elend in dieser Siedlung machten sie zu einem »unangemessenen« Wohnort.

Zumindest war Bakha dieser Ansicht, der achtzehnjährige, kräftige und gutgewachsene Sohn des Dschemadars Lakha; dieser war Oberhaupt aller Straßenkehrer der Stadt und des Militärlagers und hatte das Amt, sich um die drei Reihen öffentlicher Latrinen zu kümmern, die am

Erklärungen indischer Worte finden sich auf Seite 207.

äußersten Rande der Siedlung den Bach säumten. Doch hatte Bahka auch einige Jahre lang, sozusagen probeweise, als Gehilfe eines entfernt verwandten Onkels in der Kaserne eines britischen Regiments gearbeitet und war vom Glanz des Lebens des »weißen Mannes« überwältigt worden. Die Tommys hatten ihn als menschliches Wesen behandelt, und er hatte sich daran gewöhnt, sich als etwas Besseres als seine Pariabrüder zu betrachten. Die übrigen Ausgestoßenen – vielleicht mit Ausnahme des Gerbersohnes Tschota, der sein Haar verschwenderisch pomadisierte und sich, wie die Engländer, einen Scheitel zog, beim Hockeyspiel Shorts trug und Zigaretten rauchte, und des Wäschersohnes Ram Tscharan, der wieder Tschota und Bakha nachäffte – waren mit ihrem Los zufrieden.

Wie »unangemessen« sein Heim war, fiel Bakha ein, als er halb wach an einem Herbstmorgen in einem Winkel der feuchten, schmierigen Lehmhütte lag; er war mit einer fadenscheinigen, schmutzigen Wolldecke zugedeckt und lag auf einem verschossenen, einst blauen Teppich, der auf den Boden des einzigen Raumes gebreitet war. Die Schwester schlief auf einer Bettstelle neben ihm; etwas weiter weg schnarchten Vater und Bruder, die unter einer geflickten ockerfarbenen Steppdecke auf einem zerbrochenen, aus Stricken geflochtenen Bett schliefen.

Die Nächte waren, wie immer in Bulaschah, kalt, ebenso kalt, wie die Tage heiß waren. Und wiewohl Bakha, im Winter wie im Sommer, in den Kleidern schlief, die er tagsüber trug, war der bittere Wind, der bei Morgengrauen vom Bach herüberblies, durch die unzulängliche wollene Decke, den Mantel, die Kniehosen, die Wickelgamaschen und die Feldstiefel der Militäruniform, die Bakha anhatte, bis zur Haut durchgedrungen.

Es fröstelte ihn, als er sich auf die andere Seite drehte. Aber er hatte gegen die Kälte nicht gar zu viel einzuwenden und ertrug sie willig, weil er eine ganze Menge Bequemlichkeiten um dessentwillen zu opfern bereit war, was er »die Mode« nannte. Er verstand darunter die Kunst, Hosen, Breeches, Mantel, Wickelgamaschen, Stiefel usw. zu tragen, wie sie die britischen und indischen Soldaten in Indien trugen. »Du Mutterschänder«, hatte sein Vater ihn einmal beschimpft, »nimm eine Steppdecke, leg Bettzeug auf ein Strickbett, und schmeiß diese Wolldecke der verdammten weißen Männer weg; in diesen dünnen Kleidern wirst du vor Kälte krepieren.« Aber Bakha war ein Kind des modernen Indien. Der gute Schnitt der europäischen Kleidung hatte auf sein einfältiges Gemüt einen unauslöschlichen Eindruck gemacht. Als er, mit seinem Onkel, zum erstenmal in der britischen Regimentskaserne Quartier bezog, hatte Bakha die Tommys angeschaut, hatte sie voll Verwunderung und Staunen angestarrt. Während seines Aufenthaltes dort hatte er einen flüchtigen Blick auf das Leben zu werfen vermocht, wie es die Tommys lebten; sie schliefen auf seltsamen, niedrigen Zeltleinwandbetten, die dick mit Wolldecken bedeckt waren; aßen Eier, tranken Tee und Wein aus Blechbechern, gingen auf den Exerzierplatz und spazierten nachher, die Zigarette im Mund und den Rohrstock mit Silberknauf in der Hand, zum Basar hinunter. Und bald war Bakha von der Sehnsucht überwältigt worden, wie die Engländer zu leben. Man hatte ihm gesagt, sie seien Sahibs, und das hatte in ihm das Gefühl erweckt, daß ihre Kleider zu tragen auch ihn zu einem Sahib machen würde. Also versuchte er, sie in allem nachzuahmen, so gut es eben die Umstände seines besonderen indischen Lebens erlaubten. Einen Tommy hatte er gebeten, ihm ein Paar Hosen zu schenken. Der Mann hatte ihm ein Paar Breeches gegeben, die er entbehren konnte. Ein Hindu-Sepoy, der zum Heil seiner eigenen Seele ein gutes Werk tun wollte, war so gutherzig gewesen, ein Paar Militärschuhe und Wickelgamaschen zu stiften. Für die anderen Dinge war er zum Lumpenhändler in die Stadt hinuntergegangen. Lange, sehr lange hatte er den Laden betrachtet. Seit frühester Kindheit pflegte er an dem hölzernen Verkaufsstand vorbeizuschlendern, auf dem, zu Bergen geschichtet, von den Tommys abgelegte oder verpfändete rote und Khakiuniformen lagen, schneidige Tropenhelme, Schirmmützen, Messer, Gabeln, Knöpfe, alte Bücher und andere Überbleibsel anglo-indischen Lebens. Und es hatte Bakha danach gehungert, sie in die Hand zu nehmen. Doch hatte er nie genug Mut aufgebracht, zum Händler hinzugehen und ihn nach dem Preis zu fragen, der seine Mittel vielleicht überstieg. Und hatte der Mann nicht auch an Bakhas Art zu sprechen erkannt, daß er es mit einem Latrinenreiniger zu tun hatte? Und so hatte er nur geglotzt und geglotzt und sich heimlich an der Vielfalt der merkwürdigen, gut geschnittenen Stücke geweidet. ›Wie ein Sahib werd' ich aussehn‹, hatte er heimlich zu sich selber gesagt. ›Und ich werd' wie sie auftreten. Genauso wie sie, zu zweit, mit Tschota als meinem Gefährten. Aber ich hab' kein Geld, die Sachen zu kaufen!‹ War er so weit, dann pflegte sein Traumbild sich in nichts aufzulösen. Niedergeschlagen und schweren Herzens entfernte er sich von dem Laden. Dann hatte er das Glück gehabt, in der britischen Kaserne zu etwas Geld zu kommen. Den Lohn, den er dort empfing, mußte er natürlich dem Vater geben, aber die Trinkgelder, die er von den Tommys bekommen hatte, beliefen sich auf zehn Rupien, und obgleich er nicht alle die Dinge kaufen konnte, die er im Laden des Lumpenhändlers hatte erstehen wollen, so war er doch imstande gewesen, die Jacke, den Mantel und die Wolldecke zu kaufen, unter der er nun schlief, und ein paar Annas zu behalten, für die er sich den Genuß einiger

Zigaretten leisten konnte. Sein Vater war über diese Verschwendung wütend gewesen, und die Jungen der Ausgestoßenensiedlung, nicht einmal Tschota und Ram Tscharan ausgenommen, machten sich über ihn lustig, rissen Witze über die neue Ausstattung und nannten ihn »Talmi-Sahib«. Und natürlich wußte er, daß, von seinen englischen Kleidungsstücken abgesehen, nichts an seinem Leben englisch war; dennoch wich er von seinem neuen Stil nicht ab, legte weder bei Tag noch bei Nacht seine Kleider ab, hütete sie vor der niedrigen Befleckung durch Indisches, und obwohl er nachts meist vor Kälte zitterte, deckte er sich dennoch nie mit der groben, indischen Steppdecke zu.

Ein scharfer Kälteschauer durchlief nun seine warme massige Gestalt. Er hatte das Gefühl, daß sich ihm jedes einzelne Haar sträube. Er drehte sich auf die andere Seite und wartete darauf, daß irgend etwas – er wußte nicht, was – geschehe. Diese Nächte – so kalt und unbequem! – waren schrecklich. Er liebte die Tage, weil tagsüber die Sonne schien und er nach getaner Arbeit seine Kleider mit einem Lappen reinigen und auf die Straße hinausspazieren konnte, das Objekt des Neides aller seiner Freunde und der auffälligste Mann in der Pariasiedlung. Aber die Nächte! ›Ich muß zu einer zweiten Decke kommen‹, sagte er sich. ›Dann wird der nicht mehr verlangen, daß ich eine Steppdecke drüber tu. Immerfort beschimpft er mich. Ich mach' doch die ganze Arbeit für ihn. Und ich werfe ihm nicht vor, daß er mir das ganze Geld wegnimmt. Er hat vor den Sepoys Angst. Sie beschimpfen ihn. Und er beschimpft mich. Zufrieden ist er nur, wenn sie ihn »Vorsteher« nennen. So stolz ist er auf seinen Ruf. Tut nichts, als umhergehn und sich von jedermann mit Salams grüßen lassen. Ich hab' keinen Augenblick Ruhe, und dennoch beschimpft er mich. Und wenn ich mit den Burschen spielen gehe, dann ruft er mich mitten im Spiel und heißt mich die Latrinen reinigen. Er ist alt. Er hat keine Ahnung von den Sahibs. Und jetzt wird er rufen und mir befehlen aufzustehn. Und dabei ist es so kalt! Er wird im Bett liegen bleiben, und Rakha und Sohini werden noch schlafen, wenn ich schon zu den Latrinen gehe.‹ Ein Gefühl des Schmerzes war in ihm erwacht und grub Falten in sein rundlich-breites, dunkles Gesicht, so daß in seine sonst gefälligen Züge ein verzerrter, häßlicher Ausdruck trat. Und so lag er da, in Erwartung des väterlichen Rufes, voll Haß, ihn hören zu müssen, aber doch in bebender Erwartung – des derben, einschüchternden Befehls, sich zu erheben.

»Steh auf, he, Bakha, du Sohn einer Sau«, kam jetzt seines Vaters Stimme aus der Tiefe eines unterbrochenen, nervenzerreißenden Schnarchens und gelangte mit der Sicherheit einer Kugel an ihr Ziel. »Steh auf, und mach dich an die Latrinen, sonst werden die Sepoys zornig.«

Der alte Mann schien allmorgendlich um dieselbe Zeit instinktiv für einen Augenblick zu erwachen, um dann unter der speckigen, dicken, verschossenen, geflickten Steppdecke wiederum in geräuschvollen Schlaf zu versinken.

Als er den Vater rufen hörte, öffnete Bakha halb die Augen und versuchte den Kopf vom Boden zu heben. Er ärgerte sich über das Schimpfen, weil er sich an diesem Morgen ohnehin mutlos fühlte. Die Haut an den Backenknochen seines Gesichtes wurde blaß vor Zorn. Seine Gedanken wanderten zurück zu dem Morgen, an dem seine Mutter gestorben war und sein Vater, im Glauben, er schliefe noch und würde überhaupt nicht aufstehen, ihn angeschrien hatte, obwohl er, Bakha, vollständig wach gewesen war. Das war der Anfang der späteren väterlichen Weckrufe am frühen Morgen, denen er sich anfangs gelegentlich mit gespielter Taubheit widersetzt hatte und die er nun gereizt überhörte. Nicht daß er nicht hätte aufstehen können; seine Mutter hatte ihn zu frühem Aufstehen angehalten, und so wachte er für gewöhnlich recht zeitig auf. Sie pflegte ihm dann aus der dampfenden irdenen Pfanne – diese stand immer auf den beiden Backsteinen mit dem Abstand dazwischen, die in einem Winkel dieser aus einem einzigen Raum bestehenden Hütte als Ofen oder Feuerstelle dienten – einen Messinghumpen voll einer siedendheißen Mischung aus Wasser, Teeblättern und Milch zu geben. Der Geschmack dieser heißen, zukkersüßen Flüssigkeit war so köstlich, daß Bakha schon am Vorabend des Genusses das Wasser im Munde zusammenlief. Und nachdem er sie genossen hatte, pflegte er seine Kleider anzuziehen und sich glücklich und zufrieden an die Arbeit an den Latrinen zu machen. Als die Mutter starb und ihm die Sorge um die Familie zufiel, gab es kaum noch Zeit, sich um derlei Annehmlichkeiten und Bequemlichkeiten wie den frühmorgendlichen Becher Tee zu kümmern. So gewöhnte er sich daran, ohne ihn auszukommen, bewahrte sich jedoch eine liebevolle Erinnerung an jene Tage, in denen er nicht nur die schmackhaften gewürzten Köstlichkeiten des Frühstücks genoß, sondern auch andere glanzvolle Ereignisse des Daseins, die schönen Kleider, die die Mutter ihm kaufte, die häufigen Besuche in der Stadt und die leeren Tage, die er mit Spielen vertat. Oft dachte er an die Mutter, diese kleine, dunkle Gestalt, die, nur mit Jacke, Pluderhosen und einer Schürze bekleidet, während des Kochens oder bei der Heimarbeit gebeugt einherging, die ein wenig zu altmodisch war für seine zunehmend modernen Neigungen, die Inderin war bis ins Mark, was zuweilen recht unbequem sein konnte, da sie es ungern sah, daß er anspruchsvolle europäische Kleider trug, die aber doch so voll Zärtlichkeit war, so gütig und dabei so großzügig; gebend und immer wieder gebend, kaufte sie ihm die verschiedensten Dinge und war die Güte selbst. Und doch fühlte er keine Trauer, weil sie nun tot war. Er konnte einfach in die Welt, in der er lebte, keine Trauer tragen, diese Welt seiner englischen Kleider und der Zigaretten, denn die Mutter schien ihm nicht von dieser Welt zu sein und keine Bindung an sie zu haben.

»Bist du noch nicht aufgestanden? Auf, du Bastard!« ertönte von neuem der Ruf des Vaters und brachte den Jungen zur Verzweiflung.

»Grobian«, stieß Bakha tonlos hervor und lauschte den letzten Lauten der Stimme des Vaters, die in einem polternden asthmatischen Husten untergingen. Er schüttelte sich und lehnte, dem Vater aus reiner Verstocktheit den Rücken kehrend, die Herausforderung ab, die der dunkle, schäbige, überfüllte Raum gleichzeitig mit den Schmähungen des Vaters an ihn hatte ergehen lassen. Jetzt spürte er, daß seine Knochen vor Kälte steif geworden waren, sein Fleisch gefühllos. Einen Augenblick lang glaubte er zu fiebern. Heiß und feucht sickerte es ihm aus den Augenwinkeln. Eines der Nasenlöcher schien verstopft zu sein. Schnuppernd zog er die Luft ein und bemühte sich, sein Atmen der verbrauchten Luft des Winkels anzupassen, dem er sein Gesicht zuwandte. Auch der Hals schien angegriffen; jeder Atemzug reizte höchst unangenehm die Luftröhre. Er begann sich zu räuspern, um Nase und Kehle zu erleichtern, doch sobald ein Atemzug den verstopften Kanal durchdrang, schloß sich der andere. Ein Hustenanfall erschütterte seine Kehle, und er spuckte wütend in die Ecke, in der er lag. Er stützte sich auf den Ellbogen und schneuzte sich unter den Teppich aus, auf dem er lag. Dann sank er zurück, zog die Beine hoch und kuschelte sich, mit in den Armen vergrabenem Kopf, unter die dünnen Falten seiner Decke. Es war ihm sehr kalt, aber er schlief wieder ein.

»He, Bakha! He, Bakha! O du mißratener Sohn eines Latrinenreinigers! Komm, und säubere eine Latrine für mich«, schrie jemand vor der Hütte.

Bakha riß sich die Decke vom Leibe, streckte Arme und Beine, um den Halbschlaf, der an ihm haftete, abzuschütteln, und sprang, gähnend und die Augen reibend, auf. Für einen Augenblick bückte er sich und rollte Matte und Decke zusammen, um für die Geschäftigkeit des Tages Platz zu machen, dann eilte er beflissen zur Tür, weil ihm schien, daß der Mann draußen wieder erbost und ungeduldig rufe.

Draußen stand ein kleiner schmächtiger Mann, nackt bis auf sein Lendentuch, mit einem kleinen Messingkrug in der Hand. Auf dem Kopf trug er ein rundes weißes Käppchen aus Baumwolle, an den Füßen Holzsandalen. Den Zipfel seines Lendentuches hatte er zur Nase gehoben.

Es war der bekannte Hockeyspieler Feldwebel Tscharat Singh vom 38. Dogras-Regiment, ebenso berühmt als Witzbold wie für seine chronischen Hämorrhoiden, die er mit typisch indischer Offenheit eingestand.

»Warum sind die Latrinen nicht sauber, Bakha, du Schlingel? Nicht eine einzige, der man auch nur nahekommen möchte! Ich hab' die Runde gemacht! Bist du dir darüber klar, daß du meine Hämorrhoiden auf dem Gewissen hast? Beim Hocken auf einer dieser dreckigen Latrinen hab' ich mich angesteckt.«

»Schon gut, Feldwebel. Werd' dir sofort eine herrichten«, sagte Bakha zurückhaltend und holte Bürste und Korb von dem Platz, wo diese Geräte die Hausfront zierten.

Er arbeitete flink und eifrig, doch ohne Kraft zu vergeuden. Schnell, aber stetig. Er war imstande, sich bei einer in Angriff genommenen Aufgabe so ins Zeug zu legen, daß die Arbeit wie Wasser aus einer Quelle ohne Unterbrechung dahinfloß. Jeder Muskel seines Körpers war stahlhart und leuchtete, sobald er in Tätigkeit trat, wie Glas. Er mußte riesige Kräfte aufgespeichert haben, die tief, tief in seinem Körper schlummerten, denn wie er so mit beachtenswerter Geschicklichkeit von einer türlosen Latrine zur anderen eilte, schien er unbeschwert wie eine Welle, die auf einem tief eingebetteten Strom dahinsegelt. ›Welch ein geschickter Arbeiter‹, hätte ein Zuschauer sagen müssen. Wiewohl es sich um ein schmutziges Gewerbe handelte, blieb er verhältnismäßig sauber dabei. Nicht einmal die Ärmel beschmutzte er sich, wenn er die Abortsitze anfaßte, sie abwischte und schrubbte. ›Ein wenig zu gut für sein Gewerbe‹, hieß es immer, ›nicht der Mann für solche Arbeit.‹ Denn er wirkte intelligent, sogar feinfühlig, und hatte eine Würde, die dem durchschnittlichen Latrinenreiniger abgeht, der ja in der Regel grobschlächtig und unsauber ist. Vielleicht war es die Hingabe an seine Arbeit, die ihm dieses vornehme Aussehen verlieh und ihn aus dieser übelriechenden Welt heraushob, oder vielleicht die exotische Kleidung, so lose sie auch um seinen Körper schlotterte. Feldwebel Tscharat Singh, der wie alle Hindus ein ausgesprochenes Gefühl für makellose Sauberkeit besaß, war beim Anblick Bakhas überrascht, als er nach einer schmerzhaften halben Stunde von der Latrine kam. Hier war ein Mann von niederer Kaste, der sauber zu sein schien. Er wurde etwas verlegen, und obwohl er an Bakha davon nicht einmal andeutungsweise etwas wahrnahm, so überkam ihn doch wieder der übertriebene Abscheu des »zweimal geborenen« Hindus hoher Kaste vor Gestank. Er lächelte selbstzufrieden. Dann aber vergaß er seine hohe Kaste, und das ironische Lächeln in seinem Gesicht wurde zu einem kindlichen Lachen.

»Du wirst ja ein richtiger ›Gentreman‹, Bakha! Wo hast du denn diese Uniform her?«

Bakha war verlegen, wußte er doch, daß er kein Recht darauf hatte, einen Sahib nachzuäffen, also murmelte er demütig: »Husur, alles durch deine Gnade.«

Tscharat Singh war freundlich gestimmt, das Grinsen, das sechstausend Jahre Rassen- und Kastenüberlegenheit symbolisierte, schwand nicht von seinem Gesicht. Um jedoch sein Wohlwollen zu zeigen, sagte er: »Komm heut nachmittag, Bakha. Ich geb' dir einen Hockeyschläger.« Er wußte, daß der Junge ein guter Spieler war. Bakha reckte sich. Er war dankbar, doch überraschte ihn Tscharat Singhs Angebot. Diese spontane Geste eines der besten Hockeyspieler des Regiments war für Bakha ein Geschenk Gottes. Einen Hockeyschläger. ›Möcht' gern wissen, ob's ein neuer sein wird‹, überlegte er und stand da und lächelte in einer seltsamen, dankerfüllten Demut. Tscharat Singhs großzügiges Versprechen hatte in Bakha die von den Ahnen ererbte Unterwürfigkeit ausgelöst, die Schwäche der Getretenen, die Hilflosigkeit der Armen und Bedürftigen, denen plötzlich Hilfe wird, die fügsame Ergebenheit des Erniedrigten, die plötzlich durch die Aussicht auf Erfüllung eines geheimen, lange gehegten Wunsches erhellt wird. Er grüßte seinen Wohltäter und bückte sich, um seine Arbeit fortzusetzen.

Ein sanftes Lächeln geisterte noch um seine Lippen, das Lächeln eines von der Leutseligkeit seines Herrn überwältigten Sklaven, das eher Stolz als Glück zum Ausdruck bringt. Und schließlich begann er zu singen. Beschwingten Schrittes eilte er von einer Mühsal zur anderen; ein Wunder an Beweglichkeit, tanzte er durch seine Arbeit. Nur schwankte sein Körper dabei einmal so heftig, daß sich die Falten seines Turbans lösten und die Knöpfe seines Mantels aus den ausgewetzten Knopflöchern glitten. Doch ließ er sich dadurch in seiner Arbeit nicht behindern. Ungeschickt raffte er seine losen Kleidungsstücke zusammen und setzte seine Tätigkeit fort.

Einer nach dem anderen kamen nun Männer auf die Latrinen zu. Die meisten von ihnen waren Hindus. Bis auf das Lendentuch nackt, trugen sie einen Messingkrug in der Hand und hatten den heiligen Faden um ihr linkes Ohr gewunden. Mitunter kam ein Mohammedaner, in langem weißem Baumwollhemd und Pluderhosen, immer mit einem großen Kupferkessel in den Händen.

Bakha unterbrach den Rhythmus seiner Arbeit, um sich mit dem Ärmel den Schweiß von der Stirn zu wischen. Das wollige Gewebe rieb die Haut rauh, doch machte es sie auch prickelnd warm, und da der Reiz angenehm war, arbeitete Bakha mit jener frischen Kraft weiter, die gerade ein Unbehagen dem Körper manchmal verleiht. ›Die Arbeit ist bald getan‹, sagte er sich, als er einen Teil seiner täglichen Arbeit nahezu beendet sah. Aber die Beendigung eines Arbeitsvorganges bedeutete noch kein Entkommen in ein Lotterleben. Nicht daß er arbeitsscheu gewesen wäre oder sich des Nichtstuns gefreut hätte. Ohne daß er sich dessen bewußt gewesen wäre, war Arbeit für ihn eine Art Rauschzustand, dem er die blühende Gesundheit verdankte und den tiefen Schlaf. Und so arbeitete er ohne Unterbrechung weiter, ohne Atempause, obwohl die heftige Beanspruchung seiner Glieder ihn nach Luft schnappen ließ.

Als er schließlich im Laufe des Vormittags zum zweitenmal das Ende der dritten Latrinenreihe erreicht hatte, spürte er einen Krampf im Rücken und richtete sich aus der gebückten Stellung auf, in der er die ganze Zeit gearbeitet hatte. Er blickte in Richtung der Stadt. Ein leichter

Dunst stieg vor ihm auf; eine Art Schirm war über dem schwelenden Feuer des Ofens aufgestiegen, in dem er am Abend zuvor den Unrat verbrannt hatte, und mischte sich nun mit den dunstigen Lämmerwölkchen, die vom Spiegel des Baches emporschwebten. Durch den dünnen Schleier sah er die halbnackten braunen Körper der Hindus, die auf die Latrinen zueilten. Diejenigen, die den Besuch der Latrinen schon hinter sich hatten, scheuerten ihre kleinen Messingkrüge mit dem Lehm vom Bachufer. Andere wuschen sich und sangen dazu: »Ram re Ram«, »Hari Ram« – am Wasser hockend, rieben sie sich die Hände mit ein wenig weicher Erde ab, wuschen sich die Füße und Gesichter, kauten an Ästchen, die sie mit den Zähnen zu Bürsten gebissen hatten, spülten sich den Mund, gurgelten und spuckten geräuschvoll in den Bach, zogen mit der Nase Wasser auf und schneuzten sich wütend und großtuerisch. Seit er in den englischen Kasernen gearbeitet hatte, schämte sich Bakha der indischen Art, Waschungen vorzunehmen, und all dieses Gurgelns und Spuckens, von dem er wußte, daß es den Tommys zuwider war. Er erinnerte sich sehr wohl, wie die Tommys die Eingeborenen beschimpften: »Kala admi zamir par hagne walla – Schwarzer Mann, der du deine Notdurft auf der Erde verrichtest.« Und doch hatte er selbst sich geschämt, als die Tommys nackt zu den Badewannen laufen sah. ›Schändlich‹, hatte er sich gesagt. Und doch, das waren Sahibs. Was immer sie taten, war modern, seine eigenen Landsleute aber waren »natus« (Eingeborene). Es belustigte ihn, wie es einen Engländer wohl belustigen mochte, wenn er einen Hindu beobachtete, der sein Lendentuch lockerte und sich unter hastigem Absingen ekstatischer Hymnen zuerst den Nabel und dann den Rücken mit Wasser übergoß. Und er beobachtete mit Verachtung und Mißfallen das unanständige Benehmen eines Mohammedaners, der sich zur Vorbereitung eines Besuches der Moschee mit tief in den Hosen vergrabenen Händen auf rituelle Art reinigte. ›Was mögen die wohl beim Beten alles sagen?‹ fragte er sich. ›Warum sitzen, stehen, bücken sie sich oder knien sie, als ob sie Freiübungen machen?‹ Er erinnerte sich, einmal Ali, den Sohn eines Regimentsmusikers, gefragt zu haben, warum sie das täten, aber Ali verweigerte entrüstet die Antwort und behauptete, Bakha beschimpfe seinen Glauben. Und er erinnerte sich an den wohlbekannten Anblick all der nackten Hindumänner und Frauen, die man jeden Morgen außerhalb der Stadt im Freien niederhocken sah. ›So schamlos‹, dachte er, ›und es scheint ihnen ganz gleichgültig zu sein, wer ihnen zuschaut, wenn sie so dasitzen. Darum rufen ihnen ja die verdammten Weißen nach: »Schwarzer Mann, der du deine Notdurft auf der Erde verrichtest ...« Warum kommen sie denn nicht hierher?‹ Aber dann fiel ihm ein, daß er, wenn sie tatsächlich alle zu den Latrinen kämen, mehr Arbeit hätte, und der Gedanke bereitete ihm Unbehagen. Viel angenehmer war es, sich an Stelle des Vaters die Straßen fegen zu sehen. ›Das ist leichte Arbeit‹, sagte er sich. ›Da werde ich nur den Kuh- und Pferdedung mit einer Schaufel aufzunehmen und den Straßenstaub mit einem Besen wegzufegen haben.‹

»Nicht eine einzige Latrine ist sauber. Für den Lohn, den du bekommst, mußt du arbeiten.«

Bakha wandte sich hastig um und erblickte Ramanand, den verdrießlichen alten, dunkelhäutigen Geldverleiher, der ihn in seinem scharfen südlichen Akzent anrief. Mit gefalteten Händen verbeugte sich Bakha vor Ramanand, der ihn streng anblickte; er hatte goldene, mit Rubinen besetzte Ringe an den Ohren, trug über seinem Schmerbauch ein Lendentuch und ein Hemd aus durchsichtigem Musselin und auf dem Kopf eine merkwürdige Art Käppchen aus Stricken statt eines Turbans. »Maharadsch«, sagte Bakha, lief zu den Latrinen hin und machte sich wieder ans Werk.

Und er stürzte sich mit so großem Eifer in die Arbeit, daß er sich der neuerlichen Anstrengung kaum bewußt wurde. Während der Viertelstunde, die er zur vierten Runde entlang der Latrinen brauchte, achtete er weder auf die Zeit noch auf den Schweiß, der ihm von der Stirn rann. Ein Gefühl der Überlegenheit erfaßte ihn, als er fertig war.

Die Rauchwölkchen, die stoßweise aus dem Schornstein neben seinem Haus aufstiegen, erinnerten ihn an das nächste Geschäft, das er zu verrichten hatte. Mit halbem Herzen machte er sich daran und begann, nachdem er eine kurze Pause gemacht hatte, um eine dreizackige Schaufel aufzuheben, die Öffnung der niedrigen Backsteinpyramide mit dem Stroh zu stopfen, das er in den Latrinen in Körben gesammelt hatte.

Hälmchen flatterten hoch, als er den Unrat in den Kamin schaufelte; die kleinsten blieben an seinen Kleidern hängen, die größeren fielen zu Boden, wo er sie mit seinem Besen zusammenfegen mußte. Aber er arbeitete, ohne sich dessen bewußt zu sein. Diese Stumpfheit oder Leere dauerte längere Zeit. Es war eine Art Fühllosigkeit, von der Art seiner Beschäftigung verursacht, eine dicke Haut, die ihn vor den abscheulichsten Empfindungen zu schützen hatte. Über die strohgefüllten Körbe gebeugt, raffte er eine Schaufel nach der anderen voll und schleuderte den Unrat auf den Rost, bis er verstopft war und nichts mehr aufnehmen konnte. Dann griff er nach einem langen Haken und schürte das Feuer. Es flackerte augenblicklich auf und erhellte plötzlich mit seinen tanzenden roten, goldenen und schwarzen Flammen den Ofen, eine böse, zerstörerische Gewalt, etwas, das außerhalb existierte, das mit dem gehäuften Stroh, von dem es sich nährte, nichts mehr zu tun hatte.

Von der Hitze kribbelte Bakha, der vor dem Ofen stand, das Blut in den Adern. Sein dunkles Gesicht strahlte in seltsamer Schönheit. Der schweren körperlichen Arbeit verdankte er den schönen Wuchs. Er sah wie aus einem Guß aus, war ein wundervoll geschlossenes Ganzes, und von alledem schien der edle Ausdruck herzurühren, der so seltsam im Gegensatz stand zu seinem ekelhaften Beruf und der untermenschlichen gesellschaftlichen Rangstufe, zu der er durch seine Geburt verdammt war.

Es war ein langwieriges Geschäft und dauerte fast zwanzig Minuten, doch spürte Bakha nichts von der Anstrengung, die er bei der Arbeit vorher gefühlt hatte. Die züngelnde Flamme schien sich ihm zu verbünden, schien ein Gefühl der Macht, die Macht der Zerstörung, auf ihn zu übertragen, ihn mit einem herrischen Instinkt zu erfüllen, dem eines Opfernden verwandt. Verbrennen oder Zerstören war für ihn gleichbedeutend mit Reinigung. Seine Mutter hatte ihm gesagt, Arbeit sei gut.

Als der Ofen den letzten Korb Stroh und Unrat verzehrt hatte, klappte Bakha die Öffnung zu und ging fort. Er war durstig. Seine Lippen waren trocken. Er stellte die Schaufel, den Korb, den Besen und die Bürsten wieder an ihren Platz. Dann ging er auf die Tür seiner Hütte zu, zog die vom Rauch dicke Luft ein und strich sich die Kleider glatt. Sein Durst wurde unerträglich, als er den Raum betrat. Benommen betrachtete er die Geräte, die in einem Winkel lagen, und fühlte nichts als das Verlangen nach Tee. Ein Blick auf den Raum zeigte ihm, daß der Vater noch immer unter der geflickten Steppdecke lag und schnarchte. Der Bruder war nicht im Zimmer. Er wußte sofort, wo er ihn wohl finden würde – beim Spiel auf dem Dorfplatz an der Straße. Und als er dort so stand, um seine

Augen an das Dämmerlicht zu gewöhnen, sah er die Schwester zwischen den beiden Backsteinen Feuer machen. Sie kniete auf dem Lehmboden, streckte das Hinterteil in die Höhe und blies aus vollem Hals. Dabei berührte ihr Kopf fast den Boden, aber mit all dem Blasen wirbelte sie nichts als Rauchwolken auf, und jeder ihrer Versuche wurde von der Nässe der Stecken, die als Brennstoff dienen sollten, vereitelt. Als sie die Schritte des Bruders hörte, lehnte sie sich ratlos zurück. Ihre vom Rauch gereizten Augen standen voll Wasser. Sie wandte sich um, erblickte ihren Bruder, und richtige Tränen flossen ihr die Wangen herab.

»Möchtest du nicht aufstehn und mich mal blasen lassen?« sagte Bakha. Und ohne ihre Antwort abzuwarten, ging er in den Winkel, kniete nieder, rüttelte am Brennstoff, beugte sich vor und begann zu blasen. Sein großer runder Mund sah wie ein richtiger Blasebalg aus; er sandte seinen Atem surrend auf die Feuerstelle und entfachte dort vorerst einige Funken, die die feuchten Stecken bald zum Auflodern brachten. Auf den kleinen Ofen stellte er den irdenen Topf.

»Da ist kein Wasser drin«, sagte die Schwester.

»Ich hole Wasser aus dem Krug«, sagte er und ging nachlässig darauf zu.

»Auch im Krug ist kein Wasser«, sagte sie.

»Oh!« seufzte er müde und abgespannt. Und einen Augenblick lang blieb er, über den Krug gebeugt, stehen, dann gab er sich geschlagen.

»Ich geh' und hol' Wasser«, sagte Sohini kleinlaut.

»Schön«, sagte Bakha ohne eine Spur von Höflichkeit, ging vor die Tür und setzte sich auf die Kante des zerbrochenen Rohrstuhls, das einzige Möbelstück europäischer Art, das er in Verfolgung seiner ehrgeizigen Absicht, wie ein Engländer zu leben, hatte erwerben können. Sohini nahm den Krug, stellte ihn geschickt auf ihren Kopf und lief an ihrem Bruder vorbei.

Wie eine runde Grundfläche einer runden Kuppe angepaßt werden kann, wie eine Kugel auf einer anderen stehen kann, das sind Probleme, die gebildete Leute interessieren mögen. Sohini war nie eingefallen, nach dergleichen zu fragen, wenn sie ihren Krug auf dem Kopf im Gleichgewicht hielt und von ihrem aus einem einzigen Raum bestehenden Haus zu den Stufen des Kasten-Brunnens ging, wo sie einen Kavalier zu finden hoffte, der sich ihrer erbarmen und ihr das Wasser, das sie brauchte, geben würde. Sie hatte die Figur einer Sylphide, nicht mager, sondern füllig, mit rundlichen Hüften und einer schmalen Taille, von der die Falten ihrer Hose herabfielen und über der ihre vollen, runden Brüste unter einem durchsichtigen Musselinhemd, von keinem Mieder eingeengt, bei jeder Bewegung leicht hüpften. Bakha beobachtete sie, als sie wiegenden Schrittes an ihm vorbeiging. Sie war schön. Er war stolz auf sie, doch war sein Stolz nicht gerade von der Art, wie ihn ein Bruder auf seine Schwester empfindet.

Die Ausgestoßenen durften die den Brunnen umschließende Plattform nicht betreten, denn hätten sie jemals daraus Wasser geschöpft, dann hätten die Hindus der drei oberen Kasten das Wasser als verunreinigt angesehen. Auch hatten sie keinen Zutritt zu dem nahegelegenen Bach, weil dadurch dessen Wasser verunreinigt worden wäre. Sie hatten überhaupt keinen eigenen Brunnen, denn einen solchen zu graben hätte in einer Hügelstadt wie Bulaschah wenigstens tausend Rupien gekostet. Sie mußten sich am Fuße des Brunnens der Hindukasten versammeln und waren auf die Gnade von einigen, über ihnen

Stehenden angewiesen, die ihnen Wasser in die Krüge gossen. Meist war kein Angehöriger einer der Hindukasten anwesend. Sie waren alle reich genug, um sich von den Wasserträgern jeden Morgen ausreichend mit Wasser für ihr Bad und ihre Küche versorgen zu lassen, und es kamen nur die zum Brunnen, die gern im Freien badeten oder zu arm waren, um die Dienste eines Wasserträgers zu bezahlen. Die Ausgestoßenen mußten daher auf den Zufall warten, der einen Angehörigen einer Hindukaste zum Brunnen führte; sie mußten Glück haben, damit er sich als gnädig erweise, und es hing vom Schicksal ab, ob er auch Zeit hatte, ihre Krüge mit Wasser zu füllen. So umstanden sie den Brunnen früh, mittags und abends und drängten sich in den Raum unterhalb seiner hohen gemauerten Plattform, beteten in knechtischer Erniedrigung mit gefalteten Händen jeden Vorüberkommenden an, ihr Schicksal verfluchend und ihr Los beklagend, wenn man ihnen die erbetene Hilfe versagte; flehend, beschwörend und segnend, wenn eine großmütige Seele sich herbeiließ, ihnen Gehör zu schenken und zu helfen.

Als Sohini am Brunnen anlangte, warteten dort schon etwa zehn andere Ausgestoßene. Aber niemand war da, um ihnen Wasser zu geben. Sie war, so rasch sie konnte, zum Brunnen gelaufen, voll Angst und Sorge, daß sie lange werde warten müssen, bis sie an die Reihe kam, da sie schon aus der Entfernung sah, daß viele warteten. Sie war nicht so sehr enttäuscht wie niedergeschlagen, daß sie die elfte in der Reihe war, Wasser zu erhalten. Instinktiv hatte sie gefühlt, was in der Seele ihres Bruders vorging. Er war müde. Er war durstig. Die Gefühle einer Mutter hatten sie erfüllt, als sie das Haus verlassen hatte, um Wasser zu holen, einer Mutter, die für ihre Lieben zu Hause Speise und Trank beschaffen ging. Jetzt, da sie mit ihren Leidensgenossen wartete, sank ihr der Mut. Es war weit und breit niemand zu sehen, von dem anzunehmen war, daß er den Wohltäter spielen werde. Aber sie war geduldig. Sie hatte eine angeborene Seelenstärke in sich, die in ihrer ruhigen Zurückhaltung, in ihrem festen und ruhigen Auftreten zum Ausdruck kam.

Die Waschfrau Gulabo, die Mutter Ram Tscharans, des Freundes ihres Bruders, hatte Sohinis Kommen beobachtet. Sie war eine hellhäutige Frau mittleren Alters; das Ebenmaß, das ihr geschmeidiger Körper auch in den Tagen des Verfalls noch zeigte, deutete darauf hin, daß sie in ihrer Jugend wunderbar gewesen sein mußte. Aber obwohl ihr Gesicht jetzt mit Runzeln bedeckt war, wollte sie noch immer als Schönheit gelten und war als rechthaberische, anspruchsvolle alte Hexe berüchtigt, die sich allen anderen Ausgestoßenen überlegen fühlte, erstens weil sie einen hohen Platz in der Hierarchie der niederen Kasten beanspruchte und zweitens weil ein in der Stadt lebender Hindu von bestem Ruf, der in ihrer Jugend ihr Liebhaber gewesen war, sie trotz ihrer Jahre nicht ganz vergessen hatte.

Natürlich blickte Gulabo auf Sohini, die zur niedrigsten Kaste unter den Ausgestoßenen gehörte, mit Verachtung herab. Die zarten Züge der aufblühenden Schönheit Sohinis hatten Gulabo in ihrer Feindseligkeit nur bestärkt. Dieses Mädchen war als Rivalin denkbar, und Gulabo haßte den bloßen Anblick von Sohinis unschuldigem, ehrlichem Antlitz, obwohl sie nicht einmal sich selber eingestanden hätte, daß sie auf das Straßenkehrermädchen eifersüchtig war. Aber unbewußt verriet sie ihre Gefühle durch den Spott und Schimpf, mit dem sie Sohini überschüttete. Diese wiederum wußte sehr wohl, wie hübsch sie war, und daß die Komplimente, die sie von allen Leuten bekam, der Anlaß zu Gulabos feindseligen Reden waren.

»Geh heim!« rief ihr Gulabo spöttisch zu. »Es ist niemand da, der dir hier Wasser geben würde, so viele von uns kommen vor dir an die Reihe!«

Sohini lächelte verlegen, und als sie dann einen älteren Mann in der Schar bemerkte, zog sie züchtig das Kopftuch ein wenig über die Augen und blieb, an ihren Krug gelehnt, ruhig sitzen.

»Hat man jemals solche Zuchtlosigkeit gesehen!« rief Gulabo Waziro zu, der Frau des Webers, die neben ihr saß. »Dieses Straßenkehrermädchen streunt den ganzen Tag lang in der Stadt und im Militärlager ohne Kopftuch herum.«

»Wirklich?« rief Waziro mit geheucheltem Entsetzen. Sie kannte Gulabos böse Zunge sehr gut und hatte nichts gegen das Mädchen. »Du solltest dich schämen«, sagte sie zwinkernd zu Sohini.

Sohini konnte ihr Vergnügen an der komischen Art Waziros, sie ihrer Freundschaft zu versichern, nicht unterdrücken und lachte.

»So etwas! So etwas! Du Hündin! Du Hure! Du lüsternes Frauenzimmer! Und dabei ist deine Mutter kaum gestorben. Du wagst es, mir ins Gesicht zu lachen, mir, die alt genug ist, deine Mutter zu sein! Hündin!« zeterte die Waschfrau.

Sohini lachte noch vergnügter über die lächerliche Schroffheit von Gulabos Schimpfreden.

»Ah, du Hündin! Hältst du mich für eine Närrin? Was lachst du, du Schlampe? Schämst du dich nicht, mir in Gegenwart von Männern die Zähne zu zeigen, du elende Dirne?« schrie Gulabo und blickte zu dem alten Mann und den kleinen Jungen hinüber, die am Brunnen hockten.

Sohini begriff nun, daß die Frau zornig war. ›Aber ich habe nichts getan, um sie zu reizen‹, überlegte sie. ›Sie selbst hat damit angefangen und mich mit allen Schimpfworten belegt, die ihr einfielen. Ich hab' mit ihr keinen Streit begonnen. Ich hätte mehr Grund, zornig zu sein als sie!‹

»Dirne, warum sprichst du nicht? Hure, warum antwortest du mir nicht?« fuhr Gulabo beharrlich fort.

»Beschimpf mich nicht«, antwortete das Mädchen. »Ich habe zu dir überhaupt nichts gesagt.«

»Du machst mich nur durch dein Stillschweigen wütend, du Hurentochter! Du Kotfresserin und Harnsäuferin! Du Straßenkehrerhündin! Ich werde dir zeigen, was es heißt, eine Frau zu beleidigen, die deine Mutter sein könnte!« Sie stand auf und ging mit erhobenen Armen auf Sohini los.

Waziro, des Webers Frau, lief ihr nach und fiel ihr in den Arm, gerade als sie auf das Straßenkehrermädchen losschlagen wollte.

»Beruhige dich, beruhige dich, das darfst du nicht tun«, sagte sie und zerrte Gulabo zu ihrem Sitz zurück. »Nein, das darfst du nicht.«

Eine Welle der Erregung durchfuhr die kleine Schar; Schreie und Rufe ertönten, und indignierte und mißbilligende Blicke wurden gewechselt. Sohini war zunächst ein wenig verängstigt und blaß, aber sie blieb still, wich dem Schlag aus und versank in träge Teilnahmslosigkeit. Als sie sich jedoch abwandte und ihre Augen den blauen Himmel erblickten, bemächtigte sich ihrer eine Art Traurigkeit, und ein wilder Schmerz durchzuckte sie, der auch durch die Resignation nicht gelindert wurde, mit der sie ihn ertrug. Schwermütig und nachdenklich seufzte sie auf, und etwas in ihrem Herzen rief nach Barmherzigkeit. Die Sonne sandte helle Hitzestrahlen herab und machte das Dahineilen der Zeit fühlbarer, ein Gefühl, das Sohini nicht den Streit mit Gulabo vergessen ließ, in ihrer Seele aber die fürchterliche, herzzerreißende Vision von ihrem Bruder hervorrief, der zu Hause auf sie wartete, durstig nach des Morgens Mühen und nach einer Tasse Tee vergehend. Und immer noch war kein Kastenhindu zu sehen.

Minuten vergingen in Schweigen, das nur von Gulabos Tränenergüssen und Seufzern unterbrochen wurde. »Noch dazu am Hochzeitstag meiner kleinen Tochter! Dieses unglückselige Sraßenkehrerweib hat mir meinen Glückstag verpatzt«, sagte sie. Aber niemand beachtete sie. Und schließlich kam doch ein verspäteter Hindu höherer Kaste zu den Latrinen, ein Sepoy vom Nachbarregiment.

»O Maharadsch! Maharadsch! Möchtest du uns nicht ein wenig Wasser schöpfen? Wir flehen dich an. Wir warten hier schon so lange. Wir werden dir dankbar sein«, riefen die Stimmen im Chor. Sie wandten sich ihm zu, einige stehend, sich verbeugend und die Hände zu bettelnder Gebärde faltend, andere sitzend und ihre Lippen in zahllosen Formen knechtischer Unterwürfigkeit verziehend.

Entweder war der Sepoy ein ganz gefühlloser Rohling oder in zu großer Eile. Er ging einfach weiter, ohne die Bitten der am Brunnen versammelten Schar zu beachten.

Zum Glück für sie kam aber gleich nach ihm niemand Geringerer als Pandit Kali Nath, einer der Priester des Tempels in der Stadt. Die Menge wiederholte ihr Flehen noch eindringlicher als zuvor.

Der Pandit zögerte, zog die Augenbrauen hoch und blickte mit einem abweisenden Ausdruck in seinem knochigen, hohlwangigen und tiefgefurchten Gesicht auf die Menschengruppe. Selbst ihm, der Unzugänglichkeit in Person, schien dieser Hilferuf unwiderstehlich. Aber er war ein übellauniger alter Mann, und wäre ihm nicht eingefallen, daß die Arbeit des Wasserschöpfens aus dem

Brunnen die chronische Verstopfung lindern könnte, an der er litt, er hätte sich nicht bereit gefunden, den Ausgestoßenen zu helfen.

Langsam ging er zur gemauerten Brunnenplattform hinauf. Seine kurzen, vorsichtigen Schritte und die seltsamen Zuckungen in seinem Gesicht verrieten, daß er das Opfer einer krankhaften Beschäftigung mit seinen Eingeweiden war. Langsam und gemächlich bereitete er sich auf die Aufgabe vor, die er übernommen hatte. Er schien in Gedanken versunken zu sein, doch war er in Wirklichkeit von dem Rumoren in seinem Bauch voll in Anspruch genommen. ›Dieser Reis‹, dachte er, ›dieser Reis, den ich gestern aß, der ist daran schuld. Mein Magen scheint überlastet zu sein. Oder war es das süße Zeug, das ich mit meiner Milch beim Zuckerbäcker aß? Es könnte auch das, was ich im Hause von Lalla Banarsis Das zu mir nahm, alle diese Unannehmlichkeiten verursachen.‹ Er versuchte, sich den Geschmack der verschiedenen Leckerbissen ins Gedächtnis zu rufen, mit denen ihn die Frommen so oft bewirteten. ›Wie gut und süß ist doch der Milchreispudding, der an den Zähnen klebt und auf der Zunge zergeht. Und Kara Parschad, der Grießauflauf: Die heiße, butterige Masse schmilzt geradezu, kaum daß man einen Bissen in den Mund geschoben hat. Aber die Wasserpfeife pflegt doch meinen Magen rein zu halten. Was war nur heute morgen mit dem Rauch los? Ich rauchte eine ganze Stunde ohne jeden Erfolg. Merkwürdig!‹ Während er so überlegte, hatte er den Messingkrug, den er in der Hand gehalten hatte, in eine kleine Vertiefung in der hölzernen Einfassung des Brunnens gestellt. Die wartende Menge glaubte, es wäre die Unlust des Brahmanen, sie, die Ausgestoßenen zu bedienen, die solch tiefe Falten in sein Gesicht grub und ihn so verdrießlich und schlecht gelaunt machte. Sie ahnten nicht, daß der wahre Grund Verstopfung war und Mangel an Kraft in seinen schlaffen, kleinen Gliedmaßen. Sie begriffen aber bald, wie die Sache stand, denn als er nach manchen zögernden Griffen den eisernen Eimer, der auf dem Brunnenrand stand, an das Ende des Hanfseils hakte, das um die Rolle lief, und ihn behutsam in den Brunnen hinabließ, glitt ihm durch das Gewicht des Eimers die Kurbel aus der Hand, und die ganze Länge des Seiles rollte ab. Er war ein wenig erschrocken über die plötzliche Drehung der Winde. Dann nahm er sich zusammen und versuchte es nochmals. Aber bald war er ebensoweit wie zuvor. Einen mit Wasser gefüllten Eimer heraufzuziehen erforderte Glieder, die stärkeren körperlichen Anstrengungen gewachsen waren, als sie der Pandit gewohnt war, dessen ganzes Leben sich um endlose Rezitationen heiliger Verse und das gelegentliche Schreiben eines Zauberspruches oder Horoskops mittels einer Schilfrohrfeder drehte. Er wandte alle seine Kräfte an, um die Kurbel umzudrehen. Sein Gesicht war verzerrt, doch nicht ganz frei von einem vergnüglichen Ausdruck, denn die Muskelanspannung hatte seinem Körper bereits eine Erleichterung gebracht, die er seit Tagen nicht gefühlt hatte. Die wartenden Ausgestoßenen beeilten sich, ihre Krüge bereitzuhalten, und da dies nichts anderes bedeutete, als sich so nahe wie möglich neben diesen wohltätigsten und großmütigsten aller Menschen zu stellen, konzentrierte sich ihre ganze Aufmerksamkeit auf ihn. Und da die Anstrengung dieses Athleten offenkundig war, vereinten sie all ihre Energien und ihre Willenskraft, um ihm bei seiner Aufgabe zu helfen.

Schließlich war der Eimer auf der gemauerten Plattform. Aber der Brahmane, der sich für das neuerliche Rumoren in seinem Magen und für alle die Veränderungen in seinem Bauch zu interessieren begann, sah einen Augenblick lang ganz geistesabwesend drein. Eine leichte

Wärmewelle schien langsam von seinen Händen zur Magengrube herabgeflossen zu sein, und er verspürte über seinem Nabel eine merkwürdige Bewegung, wie er sie seit Monaten nicht gefühlt hatte. Die Aussicht, daß ihm Erleichterung zuteil werden würde, erfüllte ihn mit Befriedigung. Dann schoß ihm leider ein scharfer Schmerz durch die rechte Seite der Leibesmitte, und sein Benehmen nahm wieder den üblichen sorgenvollen und verstörten Charakter an.

»Ich bin die erste, Pandit«, sagte Gulabo, die Waschfrau, hitzig und störte damit plötzlich den Brahmanen auf, der mit sich selbst beschäftigt war.

Er blickte sie stirnrunzelnd an, bemerkte den verführerischen Ausdruck nicht, den sie sich zugelegt hatte, und brachte sie um die freundschaftliche Behandlung, derer sie sonst sicher gewesen wäre.

»Nein, ich war zuerst da«, rief ein unansehnlicher kleiner Junge.

»Aber du weißt doch, daß ich vor dir da war«, rief ein anderer.

Ein allgemeines Drängen zum Brunnen begann, das unter normalen Umständen den Priester so verwirrt hätte, daß er sie alle mit dem Wasser begossen hätte. Aber er hatte ein ebenso gutes Auge für ein hübsches Gesicht, wie er ein schlechtes Ohr für das Flehen in einer Bitte besaß. Sohini saß geduldig abseits der Menge, die jetzt den Brunnen stürmte. Der Pandit erkannte die Tochter des Straßenkehrers. Er hatte sie schon früher gesehen, hatte sie bemerkt, als sie gekommen war, um die Abflüsse der Latrinen in der Stadt zu säubern. Ihre frische, junge Gestalt, deren volle Brüste mit den dunklen Perlen der Brustknospen so verheißungsvoll durch ihr Musselinhemd schimmerten, ihr unschuldiger, fragender Blick schien die einzige zärtliche Saite in seiner Person anzuschlagen, in seiner Person, die, durch die angeborene Schwäche seines Körpers verbittert, durch die angeborene Schwäche seines Geistes enttäuscht, unverschämt geworden war durch den Einfluß, den er auf die Gläubigen und Frommen ausübte. Und darum empfand er die Neigung, zu ihr gütig zu sein.

»Komm her, Lakhas Tochter«, sagte er, »du warst geduldig, und der Geduld wird, so sagen die heiligen Bücher, die höchste Belohnung zuteil. Schaut, daß ihr weiterkommt, ihr lärmendes Gesindel, geht mir aus dem Weg.«

»Aber Pandit«, sagte Sohini und zögerte, sich die Begünstigung zunutze zu machen, nicht weil sie des Brahmanen Bewunderung erriet, sondern weil sie vor all den anderen Angst hatte, die vor ihr dagewesen waren.

»Also komm schon, komm«, drängte der Pandit, der zwar von dem sich in seinem Körper fühlbar machenden Drang nach Entleerung gereizt war, den jedoch der Gedanke daran, dem hübschen Mädchen einen Gefallen zu tun, freudig stimmte.

Das Mädchen näherte sich zaghaft und stellte den Krug unter die Plattform. Mit großer Anstrengung hob er den Eimer hoch. Einen Augenblick ging er mit dem Wasser ganz geschickt um, solange er nämlich die Wärme von Sohinis Nähe fühlte, die ihn bezauberte. Dann aber überkam ihn seine normale Schwäche, so daß er das Wasser verspritzte und die Ausgestoßenen, halb naß und halb trocken, nach allen Seiten auseinanderliefen.

»Aus dem Weg«, rief er und goß das Wasser in Sohinis Krug. Durch Herumschreien suchte er seine Schwäche zu verdecken. Schließlich war der Krug dreiviertel voll.

»Hast du jetzt genug?« fragte der Pandit triumphierend und stellte den leeren Eimer hin.

»Ja, Pandit«, flüsterte Sohini züchtig gebeugten Hauptes und wischte die Außenseite des Kruges trocken, um ihn auf den Kopf heben zu können.

»Sag, warum kommst du nicht und säuberst den Hof im Haus bei unserem Tempel?« rief der Brahmane, als sich das Mädchen entfernte. »Sag deinem Vater, er möge von heute an dich schicken!« Und er blickte sie lange an, mit einem Blick voll Verlegenheit. Seine strenge Achtbarkeit kämpfte gegen die Wellen der Verliebtheit, die in seinem Blut zu fließen begannen.

»Also, du kommst heute noch«, sagte er mit fester Stimme, um jedes Mißverständnis bei ihr auszuschließen.

Sohini war dankbar für den Gefallen, den er ihr erwiesen hatte. Sie nickte schüchtern und ging ihres Weges, die Linke an der Hüfte, die Rechte am Krug, schwebenden Schrittes wie der Rhythmus eines Liedes. Die Waschfrau warf ihr finstere und wütende Blicke nach, während sie mürrisch mit dem Rest der Gruppe, die sich jetzt Hilfe heischend an einen Neuankömmling wandte, wieder zum Brunnen zurückkehrte.

Laxman, ein Hindu-Wasserträger, selbst ein Brahmane, war es, der sich seinen Unterhalt damit verdiente, die Geräte der Hindus hoher Kaste zu waschen, ihr Essen zu kochen, für sie Wasser zu holen und ihnen andere Dienste in ihren Häusern zu leisten. Er war ein junger Mann, etwa sechsundzwanzig Jahre alt, mit den intelligenten, aber etwas harten Zügen des herabgekommenen Brahmanen. Auf seinen Schultern schleppte er eine Bambusstange, an deren Enden vier Stricke mit hölzernen Klammern zum Halten der Wasserkrüge befestigt waren. Er legte sie langsam auf den Boden und faltete, während er sich dem Brunnen näherte, die Hände zur Begrüßung des Panditen. »Hoch die Götter«, rief er ihm zu und befreite ihn ehrfürchtig von der Arbeit, mehr Wasser aus dem Brunnen zu holen. Als er den Eimer mühelos in den Brunnen hinunterschickte, blickte er Sohini nach, die sich in Richtung ihrer Wohnung entfernte. Auch er hatte sie vorher bemerkt und eine Regung in seinen Adern gefühlt, den warmen Impuls der Liebe, die Begierde der Seele nach Fühlung mit etwas anderem, eine Begierde, die sich zuerst in Furcht, dann in Hoffnung und schließlich mit der konzentrierten Heftigkeit einer körperlichen und geistigen Besessenheit äußert. Manchmal hatte er sie, wenn sie zum Brunnen kam und er zufällig anwesend war, spielerisch mit allerhand kleinen Scherzen geneckt. Ihre Antwort war ein züchtiges Lächeln und ein zarter Blick ihrer leuchtenden Augen. Und er war, wie er mit dem für einen indischen Verliebten charakteristischen Ausdruck sagte, »in ihrer Gegenwart tot«. Der Pandit ertappte ihn, als er sich nach Sohini umwandte. Voll Scham darüber senkte Laxman rasch den Blick und wandte sich mit dem Diensteifer, der ihm ebenso eigen war wie den anderen Knechten, der ihm übertragenen Aufgabe zu. Bald hatte die Kraft seines Armes den Eimer voll Wasser auf die Höhe des Brunnens gebracht. Erst füllte er des Pandits kleinen Messingkrug, dann Gulabos Wasserbehälter, und dann machte er sich daran, den anderen zu helfen. Sohinis Bild entschwand seinem Bewußtsein.

Sie aber spielte eine wichtige Rolle im Winkel des kleinen Lehmhauses, der die Küche bildete. Der Vater, auf dem Bett sitzend, rief ihr Beschimpfungen zu und paffte, immer noch in seine geflickte Decke gehüllt, am Mundstück seiner Wasserpfeife.

»Ich dachte, du wärest gestorben, oder ich weiß nicht, was, du Schweinetochter!« schrie Lakha. »Kein Tee, kein Stück Brot, und ich sterbe vor Hunger! Stell den Tee auf, und schaff mir Bakha und Rakha her, die Schweinesöhne.« Dann runzelte er die Stirne, mürrisch wie ein Mann, der eigentlich recht gutmütig und gutherzig ist, sich aber seiner Schwäche und Unsicherheit bewußt ist und darum die Kinder tyrannisiert, um seine Autorität aufrechtzuerhalten, weil sie ihn sonst vor die Türe setzen und verstoßen könnten als den lästigen Müll, der er in Wirklichkeit war.

Sohini gehorchte ihm sofort und rief die Brüder, während sie die irdene Pfanne auf den Ofen stellte.

»He, Bakha! He, Rakha! Vater ruft euch!«

Nur Bakha trat auf den Ruf des Vaters ins Haus. Rakha hatte sich schon früh am Morgen davongemacht, um irgendwo zu spielen.

Der Junge wischte sich den Schweiß vom Gesicht und Hals und atmete schwer, denn er hatte eine weitere Runde an den Latrinen machen müssen. Seine schwarzen Augen sprühten Feuer, und sein großes, breites Gesicht war gespannt vor Müdigkeit. Seine Kehle war ausgedörrt und trocken.

»Ich habe Seitenstechen«, sagte der Alte zu seinem Sohn, als der Junge hereinkam und in voller Größe in der Tür aufgepflanzt stand. »Geh, und säubere an meiner Stelle den Tempelhof und die Hauptstraße, und ruf dieses Schwein von einem Rakha her, wo immer er ist, damit er die Latrinen hier putzt.«

»Vater, der Pandit vom Tempel wünscht, daß ich das Familienhaus am Tempel saubermache«, sagte Sohini.

»Dann geh eben, und tue es! Warum fauchst du mich gleich an?« knurrte er.

»Sind deine Schmerzen sehr arg?« fragte Bakha ironisch, um dem Vater dessen schlechte Laune zum Bewußtsein zu bringen. »Ich werde dir die Seite mit Öl einreiben, wenn du willst.«

»Nein, nein«, sagte der Alte gereizt und wandte sein Gesicht ab, um zu verbergen, daß er sich angesichts des zarten Protests seines Sohnes beschämt fühlte. Er hatte überhaupt kein Seitenstechen oder sonst irgendwelche Schmerzen. Es war nur Verschmitztheit des alten, nicht mehr ganz arbeitsfähigen Mannes, der sich mit kindischen Ausreden vor der Arbeit drücken wollte.

»Nein, nein«, sagte er, »geh, und tu deine Arbeit. Mir wird schon besser werden.« Und er lachte freundlich.

Inzwischen war die Mischung aus Teeblättern, Wasser, Milch und Zucker fertig geworden. Sohini goß etwas davon in zwei innen glasierte irdene Schüsseln. Bakha reichte eine von ihnen dem Vater. Dann ergriff er die andere und drückte sie hastig an die Lippen. Der scharfe, warme Geschmack der Flüssigkeit rief in ihm ein merkwürdiges, den ganzen Körper durchdringendes Lustgefühl hervor. Seine Zunge war leicht verbrannt von dem Nippen, denn er blies den Tee nicht an, um ihn ein wenig abzukühlen, wie es der Vater tat. Das war etwas, das er von den Tommys in den britischen Kasernen gelernt hatte. Der Onkel hatte gesagt, daß die Goras, die Weißen, nicht den vollen Genuß vom Tee hätten, weil sie auf ihn nicht bliesen, aber Bakha war der Meinung, die schlürfenden Schlucke des Onkels und des Vaters seien üble Eingeborenen-Sitte. Er hätte dem Vater gerne gesagt, daß Sahibs so etwas nicht tun, aber er hatte aus Gewohnheit solchen Respekt vor dem Vater, daß er so etwas nie ausgesprochen hätte, obwohl er selbst es natürlich wie die Tommys machte. Nachdem Bakha den Tee getrunken und ein Stück Brot aus dem Korb, den Sohini vor den Vater stellte, gegessen hatte, verließ er die Stube. Er ergriff den großen Besen und den Korb, den sein Vater immer mitnahm, wenn er die Straße kehren ging. Dann machte er sich auf den Weg in die Stadt, wobei er sich zum erstenmal des merkwürdigen Zusammenhanges zwischen seinem Wunsch am Morgen und seines Vaters plötzlichem Befehl bewußt wurde.

Der Weg, der zur Straße der Ausgestoßenen führt, lag bald hinter ihm. Er kam ihm heute sehr kurz vor. Wo der Weg endete, schien die Sonnenglut sich wie ein brennender Scheiterhaufen in den leeren Raum hinter der Ausgestoßenensiedlung zu ergießen. Er sog die klare, frische Luft über dem flachen Stück Land ein, das vor ihm lag, und fühlte etwas verschwommen den Unterschied zwischen der übelriechenden, verrauchten Welt von Müll und Unrat und der offenen, strahlenden Welt der Sonne. Er wollte seine Glieder wärmen; er wollte die Wärme hinter die Schuppen der trockenen, staubigen Kruste bringen, die sich auf seinen Fingern gebildet hatte; er wollte das Blut in den blauen Venen auf den Handrücken zum Schmelzen bringen. Er wandte seine Hände der Sonne zu. Er hob sein Gesicht zur Sonne, einen Augenblick lang mit offenen Augen, dann mit halb offenen, halb geschlossenen Pupillen. Und er streckte sein Kinn. Das bereitete ihm Vergnügen, schien in ihm eine sonderbar angenehme Empfindung hervorzurufen, die sich über die ganze Fläche seines Fleisches verbreitete, wo die Wärme wie eine Tinktur in die empfindungslos gewordene Haut eindrang. Er fühlte sich gekräftigt in dieser erfrischenden Atmosphäre. Instinktiv rieb er sein Gesicht, um die Poren zu öffnen. Er klemmte Besen und Korb unter die Arme und streichelte mit den Handflächen sein Gesicht. Nachdem er es einigemal kräftig gerieben hatte, fühlte er, wie das Blut in seinen Wangen zu den Backenknochen unter dem Schatten seiner Augen bis zu den Ohren emporstieg, die durchsichtig mit roten Läppchen zu beiden Seiten des Kopfes leuchteten. Er fühlte sich wie einst als Kind, als er sich an Wintersonntagen bis auf das Lendentuch nackt ausgezogen hatte, um, in der Sonne stehend, seinen Körper mit Senföl einzureiben. In Erinnerung daran blickte er zur Sonne auf. Er sog die volle Kraft ihres Leuchtens in sich ein und war geblendet. Eine Weile stand er in Gedanken verloren da, verwirrt von den schimmernden Strahlen, von einem Gefühl durchströmt, als gäbe es nichts als die Sonne, die Sonne, überall die Sonne, in ihm, an ihm, vor ihm und hinter ihm. Es war ein beglückendes Erlebnis trotz der verblüffenden Plötzlichkeit, mit der es über ihn gekommen war. Er fühlte sich dahingetragen – wie in gehobener Stimmung, und summte ein Lied.

Als er aus der Welt dieses seltenen, hellen Glanzes, in den er emporgehoben worden war, in die Wirklichkeit zurückkehrte, stolperte er über einen Stein und fluchte. Wie er vorwärts blickte, sah er, daß ihn Ram Tscharan, der Sohn des Wäschers, Tschota, der Sohn des Gerbers, und sein Bruder Rakha beobachteten. Er schämte sich ein wenig, beim Singen überrascht worden zu sein. Sie hatten ihn immer lächerlich gemacht und über das Gewicht seines Körpers, den Schnitt seiner Kleider und seinen Gang gespottet, der infolge seiner schweren, wackelnden Hinterbacken etwas von dem eines Elefanten hatte und etwas von dem eines geschmeidig schreitenden Tigers. Er dachte, sie würden sich über ihn lustig machen, wenn sie sähen, wie er sein Gesicht massierte oder vor sich hinsang, besonders da ihnen seine Schwäche für »die Mode« bekannt war, die sie zwar teilten, was sie jedoch nicht abhielt, ihn zu verhöhnen. Bakha rächte sich, indem er auf des Wäscherjungen brauenlose Augen hinwies und sagte: »Das kommt davon, wenn man zuviel Seife benützt, um die Haut weißer zu machen.« Und es gab andere Eigentümlichkeiten an Ram Tscharan: daß Gulabo seine Mutter war, daß er eine recht hübsche, gefallsüchtige

Schwester hatte, daß er sehr mager und kleinwüchsig war und daß er einen auf einem Auge blinden Esel zum Wasser trieb – das war Stoff genug, wollte man Ram Tscharan verspotten. Dem Tschota hingegen konnte Bakha nichts vorwerfen, denn dieser Junge mit den regelmäßigen Zügen und dem sauber geölten Haar, den Khaki-Shorts und den weißen Tennisschuhen war der netteste Bursche in der Gasse. Für Bakha war er fast ein »Gentreman«, das Vorbild geradezu, das er bewunderte und nachahmen wollte. So lebte er denn auch mit Tschota in einer Art geheimen Einverständnisses, und die gegenseitigen Sticheleien fielen erträglicher aus.

»Komm her, Schwager«, begüßte ihn Ram Tscharan mit einem Zwinkern seiner brauenlosen Augen.

»Ich hätte nichts dagegen, dein Schwager zu sein, aber nur mit deiner freundlichen Erlaubnis«, sagte Bakha und machte damit den leichten Schimpf, den der Wäscherjunge ihm hatte antun wollen, zu einem milden Scherz, der kein Hehl aus dem allgemein bekannten Umstand machte, daß Bakha ein Bewunderer von Ram Tscharans Schwester war.

»Ja, da kommst du leider zu spät, sie heiratet heute«, antwortete Ram Tscharan und freute sich darüber, daß Bakha den Scherz nie mehr würde wiederholen können.

»Oh, darum steckst du heute in einer so feinen Kluft«, meinte Bakha. »Natürlich! Was für eine schöne Weste! Nur ein wenig zerschlissen, dieser goldene Faden auf dem Samt. Warum bügelst du sie nicht? Und diese Kette, die gefällt mir sehr! Übrigens, hängt eine Uhr dran, oder ist das nur wegen der Mode?« Ram Tscharan errötete und verstummte. Während dieses Wortgeplänkels saß Tschota gemütlich lächelnd da. Rakha war wohl sehr kalt; es war daran zu erkennen, daß er sich aus den langen Ärmeln des zerrissenen und abgetragenen Mantels, den er von Bakha geerbt hatte, einen Muff für die Hände gemacht hatte und die Arme fest an die Brust drückte. Einige andere Ausgestoßene knackten so eifrig Läuse, die sie aus ihren Hemden und Hosen hervorholten, und fühlten sich in der Sonne so behaglich, daß sie nicht einmal aufblickten. Wie sie so in der Sonne standen oder saßen und ihre dunklen Hände und Füße zeigten, sahen sie merkwürdig energielos, faul und verkommen aus. Es schien, als wäre ihr Inneres wie bei einer Geburt darauf konzentriert, aus dem rauhen, trübselig winterlichen Gefühl in ihren Seelen zur Welt der Wärme emporzutauchen. Der Brodem der dunklen, engen, schäbigen kleinen Gefängniszellen ihrer aus einem Raum bestehenden Wohnstätten umgeisterte sie auch hier in der frischen Luft. Sie schwiegen, als könnten sie die Tatsache der Befreiung gar nicht ertragen. Die große Lebensspenderin Sonne hatte die unergründlichen Knoten durchhauen, die sie innerlich gefesselt hatten. Sie hatte die tiefsten Tiefen ihres Daseins zum Schmelzen gebracht. Und ihre Seelen starrten auf dieses Wunder, dieses Mysterium, dieses Mirakel.

Einige Zeit verging, ehe sie Bakha zum Gruß zunickten. Aber er begriff ihr Verhalten. Obwohl er sich ihnen überlegen fühlte, seit er mit geschärftem Verstand von den britischen Kasernen zurückgekehrt war, erkannte er sie doch als seine Nachbarn an, als jene nahestehenden Menschen, mit deren Leben, Gedanken und Gefühlen er einen Kompromiß schließen mußte. Er erwartete von ihnen nicht die Einhaltung von Förmlichkeiten. Und als er so eine Weile unter ihnen stand, wurde er ein Teil der sonderbaren, brütenden, geheimnisvollen Schar, die die Wärme der Sonne suchte. Es bedurfte keiner Höflichkeitsfloskel, keines Grußes, wie sie in der Welt voll Licht und Glück üblich sind. Im Leben dieses menschlichen Abfalls, dieses Abschaums der Erde, dieses Bodensatzes der Menschheit, gab es nur

Schweigen, grimmiges Schweigen, das Schweigen des ums Leben kämpfenden Todes.

Kaum aber war Bakha unter ihnen, kamen auch schon seine eigenen und ihre sonderbaren Reaktionen auf die Schönheit des Morgens zum Durchbruch.

»Hallo Bakha«, sagte Tschota, strahlend im Glück der Sonne, deren Lieblingskind er zu sein schien, weil ihr Licht auf seinem dunklen, verschmierten Antlitz spielte, »wo gehst du denn heute hin?«

»Vater ist krank«, erwiderte Bakha, »also muß ich statt seiner die Straßen in der Stadt und den Tempelhof fegen.« Dann wandte er sich an seinen Bruder: »Rakha, warum bist du heute so früh am Morgen davongelaufen? Vater ist krank, und die Arbeit an den Latrinen muß gemacht werden, auch wenn ich nicht da bin. Geh, Bruder, lauf rasch nach Hause. Sohini hat auch für dich etwas heißen Tee aufgehoben.«

Rakha, ein kleiner, schwarzer, dicklicher Junge mit einem langen Gesicht, schien die Zurechtweisung durch seinen Bruder übelzunehmen. Doch erhob er sich sogleich und machte sich mit mürrischem Gesicht auf den Heimweg.

»Geh nicht! Geh nicht!« rief ihm Ram Tscharan lausbübisch nach. »Dein Bruder da möchte ein ›Gentreman‹ sein, der auf der Straße arbeitet, und dir die schmutzige Arbeit in den Latrinen überlassen.«

»Hetz nicht, Schwager«, sagte Bakha gutmütig, »laß ihn gehen und auch einmal arbeiten.«

»Komm, wir gehn Khuti spielen«, sagte Tschota und zog ein Päckchen Zigaretten aus der Tasche seines Hemdes, um erst einmal festzustellen, wie viele darin waren, ehe er Bakha eine anbot. »Gehn wir«, sagte er, »zu den andern.« Er meinte Clayton damit, einen dunkelhäutigen Militärmusikanten, und Godu, den Sohn des Zimmermanns, die rund um ein Loch im Boden Murmeln spielten.

»Komm«, drängte Tschota, »wir werden etwas Geld gewinnen.«

»Nein, nein, ich muß an meine Arbeit«, erwiderte Bakha und lehnte den Vorschlag rundweg ab. »Wenn Vater mich sähe, würde er sich ärgern.«

»Denk einmal nicht an ihn, und spiel eine Weile mit uns«, beharrte Tschota mit aller Überzeugungskraft, die ihm zur Verfügung stand.

»Komm, komm«, sagte Ram Tscharan verführerisch.

Sie selbst hatten sich vor ihrer Arbeit gedrückt und erwarteten, jeden Augenblick von ihren Eltern gerufen zu werden. Aber sie waren überzeugt, daß man gefährlich leben müsse, und hätten nie, wie sehr man sie dafür zu Hause auch tadelte oder gar prügelte, die Morgensonne versäumt. Bakha hatte Grundsätze. Beim ihm kam, obwohl er Meister in allen Arten von Spielen war und sie im Khutispiel glatt geschlagen hätte, zuerst die Pflicht. Er schien auf seine Arbeit erpicht zu sein und wollte weitergehen.

»Schön, aber warte noch einen einzigen Augenblick«, sagte Tschota. »Dort kommt der Sohn des Burra Babu. Wie wär's mit Hockey heute? Die Jungen von den Pandschabi 31ern haben uns zu einem Match herausgefordert.«

»Wenn's der Vater erlaubt, komm' ich«, sagte Bakha, erblickte aufschauend zwei weißgekleidete, zarte Knaben und begrüßte sie, indem er die rechte Hand an die Stirne hob.

»Salam, Babudschi«, sagte er ehrfürchtig.

Der ältere der beiden Jungen, ein einfaches, unschuldiges, gewöhnlich aussehendes Kind von zehn Jahren, ungelenk und knochig, mit einer flachen Nase und vorstehenden Backenknochen, erwiderte mit freundlichem Lächeln. Ein Zwinkern des Erkennens kam von den dunklen Augen des kleineren der beiden, der etwa acht Jahre alt war und ein eiförmiges Spitzbubengesicht hatte, in dem von der hohen Stirne bis zur schmollenden, dicken Unterlippe und seinem entschlossen dreinblickenden kleinen Kinn jeder Zug von Lebenslust strotzte.

»Kommt, ihr Jungen!« grüßten sie Ram Tscharan und Tschota mit frecher Großtuerei. »Wie wär's mit Hockey heute? Wir spielen gegen die Burschen von den Pandschabi 31ern.«

»Ja, wir spielen heute nachmittag«, rief der Kleinere begeistert aus und hüpfte vor Freude, ließ aber die Hand seines Bruders nicht los. Er war kaum groß genug, um einen Hockeyschläger zu halten, und ging einfach darüber hinweg, daß man ihn gar nicht aufgefordert hatte, denn er wußte wohl, daß ihn die Burschen niemals mitspielen lassen würden. Für sie war er zu klein, und sie hatten Angst, er könnte sich verletzen und dann alle verpfeifen.

»Schön, bekommen wir die Schläger von dir?« fragte Ram Tscharan. Er nützte die Begeisterung des Kindes, um ihm ein Versprechen zu entlocken, bei dem zwar mehr Aussicht auf Ablehnung als Einhaltung bestand, das jedoch als Vorbeugungsmaßnahme gegen die Beharrlichkeit des Kindes dienen mochte, falls es am Nachmittag wieder mitspielen wollte.

Die Söhne des Babu, die dank der hohen Stellung ihres Vaters auf den Kapitän der Hockeymannschaft des Regiments Einfluß hatten, besaßen etwa ein Dutzend ausrangierter Hockeyschläger, die man ihnen geschenkt hatte. Die Knaben aus der Nachbarschaft, welche die Jungmannschaft der 38er Dogras bildeten, waren in der Mehrzahl arme Söhne der Unberührbaren und auf die Gnade der Söhne des Babu angewiesen, die jeden Nachmittag

Hockeyschläger zum Trainingsspiel liehen. Der ältere der beiden war immer sehr hilfsbereit und nahm die Schelte seiner Mutter dafür, daß er mit den Ausgestoßenen spielte, in Kauf. Dem Kleineren hingegen mußte man immer ein wenig schmeicheln, ehe er sich herbeiließ nachzugeben.

»Ja, ich habe vom Feldwebel Tscharat Singh einen schönen neuen Schläger und einen neuen Ball bekommen«, sagte er und gab, plötzlich zornig, seinem Bruder einen Rippenstoß. »Schnell«, rief er, »willst du denn nicht zur Schule? Wir kommen zu spät.«

Bakha war der brennende, begeisterte Blick, der das Antlitz des Jungen erhellte, nicht entgangen. Dieser Eifer, rechtzeitig in die Schule zu kommen! Wie schön mußte das sein, lesen und schreiben zu können! Hätte man die Schule besucht, dann könnte man die Zeitung lesen und sich mit den Sahibs unterhalten. Man müßte nicht immer zum Schreiber laufen, wenn man einen Brief bekam, und man müßte ihn nicht für das Schreiben von Briefen bezahlen. Er hatte sich oft danach gesehnt, Waris Schahs Epos »Hir und Randschah« zu lesen. Und während er in der britischen Kaserne war, hatte er das brennende Bedürfnis gehabt, jenes »Tish-Mish« sprechen zu können, das die Tommys sprachen.

Als er zum erstenmal den Wunsch aussprach, ein Sahib zu werden, hatte ihm sein Onkel in der britischen Kaserne gesagt, daß er zunächst in die Schule gehen müsse. Und er hatte geweint und gebettelt, man möge ihn in die Schule gehen lassen. Aber da hatte ihm der Vater gesagt, die Schulen seien für die Babus bestimmt, nicht für die niedrig geborenen Straßenkehrer. Er hatte damals nicht richtig begriffen, warum das so war. Später, in der britischen Kaserne, wurde ihm klar, warum sein Vater ihn nicht zur Schule geschickt hatte. Er war der Sohn eines Straßenkehrers und konnte niemals ein Babu werden. Noch später war ihm klargeworden, daß es überhaupt keine Schule gab, die ihn aufgenommen hätte, weil die Eltern der übrigen Kinder ihren Söhnen nicht gestattet hätten, durch die Berührung mit den Kindern der niedrigen Kasten unrein zu werden. Wie widersinnig das war, dachte er, da doch die meisten der Hindukinder ihn beim Hockeyspiel ohne weiteres berührten und sicherlich nichts dagegen hatten, mit ihm zur Schule zu gehen. Aber die Lehrer würden sich weigern, die Ausgestoßenen zu unterrichten, weil ihre Finger, die den Schülern den Weg durch den Text zeigten, die Seiten in den Büchern der Ausgestoßenen berühren müßten und dadurch unrein würden. Diese alten Hindus waren grausam. Er wußte, daß er ein Straßenkehrer war, aber er wehrte sich dagegen, das als Tatsache hinzunehmen. Er hatte im Alter von sechs Jahren in den Latrinen zu arbeiten begonnen und sich mit dem Erbe dieses Berufs abgefunden, aber er träumte davon, ein Sahib zu werden. Mehrmals schon hatte er den Drang gefühlt, selbst mit den Studien zu beginnen. Das Leben in der Kaserne der Tommys hatte seine Träume befeuert. Und so saß er oft in seiner freien Zeit da und versuchte herauszubekommen, was man fühlte, wenn man las. Vor kurzem hatte er sich sogar eine englische Fibel gekauft. Aber sein Selbststudium war über das Alphabet nicht hinausgelangt. Heute, da er in der Sonne stand und den eifrigen kleinen Jungen beobachtete, der seinen Bruder zur Schule zerrte, kam ihm eine plötzliche Eingebung. Der Sohn des Babus sollte ihm Unterricht erteilen.

»Babudschi«, sagte er zum älteren Jungen, »in welcher Klasse bist du jetzt?«

»In der fünften«, antwortete der Junge.

»Du weißt jetzt sicher schon genug, um selbst unterrichten zu können.«

»Ja«, erwiderte der Junge.

»Glaubst du, es würde dir zuviel Mühe bereiten, mir täglich eine Stunde zu geben?« Als er sah, daß der Junge zögerte, fügte er hinzu: »Ich will dir dafür zahlen.«

Er sprach mit schwacher, unsicherer Stimme, und seine demütige Haltung wurde mit jeder Silbe, die er sprach, noch unterwürfiger.

Der Sohn des Babu bekam kein großes Taschengeld. Seine Eltern waren recht sparsam und glaubten, vielleicht mit Recht, daß ein Kind nicht zu unregelmäßigen Stunden essen sollte, wie es die Kinder der niederen Kasten taten, die sich im Basar etwas zu kaufen pflegten. Der ältere Junge hatte einen starken materialistischen Instinkt entwickelt, der ihn jede Münze hamstern ließ, die er gelegentlich von dem oder jenem erhielt.

»Ausgezeichnet«, antwortete er. »Ich werde es tun. Aber die ...« Er wollte das Gesprächsthema wechseln, um seine unterdrückte Gier nach Geld etwas weniger deutlich zu machen. Bakha jedoch erkannte am Blick des Jungen, worauf dieser aus war.

»Ich will dir ein Anna je Lektion bezahlen.«

Der Sohn des Babu setzte ein heuchlerisches Lächeln auf, was bei einem so jungen Burschen recht merkwürdig aussah. Und er nickte zustimmend, nicht ohne die übliche Phrase der Geldgierigen hinzuzufügen: »Ach, das Geld spielt keine Rolle.«

»Sollen wir heute nachmittag anfangen?« regte Bakha an.

»Ja«, sagte der Junge und hätte nun gerne das Gespräch fortgesetzt, um mit freundlichen Worten die Bindung zu festigen, aber der kleine Bruder war schon recht ungehalten und zupfte ihn energisch am Ärmel, nicht nur deshalb, weil er glaubte, daß sie zu spät zur Schule kommen würden, sondern auch weil er den Gedanken nicht ertrug, seinen Bruder reich werden zu sehen. Er neidete ihm das Geld, das er verdienen würde.

»Komm schon«, rief der Kleine, »die Sonne steht fast senkrecht über uns! Wir werden Prügel bekommen, weil wir zu spät kommen.«

Bakha erriet die Ursache des Ärgers, den das Kind äußerte, und er versuchte es zu besänftigen, indem er ihm eine Bestechung anbot.

»Willst du mich auch unterrichten, kleiner Bruder? Ich geb' dir einen Paisa täglich.«

Bakha war sicher, daß dies den Neid des Kleinen beschwichtigen und ihm den Anlaß nehmen würde, den älteren Bruder aus Bosheit zu verraten. Er wußte genau: Wenn der Kleine seiner Mutter erzählte, daß der ältere Bruder einen Straßenkehrer im Lesen unterrichtete, dann würde sie einen Tobsuchtsanfall bekommen und den armen Jungen aus dem Haus weisen. Denn sie war, wie ihm bekannt war, eine sehr fromme und strenggläubige Hindufrau.

Der kleine Junge war zu erregt, um den Wert der Bestechung ermessen zu können. Er blickte in Richtung der Schule und war wie besessen von dem Gedanken, er könne sich verspäten. Er zog am unteren Ende von seines Bruders Hemd und zerrte ihn weg.

Bakha sah sie gehen. Die Aussicht auf den Unterricht, der ihn am Nachmittag erwartete, hob seine Stimmung, und er machte sich wieder auf den Weg.

»Halt, Babu! Jetzt wird aus dir ein ganz großer Mann«, rief Ram Tscharan ironisch. »Wirst mit uns nicht einmal reden.«

»Ihr seid übergeschnappt«, erwiderte Bakha aufgeräumt. »Ich muß gehen, sonst wird mir die Sonne zu heiß. Und ich muß den Zugang zum Tempel und den Hof auskehren.«

»Schon gut. Ich werd' dir heute nachmittag beim Hokkey zeigen, wie übergeschnappt ich bin.«

»Großartig«, sagte Bakha und schritt dem Stadttor zu, seinen Korb unter einem Arm, den Besen unter dem anderen und das Herz jubelnd vor Glück.

»Tan-nana-nan-tan«, erklangen die Glöckchen eines Ochsenkarrens hinter ihm, während er, wie andere Fußgänger, in der Mitte der Straße einherschritt. Er sprang zur Seite und stapfte mit seinen Schuhen durch den Staub, der dort lag, wo es zwar ein Pflaster hätte geben sollen, wo aber dank der Unfähigkeit der Stadtverwaltung keines war. Die feinen Staubteilchen, die ihm während des Gehens ins Gesicht flogen, und das Knirschen der Wagenräder in den tiefen Gleisen – das alles schien ihm unendliches Vergnügen zu bereiten. Vor dem Stadttor standen einige Buden, die Brennstoff an diejenigen verkauften, die gekommen waren, um ihre Toten auf dem Verbrennungsgelände in der Nähe zu verbrennen.

Eine Begräbnisprozession hatte gerade bei einer dieser Buden haltgemacht. Sie trugen eine Leiche auf einer offenen Bahre. Der Körper lag da, eingehüllt in ein rotes, mit goldenen Sternen geschmücktes Tuch. Bakha warf einen Blick hin, und grimmige Angst vor dem Tod erfaßte ihn, die Angst, die einen erfaßt, wenn man auf eine Schlange oder einen Räuber stößt. Dann überwand er die Angst, und es fiel ihm ein, was die Mutter gesagt hatte: »Es bedeutet Glück, auf der Straße einen toten Körper zu erblicken!« Er zog weiter, vorbei an den kleinen Obstverkaufsbuden, wo in schmutzige Lumpen gekleidete Mohammedaner mit glattrasierten Köpfen und mit Henna gefärbten Bärten Zuckerrohr zu kleinen Stücken zerschnitten, die in Riesenhaufen vor ihnen lagen; vorbei an den Hinduhändlern, die Zuckerwerk auf runden eisernen Tabletts feilboten, welche auf kleinen Schemeln aus Rohr ruhten, bis er zu dem Laden kam, der Betelblätter verkaufte.

Dort saß, umgeben von drei großen Spiegeln und Lithographien von Hindugöttern und schönen europäischen Frauen, ein schmutziger Junge mit einem Turban auf dem Kopf und beschmierte die grünen herzförmigen Betelblätter mit roter und weißer Farbe. Päckchen mit »Red Lamp«- und »Scissors«-Zigaretten waren in Kisten rechts von ihm aufgeschichtet, während ganze Reihen von »Biris«, einheimischen, in Laub gerollten Zigaretten, zu seiner Linken zu sehen waren. Von der Spiegelung seines Gesichts, die er schüchtern bemerkte, wanderten Bakhas Augen zu den Zigaretten. Er hielt plötzlich inne, blickte den Händler höchst unterwürfig an, faltete die Hände und fragte, wohin er eine Münze zur Bezahlung für ein Paket »Red Lamps« legen dürfe. Der Mann wies auf eine Stelle auf dem Brett neben ihm. Bakha legte seinen Anna hin. Der Betelblätterverkäufer besprengte die Blätter mit etwas Wasser aus einem Krug, was er von Zeit zu Zeit zu tun pflegte. Nachdem er die Blätter so gereinigt hatte, nahm er den Nickel und warf ihn in den Ladentisch. Dann warf er ein Paket »Red Lamp«-Zigaretten vor Bakha hin, wie ein Metzger einem Hund, der etwas zudringlich die Ecken seines Ladens beschnüffelt, einen Knochen zuwirft.

Bakha hob das Paket auf und ging weiter. Er öffnete es und entnahm ihm eine Zigarette, wobei ihm einfiel, daß er vergessen hatte, Zündhölzer zu kaufen. Er war aber viel zu schüchtern, zurückzugehen, denn ein tiefer Instinkt sagte ihm, daß er sich als Straßenkehrerjunge in Gegenwart anderer Menschen so wenig wie möglich zeigen solle. Ein Straßenkehrer, ein Knecht, den man rauchen sah – das wäre eine Gotteslästerung gewesen. Bakha wußte, daß es als Vermessenheit betrachtet wurde, wenn die Armen ebenso rauchten wie die reichen Leute. Er sollte, fühlte er, wenn er Besen und Korb trug, das unbeobachtet tun. Da erblickte er einen Mohammedaner, der, auf einer Matratze sitzend, seine Wasserpfeife rauchte. Sie stand im Staub vor einem der zahllosen Freiluft-Rasiersalons, welche die Straße fröhlich flankierten.

»Miandschi, würdest du so gut sein, mir ein Stück Kohle aus deinem irdenen Öfchen zu schenken?« flehte Bakha.

»Bück dich, und zünde dir die Zigarette an, wenn es das ist, was du mit der Kohle tun willst«, antwortete der Barbier.

Bakha, nicht gewohnt, sich solche Freiheiten bei irgend jemandem zu erlauben, nicht einmal bei Mohammedanern, die von den Hindus als Ausgestoßene betrachtet wurden und die ihm infolgedessen viel näher standen, wurde einigermaßen verlegen, doch bückte er sich und zündete seine Zigarette an. Er fühlte sich frei und sorgenlos, als er so gemütlich weiterschlenderte, den Rauch einziehend und ihn durch die Nase wieder ausstoßend. Die Rauchringe stiegen langsam vor seinen Augen auf und zerflossen, aber er ließ die kleine weiße Rolle, die den Tabak enthielt und kürzer und kürzer wurde, während das teils dunkelgraue, teils glühendrote Ende dahinschwand, nicht aus dem Auge.

Als er duch das ungeheure, aus Ziegeln erbaute Stadttor die Hauptstraße betrat, war er von einem Farbenmeer umspült. Fast ein Monat war vergangen, seit er zuletzt in der Stadt gewesen war, so wenig freie Zeit ließ ihm die Arbeit an den Latrinen. Wie konnte er da anders, als von den Sensationen, die von allen Seiten auf ihn eindrangen, ganz erfüllt zu sein? Er folgte den Windungen der krummen, unregelmäßig angelegten Straßen, die auf beiden Seiten von Läden eingesäumt waren. Diese waren mit Leinwand oder mit Sonnendächern aus Jute versehen und von vorspringenden Balkonen überdacht. Die Dinge, die zum Verkauf ausgebreitet waren, die Menschen, die die Verkaufsstände umdrängten – das alles war von größtem Interesse für ihn. Sein erster Eindruck vom Basar war der Geruch, das angenehme Aroma, das von so vielen angenehmen Dingen herrührte, von Getreide, von frischem und verfaulendem Gemüse, von Männern und Frauen und von Knoblauch. Dann gab es das Kaleidoskop der Farben, das Rot, das Orange und das Violett des Obstes in den verschiedenen Reihen von Körben, die um den Obsthändler aus Peschawar herum standen. Dieser selbst war mit einem blauen Seidenturban, einer scharlachroten, mit Gold ausgestickten Weste, einem langen weißen Rock sowie einer Hose in der gleichen Farbe bekleidet. Dann war da das blutige Rot des Hammelfleisches, das über dem Metzger hing, der eben damit beschäftigt war, auf einem Holzblock Hackfleisch zu bereiten, während seine Gehilfen es auf Spießen über einem Holzkohlefeuer rösteten oder in einer schwarzen Pfanne brieten; die blaßblonde Farbe des Weizenladens, die Regenbogenfarben auf dem Zuckerwerkstand, gar nicht zu reden von den verschiedenen Schattierungen in den Farben von Turbanen und Hemden, von dem tiefen Schwarz der Witwen bis zu dem Grün, Rosa, Violett und Rehbraun der neuvermählten Frauen und all den Farbtönen der hin und her flutenden, in ständiger Veränderung begriffenen Menge, von dem Weiß des Brahmanen bis zum Kaffebraun des Grasmähers und dem Dunkelbraun des Pathan.

Bakha kam sich eine Zeitlang ganz wirr und verloren vor. Dann wandte er sich von der vielfarbigen, sich drängenden Menge ab und den schön ausgestatteten Geschäften zu. Die Neugierde des Kindes lag in seinem Blick, der hier von der Kunstfertigkeit eines Holzschnitzers, dort von der Bedienung einer Nähmaschine gefangengenommen wurde. ›Herrlich, herrlich!‹ schien sein Instinkt angesichts jedes ihm vertrauten und doch neuen Anblicks zu sagen. Plötzlich sah er den Banja Ganesch Nath, den Händler und Geldverleiher, einen kleinen Mann mit scharfer Zunge und üblem Charakter, den er einmal vor der Pyramide der mit Mehl, Zucker, getrockneten Pfefferschoten, Erbsen und Weizen gefüllten Körbe um etwas Salz und etwas Butterschmalz angebettelt hatte. Schnell schlug der Bursche die Augen nieder, denn es hatte vor kurzem zwischen dem Banja und Bakhas Vater Streit wegen der Zinseszinsen gegeben, die Ganesch Nath für das Geld verlangt hatte, das er Lakha auf den Schmuck von dessen Frau geliehen hatte, damit Lakha die Kosten ihrer Bestattung bezahlen könne. Das war eine unangenehme Sache!

Er überwand die Erinnerung und strebte in seinem unbewußten Glücksgefühl dem Kleiderladen zu, in dem ein schmerbäuchiger Hindu-Gentleman, bekleidet mit einem blütenweißen losen Musselinhemd und einem Lendentuch, eifrig merkwürdige Hieroglyphen in ein in rötliche Leinwand gebundenes Buch eintrug, während seine Gehilfen einen Ballen Manchestertuch nach dem anderen aufrollten und einem alten Ehepaar aus einem Dorf vorführten, wobei sie unaufhörlich von »farbig« und »passend« sprachen, um die Dorfleute zum Kauf zu überreden. Bakha gefielen die Wollstoffe an den Seiten des Geschäftes. Aus dieser Art Stoff wurden die Anzüge der Sahibs verfertigt; die anderen Stoffe, die man vor den Bauersleuten ausgebreitet hatte, konnte er sich leicht in Hemdjacken und Lendentücher verwandelt vorstellen. Das alles vermochte ihn nicht zu beeindrucken. Aber die glänzenden, feinen Wollstoffe! Und so teuer sahen sie aus! Nein, er hatte natürlich keine Absicht, etwas zu kaufen, noch gab es für ihn eine Hoffnung, je einen aus Rock und Hose bestehenden Anzug zu tragen; dennoch griff er in die Tasche, um festzustellen, ob er das Geld für die erste Rate eines Stoffkaufs besaß. In der Tasche waren nur acht Annas. Es fiel ihm ein, daß er ja dem Sohn des Babu versprochen hatte, für die Englischstunde zu zahlen.

Er ging über die Straße zu dem Laden mit dem Zuckerwerk, der dem Bengalen gehörte. Vor dem Burfi, dem süßen Zeug, das mit Silberpapier bedeckt auf einem Tablett vor dem schmutzigen, dicken Zuckerbäcker lag, wurde ihm der Mund wäßrig. ›Acht Annas in der Tasche – kann ich mir da erlauben, mir Zuckerwerk zu kaufen?‹ fragte er sich. ›Wenn der Vater erfährt, daß ich mein ganzes Geld für Süßigkeiten ausgebe ...‹, dachte er und zögerte. ›Aber schließlich lebt man nur einmal‹, entschied er, ›also will ich das Zuckerwerk verkosten; wer weiß, ob ich morgen noch lebe.‹ An einer Ecke stehend, warf er einen Blick auf den Laden, um die billigste Ware zu finden, die er kaufen könnte. Seine Augen musterten eine Reihe wunderbarer Süßigkeiten: Rasgulas, Gulabdschamans und Ludus. Sie waren alle so reichlich, so ausgiebig mit Sirup übergossen, daß sie, so schloß er, einfach nicht billig sein konnten, wenigstens für ihn nicht, weil die Händler die Latrinenputzer und das arme Volk im allgemeinen immer betrogen, indem sie von ihm höhere Preise verlangten, als wollten sie sich für die Verunreinigung entschädigen, der sie sich durch die Berührung mit den Ausgestoßenen aussetzten. Da erblickte er Dschelebis. Er wußte, daß die Zuckerpflaumen billig waren, denn er hatte sie schon einmal gekauft. Er wußte, daß zwei Pfund davon eine Rupie kosteten.

»Für vier Annas Dschelebis«, sagte Bakha leise, aus seiner Ecke mutig vorpreschend. Sein Haupt war gebeugt. Irgendwie schämte er sich und war befangen, weil er beim Einkauf von Zuckerwerk zu sehen war.

Der Zuckerbäcker lächelte ein wenig über den ordinären Geschmack des Straßenkehrers, denn Dschelebis sind recht gewöhnliches Zeug, und nur ein gieriger Mensch niederer Kaste würde für vier Annas Dschelebis kaufen. Aber er war ja Geschäftsmann. Also setzte er eine geschäftige Miene auf, griff eilig nach seiner Waage und warf das Zuckerwerk auf die eine Schale und einige Kiesel sowie runde eiserne Gewichte auf die andere. Die Eile, mit der er die kleine, an die Mitte des Wägebalkens gehängte Schnur hob, die Waagschalen für den kürzest möglichen Zeitraum ins Gleichgewicht brachte und das Zuckerwerk in eine alte Zeitung wickelte, war für den armen Bakha, der wußte, daß er betrogen wurde, aber nicht wagte, sich zu beklagen, ebenso überraschend wie verwirrend. Er fing die Dschelebis auf, die ihm der Zuckerbäcker wie einen Kricketball zuwarf, legte vier Nickelmünzen auf den Arbeitstisch des Zuckerbäckergesellen, der bereitstand, sie mit Wasser zu bespritzen, und ging weiter, verlegen, aber glücklich.

Das Wasser lief ihm im Mund zusammen. Er öffnete das Papier, in das die Dschelebis eingewickelt waren, und steckte ein Stück hastig in den Mund. Der Geschmack des warmen, süßen Sirups war angenehm und befriedigend. Wieder griff er in das Paket hinein. Es war so schön, sich den Mund zu füllen, dachte er, denn nur dann hatte man den vollen Genuß der Sache. Es war herrlich, kauend an all den schönen Dingen entlangzuspazieren. Die großen Tafeln, die die Namen von indischen Kaufleuten, Rechtsanwälten und Ärzten anzeigten, ihre akademischen Titel und ihre Berufe, alles in breiten, mächtigen Buchstaben, blickten auf ihn von den oberen Stockwerken der Geschäfte herab. Er hätte etwas dafür gegeben, alle diese mit dunklen Farben bemalten Tafeln lesen zu können. Aber er tröstete sich mit der Abmachung, derzufolge sein

Unterricht in Englisch noch am gleichen Nachmittag beginnen sollte. Dann wurde sein Blick von einer in einem Fenster sitzenden Gestalt gefangengenommen. Er starrte sie vollkommen versunken an.

»Schau, daß du an den Straßenrand kommst, du Ungeziefer niedriger Kaste!« hörte er plötzlich jemanden brüllen. »Warum rufst du nicht, du Schwein, und kündigst dein Herankommen an? Weißt du, daß du mich berührt und verunreinigt hast, du schielender Sohn eines krummbeinigen Skorpions! Jetzt muß ich ein Bad nehmen, um mich zu reinigen! Und dabei habe ich am Morgen ein neues Lendentuch und ein sauberes Hemd angezogen!«

Bakha stand überrascht und ganz verlegen da. Er war taub und stumm. Seine Sinne waren gelähmt. Seine Seele fühlte nichts als Furcht, Furcht und Demut und knechtische Gesinnung. Er war es gewöhnt, grob angefahren zu werden, aber es war selten so unerwartet gekommen. Das merkwürdige, unterwürfige Lächeln, das sich in Gegenwart von Angehörigen anderer Kaste nie von seinen Lippen verlor, wurde nun viel ausgeprägter. Er erhob den Kopf zu dem Mann, der ihm gegenüberstand, doch tat er das mit auf den Boden gerichteten Augen. Dann warf er rasch einen verstohlenen Blick auf den Mann, und er sah ein Paar blitzende Augen.

»Du Schwein, du Hund, warum rufst du nicht und warnst mich rechtzeitig, daß du kommst!« schrie er, als er Bakhas Blick begegnete. »Weißt du nicht, daß du mich nicht berühren darfst?«

Bakhas Mund stand offen, doch konnte er kein einziges Wort hervorbringen. Er hätte sich gern entschuldigt. Schon hatte er instinktiv die Hände gefaltet. Nun neigte er den Kopf und murmelte etwas. Aber der Mann kümmerte sich nicht um das, was Bakha sagte, und Bakha war in der gespannten Atmosphäre, die ihn umgab, zu verwirrt, um wiederholen zu können, was er gesagt hatte, oder zusammenhängend oder vernehmlich zu sprechen. Mit dumpfer Unterwürfigkeit war der Mann nicht zufrieden.

»Schmutziger Hund! Hurensohn! Schwein!« schrie er, und seine Worte blubberten über die Zunge, in ihrem Drang herauszukommen, der Reden und Denken erschwerte. »Ich ... Ich werde gehn mü-müs-sen ... und mich wa-wa-waschen. Ich ... Ich bin unterwegs ins Geschäft und jetzt ... jetzt komm' ich zu spät ... durch deine Schuld!«

Ein anderer Mann war stehengeblieben, um zu sehen, was da vorging, in Weiß gekleidet, der typischen Kleidung des Hindukaufmanns. Der Beleidigte trug ihm seinen Fall vor, die ganze Zeit bemüht, mit fast geschlossenen, zitternden Lippen, die schlangengleich zischten, seine Wut zu unterdrücken.

»Dieser schmutzige Hund ist direkt in mich hineingelaufen! So gedankenlos spazieren diese Hurensöhne durch die Straßen! Er kam daher, ohne auch nur im entferntesten daran zu denken, sein Herannahen anzukündigen, dieses Schwein!«

Bakha stand still, die Hände gefaltet, aber immerhin mit gehobener Stirne, schwitzend und hoffnungslos von der vergeblichen Bemühung, seine Demut zu bekunden.

Einige Vorübergehende blieben stehen, um zu sehen, was der Auflauf bedeutete, und da in den Straßen Indiens ein Polizist nur selten auftaucht – die Polizei ist eine ganz korrupte Institution –, bildeten die Passanten einen Kreis um Bakha, einige hielten aber Abstand von ihm und stimmten kräftig mit ein in die Beschimpfungen des alten Mannes. Der arme Bakha, den der hervorragende Platz, den er inmitten der Menge einnahm, noch mehr verwirrte, war dem Zusammenbruch nahe. Sein erster Impuls war davonzulaufen – den Ring durchbrechen, und dann fort, fort von all dieser Quälerei! Doch wurde ihm klar, daß er von einer Schranke umgeben war, nicht von einer körperlichen, denn ein Stoß seiner kräftigen Schultern hätte genügt, um die gerippedürren Zuschauer aus dem Gleichgewicht zu bringen, sondern einer moralischen Schranke. Er wußte, daß die Berührung mit vielen von ihnen, zu der es kommen mußte, wenn er ausbrach, sie alle verunreinigen würde. Und er hatte schon die Flüche in den Ohren, die es dann auf ihn herabregnen würde.

»Weiß nicht, wohin diese Welt treibt! Diese Schweine werden immer unverschämter!« sagte ein kleiner alter Mann. »Einer dieser Brüder, der das Klosett in meinem Haus reinigt, teilte mir unlängst mit, daß er nun monatlich zehn Rupien statt fünf verlange, und dazu noch das Essen, was wir ihm jeden Tag geben.«

»Er kam wie ein Lat-Sahib daher, wie ein Gouverneur!« rief der Verunreinigte. »Stellt euch das nur vor, Leute, diese Unverschämtheit!«

»Ja, ja, ich weiß«, fiel ein kränklicher alter Mann ein, »ich kann mir gar nicht vorstellen, was aus diesen schwarzen Teufeln noch werden soll!«

»Als ob ihm die ganze Straße gehörte!« rief der Verunreinigte aus. »Der Hundesohn!«

Ein Straßenjunge – einige hatten sich zwischen den Beinen der Leute vorgedrängt, um nichts vom Spaß zu versäumen – nahm das Stichwort des Beleidigten auf und rief: »Siehst du nun, du Hundesohn! Erzähl uns doch, wie du dich jetzt fühlst. Früher hast du uns immer geschlagen!«

»Man höre! Man höre!« drängte der Beleidigte. »Er hat unschuldige kleine Kinder geschlagen. Er ist ein Verbrecher.«

Bakha war bisher stumm gewesen. Angesichts der peinlichen Beschuldigung durch das Kind raffte sich seine ehrliche Seele zur Verteidigung auf.

»Wann hab' ich dich denn geschlagen?« fragte er den Jungen ärgerlich.

»Also hört euch doch einmal diese Unverschämtheit an!« rief der Verunreinigte. »Nicht genug an seinen Übeltaten! Beleidigungen auch noch! Er lügt! Hört euch das an!«

»Nein, Herr, es ist nicht wahr, daß ich das Kind geschlagen habe, einfach nicht wahr«, flehte Bakha. »Ich hab' einen Fehler begangen. Ich hab' vergessen, mich anzukündigen. Ich bitte um Verzeihung. Es wird nicht mehr vorkommen. Ich vergaß. Ich bitte um Vergebung. Es wird sicher nicht mehr vorkommen!«

Aber die Menschenmenge, die ihn umdrängte, ihn anglotzte, Grimassen schnitt, ihn mit Hohn und Spott überschüttete, zeigte auch angesichts seiner Reue keine Spur von Erbarmen. Sie stand unbewegt da, seine Entschuldigungen nicht achtend, und sah mit sadistischer Lust unter den Schelt- und Schimpfworten ihres Sprechers zu, wie er sich duckte. Die Schweigenden unter ihnen empfanden die Empörung der Lautstarken als Ausdruck ihrer eigenen erwachenden Machtgier.

Bakha erschien jede Sekunde wie eine Ewigkeit von Schmerz und Leiden. Sein ganzes Verhalten konzentrierte sich auf Demut und Unterwürfigkeit, und sein Herz war voll einer merkwürdigen Unruhe. Seine Beine zitterten und schwankten unter ihm. Er fühlte, daß sie versagen würden. Er bedauerte ehrlich und tat alles, um seinen Quälern klarzumachen, wie sehr er bereute. Aber es schien, als ob der leere Raum zwischen der Menge und ihm Verständnis für seine Gefühle nicht aufkommen ließe. Und immer noch stand er ruhig da, während sie tobten und schäumten und ihn voll Wut schmähten: »Unaufmerksames, unverantwortliches Schwein!« – »Sie wollen einfach nicht arbeiten!« – »Sie lungern faul herum!« – »Sie sollten von der Oberfläche der Erde verschwinden!« Zum Glück für Bakha kam ein Kutscher des Weges, der eine rachitische alte Schindmähre antrieb. Sie gab sich alle Mühe, ein wackliges, klapperndes, kistengleiches Gefährt vom Fleck zu bringen, und der Kutscher brüllte, mangels einer Glocke oder eines Horns, Warnungen, um den Menschenhaufen zu zerstreuen und einen Unfall zu verhüten. Die Leute brachten sich in Sicherheit, indem sie schimpfend und fluchend auseinanderliefen, je nach Alter und Geschmack amüsiert oder entrüstet. Der Verunreinigte schien aber noch immer nicht genug zu haben. Er blieb an Ort und Stelle stehen, obwohl er wußte, daß ihn das herankommende Gefährt zwingen würde auszuweichen. Offenbar war das seit vielen Jahren seine erste Gelegenheit, den starken Mann zu spielen. Er fühlte, wie seine 147-Zentimeter-Gestalt zur Turmhöhe eines Giganten emporwuchs, und er genoß die Macht, mit der er den armen Straßenkehrerjungen eingeschüchtert hatte. »Achtung, Lalladschi!« rief der Kutscher mit der für seinen Beruf charakteristischen Frechheit. Der Verunreinigte warf ihm einen ärgerlichen, ungeduldigen Blick zu und gab ihm mit einer Handbewegung ein Zeichen, zu warten.

»Mach mir keine Kulleraugen«, rief der Tonga-Wallah und wollte weiterfahren, zog aber plötzlich die Zügel an.

»Du hast mich berührt«, hatte er den Händler zu Bakha sagen gehört. »Jedenfalls muß ich jetzt baden und mich reinigen. Da, du Schweinesohn, das für deine Unverschämtheit!« Und der Tonga-Wallah hörte einen scharfen, klaren Hieb durch die Luft sausen.

Bakhas Turban fiel zu Boden, und die Dschelebis in der Papierhülle, die er in der Hand gehalten hatte, lagen im Staub. Er stand völlig entsetzt da. Es war, als ob in seinem ganzen Gesicht Feuer brenne, und seine Hände waren nicht mehr gefaltet. Tränen stiegen ihm in die Augen und flossen an seinen Wangen herab. Die ganze gesammelte Kraft seines Riesenkörpers drängte nach Rache, während ihn Abscheu, Wut und Entrüstung erschütterten. In einer Sekunde war alle Demut von ihm gewichen, und er hätte sich nicht beherrscht, aber der Mann, der ihm den Hieb versetzt hatte, war im Straßentrubel untergetaucht und nicht mehr erreichbar.

»Laß ihn laufen! Mach dir nichts draus! Mag er gehen, wohin er will! Binde deinen Turban», tröstete ihn der Tonga-Wallah, ein Mohammedaner und darum vom Standpunkt des orthodoxen Hindus auch ein Ausgestoßener, der bis zu einem gewissen Grad Bakhas Entrüstung teilte.

Bakha trat beiseite, legte Korb und Besen auf den Boden und band irgendwie seinen Turban. Dann wischte er sich mit der Hand die Tränen aus dem Gesicht, nahm sein Werkzeug und machte sich auf den Weg.

»Jetzt wirst du aber nicht vergessen zu rufen, du Hurenkind!« rief ihm der Händler aus seinem Laden zu. »Jetzt mußt du deine Lektion gelernt haben!« Bakha eilte davon. Er hatte das Gefühl, von jedermann angestarrt zu werden. Schweigend steckte er die Schmähung des Händlers ein und ging weiter. Dann verlangsamte er wieder seine Schritte und begann ganz automatisch zu rufen: »Posch, geht aus dem Weg! Posch, ein Latrinenputzer kommt! Posch, Posch, ein Latrinenputzer kommt!«

Aber in seiner Seele kochte es. Seine Gefühle stiegen in ihm hoch wie Rauchschwaden von einem halb verloschten Feuer, in plötzlichen, unregelmäßigen Stößen, wenn die Erinnerung an die eine oder andere Beschimpfung und Erniedrigung, die er hatte erleiden müssen, wie ein Funke aus der Asche der Reue aufglomm. In seiner Vorstellung tauchten geisterhafte Erscheinungen auf und brachten den Auftritt, den er durchgemacht hatte, zu neuem Leben. Im Vordergrund stand das Bild des Verunreinigten: Zwischen mehreren verschwommenen Gesichtern sah er seine blutunterlaufenen Augen, seinen kleinen Körper, sein lächerlich erregtes Betragen, und er hörte seine Beschimpfungen wieder. Und dann war da der Kreis, den die schreiende, schmähende, gestikulierende Menge um ihn gebildet hatte, während er mit gefalteten Händen in der Mitte stand. ›Warum diese ganze Aufregung?‹ fragte er sich in der tonlosen Sprache der Zellen, die Empfindungen aufnehmen und weiterleiten, was seine Art war, sich mit sich selber auseinanderzusetzen. ›Warum das alles? Warum war ich so unterwürfig? Ich hätte ihn niederschlagen können! Und dabei ging ich heute so gern in die Stadt! Warum habe ich die Leute nicht gewarnt, daß ich komme? Das kommt davon, wenn man sich nicht auf seine Arbeit konzentriert. Ich hätte mit dem Fegen der Hauptstraße beginnen sollen. Ich hätte die Hindus der hohen Kasten auf den Straßen bemerken sollen. Dieser Mann! Daß er mich zu schlagen wagte! Meine schönen Dschelebis! Ich hätte sie vorher aufessen sollen. Aber warum konnte ich kein Wort rausbringen? Ich hätte doch die Hände zum Gruß falten und weggehen können! Aber dieser Schlag ins Gesicht! Der Feigling! Wie er davonrannte, wie ein Hund, mit dem Schwanz zwischen den Beinen. Dieses Kind! So ein Lügner! Den möchte ich noch einmal treffen. Er wußte, daß ich beschimpft wurde. Nicht einer von ihnen hat für mich gesprochen. Dieser grausame Haufen Menschen! Nichts taten sie als schimpfen, schimpfen, schimpfen. Warum schmäht man uns immer? Der Gesundheitsinspektor und der Sahib haben unlängst meinen Vater beschimpft. Immer beschimpfen sie uns. Weil wir Latrinen putzen. Weil wir Kot berühren. Sie hassen Kot. Ich hasse ihn auch. Darum kam ich hierher. Ich war die tägliche Arbeit an den Latrinen leid. Darum rühren sie uns nicht an, die von hoher Kaste. Der

Tonga-Wallah war freundlich. Ich mußte weinen, wie er mir sagte, ich solle meine Sachen nehmen und weitergehen. Aber er ist Mohammedaner. Die haben keine Angst davor, uns zu berühren, die Mohammedaner und die Sahibs. Nur die Hindus und die anderen Ausgestoßenen, die keine Latrinen säubern. Für sie bin ich ein Straßenfeger und Latrinenputzer – unberührbar! Unberührbar! Unberührbar! Das ist das Wort! Unberührbar! Ich bin ein Unberührbarer!‹

Wie ein Lichtstrahl durch die Finsternis dringt, dämmerte ihm die Erkenntnis seiner Lage, wurde ihm sein Los bewußt. Alles, was ihm widerfahren war, konnte zu diesem Licht zurückverfolgt werden und wurde beantwortet. Die Verachtung derjenigen, die täglich zu den Latrinen kamen und sich beklagten, daß keine sauber sei; die Grimassen der Leute in der Ausgestoßenenkolonie; die Beschimpfungen der Menge, die ihn heute früh umringt hatte. Alles konnte er sich jetzt erklären. Ein Schock, der den Namen »Unberührbar« trug, war durch seine bisher dumpfe, erstarrte Empfindungswelt gedrungen, hatte sein ganzes Sein erzittern lassen und seine Seh-, Hör-, Geruchs-, Gefühls- und Geschmacksnerven erregt.

›Ich bin ein Unberührbarer!‹ sagte er sich. ›Ein Unberührbarer!‹ Er wiederholte sich diese Worte im Geiste, denn er war noch immer ein wenig benommen und fürchtete, sie könnten von der Dunkelheit wieder verschlungen werden. Dann, seiner Stellung eingedenk, begann er wieder die warnenden Worte zu rufen: »Posch, Posch, Latrinenputzer kommt!« Der Unterton ›Unberührbarer, Unberührbarer‹ war in seinem Herzen; der Warnruf »Posch, Posch, Latrinenputzer kommt!« war auf seinen Lippen. Er beschleunigte seine Schritte zu einem regelmäßigen Armeemarschtempo, in das er mit seinen Militärschuhen leicht verfiel. Er bemerkte, daß das Aufstampfen seiner schweren Füße auf den Boden zu viel Aufmerksamkeit hervorrief, also verlangsamte er sein Tempo ein wenig.

Es wurde ihm bewußt, daß die Leute ihn anschauten. Er blickte an sich herab, um festzustellen, warum er so große Aufmerksamkeit erregte. Er fühlte, wie sich die Falten seines Turbans über der Stirne lockerten. Er wollte sich in einen Winkel zurückziehen und ihn anständig binden. Er konnte nicht in der Mitte der Straße haltmachen, also ging er zur Seite. Um nicht beobachtet zu werden, setzte er eine Miene auf, die vortäuschen sollte, daß ihn der Gedanke an eine bevorstehende wichtige Arbeit beschäftige. Er blickte um sich. Er kam sich töricht vor, weil er schauspielerte. Er wickelte seinen Turban ab und band ihn wieder fest um den Kopf.

Wo immer Bakha ging, war er von buntem, geschäftigem Treiben umgeben. Das Brennen in seinem Innern hatte die Gedanken aus seinem Gehirn verdrängt, und nun stand er da und bemühte sich, jeden Anprall gegen seine gespannten Sinne zu erfassen. Ein riesiger alter Brahmanenstier, scheckig, mit kleinen Hörnern und großem Hökker, hatte sich mit halb geschlossenen Augen wiederkäuend in Bakhas Nähe niedergetan. Der Gestank aus seinem rülpsenden Maul stand in seltsamem Gegensatz zu den Gerüchen, denen Bakhas Nase heute ausgesetzt gewesen war, und verursachte Brechreiz. Und ebenso wirkten die flüssigen Exkremente des Stieres, die Bakha zu entfernen hatte. Währenddessen kam ein gut angezogener alter Hindu daher. Wie bei reichen Leuten üblich, trug er einen Musselinschal auf der linken Schulter, und er ging geradewegs auf den Platz zu, wo der Stier seine Mittagsruhe hielt, und berührte das Tier mit dem Zeigefinger. Bakha kannte diesen Hindubrauch, aber welche Bedeutung ihm zukam, das wußte er nicht. Und ein Schauspiel, das er oft in der Stadt beobachtet hatte, kam ihm wieder in den Sinn: Ein Stier, ziellos umherstreunend, trottete gemächlich an einen Gemüsestand heran, schnüffelte an den in Reihen aufgestellten Körben und machte sich dann mit einem Happen Kohl, Spinat oder Mohrrüben aus dem Staube. Der Händler beschimpfte ihn recht milde und drohte ihm mit der Hand, doch ohne zuzuschlagen. Der Stier ging ein oder zwei Meter weiter, fraß den Mundvoll gestohlenen Gemüses und machte, sobald der Händler den Blick abwandte, einen neuerlichen Überfall auf den Laden. ›Wie merkwürdig‹, dachte Bakha, ›daß die Hindus zur Kuh

»Mutter« sagen, aber ihren Kühen nichts zu fressen geben. Ihr Vieh, das am Bachufer grast, ist Haut und Knochen. Ihre Kühe geben nicht mehr als zwei Liter Milch täglich.‹ Nicht ohne Selbstgerechtigkeit errinnerte er sich, daß sein Vater einmal von einem reichen Hindu, der sich männliche Nachkommen wünschte und dem die Brahmanen geraten hatten, den Latrinenreinigern einige Stücke Vieh zu spenden, mehr aus Aberglauben als aus Mitleid eine Wasserbüffelkuh zum Geschenk erhalten hatte. Diese hatten sie so gut mit Getreide gefüttert und gepflegt, daß sie täglich sechs Liter Milch gab. Aber dieselben Hindus gaben ihren Kühen nur Küchenabfälle als Futter und manchmal sogar nur Getreidekörner, die man aus dem Kuhdung herausgepickt hatte. Er wußte das, denn er selbst mußte sie herauslesen. ›Aber sie behandeln ihre Kühe gut. Und dieser Stier genoß wohl seine tägliche Beute an Zwiebeln. Darum stinkt er so.‹

Bis dahin war es ihm gelungen, sich dem, was um ihn herum vorging, zu entziehen, nun aber kam ein Karren mit Steckrüben und Karotten daher und wurde auf den Boden entleert. Hastig lief er ein paar Meter weiter. Aber da sah er, wie gerade eine Ladung von verfaulendem Gemüse in die Körbe ausgeschüttet wurde. Der Gestank dieser Abfälle trieb ihn vorwärts. Und wie er so dahinschritt, starrte er eine Zeitlang gedankenlos vor sich hin, ohne die Augenlider zu bewegen. In blendendem Licht lag der heiße übervölkerte Basar vor ihm. Bakha schwitzte. Sein breites offenes Gesicht – mit den hohen glänzenden Backenknochen und der breiten Nase, mit den Nasenlöchern, die sich wie die Nüstern eines Araberpferdes blähten, mit seiner vollen, bebenden, schön geschwungenen Unterlippe –, das Gesicht, sonst so menschlich, so bewegt und lebhaft, war starr, ausdruckslos und verbittert. »Posch, Posch, der Latrinenputzer kommt«, flüsterte er im Gehen und gelangte in eine Straße, die weder breit noch geschäftig genug war, um diesen Namen zu verdienen, aber auch nicht als enge Gasse gelten konnte, vielmehr etwas von beidem hatte. Hier gab es Läden einheimischer Musikkapellen, die unter der Leitung irgendeines pensionierten Militärkapellmeisters europäische Instrumente spielten und bei den Geburts- und Hochzeitsfeiern in den Wohnhöhlen der übervölkerten Städte sehr beliebt waren.

In der »Straße der vier Gesichter«, wie man sie nannte, fiel der einzige Kolonialwarenladen auf oder der eines Betelblattverkäufers; daneben gab es eine moderne Mühle, in der wählerische alte Inderinnen, die eine Vorliebe für grobgemahlenes Mehl hatten und die feine Sorte, die in den Läden verkauft wurde, nicht verdauen konnten, den Weizen mahlen ließen, den sie, vielleicht aus Sparsamkeit, im Großhandel gekauft hatten. In einer langen dunklen Halle stand eine uralte Ölpresse, von einem im Kreise trottenden Ochsen in Gang gehalten, der eine an der Mitte der Decke befestigte hölzerne Mörserkeule in einem hölzernen Mörser drehte. Bakha kannte diese Straße seit frühester Kindheit, hatte sich an die tiefen Löcher im Boden gewöhnt und bewunderte den kasernenartigen Anblick, den sie bot. Die englischen Musikinstrumente und goldverbrämten Uniformen, die in den Kapellenläden hingen, ganz besonders aber die im Laden Dschehangirs, des gefeierten Kapellmeisters der angesehensten Kapelle der Stadt, kamen seiner Bewunderung für alles Englische entgegen. Die Stille der Straße ernüchterte ihn. Die wenigen Läden übten keine Anziehungskraft auf ihn aus, und er fühlte sich in dieser Umgebung weniger verwirrt. Der Anblick der Instrumente aus Messing und der Uniformen im Kapellenladen erinnerte ihn an die Musikkapelle des 38. Dogras-Regimentes, der er fast täglich bei ihren Proben im Militärlager zuschaute, und darüber vergaß er etwas von dem Schimpf und der Schande, die er hatte erdulden müssen.

Er verließ die stille Straße, bog an einem Haus, das die Straße überwölbte, um die Ecke und wanderte an einer Reihe von Ständen entlang, auf denen billiger Nickelschmuck galvanisch vergoldet wurde. Als Kind hatte sich Bakha oft gewünscht, Ringe an seinen Fingern tragen zu dürfen, und sich über die silbernen Schmuckstücke seiner Mutter gefreut. Seit er sich jedoch in den britischen Kasernen umgesehen und festgestellt hatte, daß die Engländer auf Schmuck keinen Wert legten, verabscheute er den mit Edelsteinen überladenen Stil der heimischen Einlegearbeit. Und so ging er achtlos an den großen Ohrringen, Nasenringen, Ansteckblumen und sonstigem vergoldeten Schmuck vorbei, der auf dem grünen Papier, auf dem die Goldschmiede ihn geschickt angeordnet hatten, glitzerte.

Ein Verkäufer von Stoffresten, die er auf einen dreirädrigen Kastenwagen geladen hatte, feilschte mitten auf der Straße mit einigen Hindufrauen in weißen Schürzen. Bakha wartete einen Augenblick, ob sie wohl die Straße freigäben, damit er weitergehen könne. Er war zu müde, um seinen Warnruf auszustoßen, und so stand er eine Weile da und betrachtete die billigen deutschen Lithographien indischer Gottheiten, die ein Sikh-Handwerker mit teuer aussehenden Rahmen versah. Das Bild einer spärlich bekleideten Engländerin, die, mit einer Blume in der Hand, auf einem Bett lag, zog Bakhas Augen von den indischen Gottheiten ab. Der Händler, der Bakhas Korb und Besen bemerkte, warf ihm einen strengen Blick zu und befahl ihm weiterzugehen. Der Junge hob den Kopf und rief im Weitergehen der kauflustigen Menge um den Restestand entgegen: »Posch, Posch, der Latrinenputzer kommt.«

Sie zerrten so heftig an den Stoffresten und feilschten so lärmend, daß es dem erregten mohammedanischen Händler nur unter den größten Schwierigkeiten gelang, die Waren den Händen seiner Kunden wieder zu entreißen und sie vor dem Kommen des Unberührbaren zu warnen. Als ihm das endlich gelang, liefen sie lachend oder flüsternd, zornig, glücklich oder niedergeschlagen vor Bakha auseinander und scharten sich um die Armspangenhändler. Diese ließen ihre gläserne Ware erklirren, um die Aufmerksamkeit der jungen Bräute in der Menge auf sich zu lenken. Mit goldbestickten Seidenschürzen und Benarsi-Röcken geschmückt, folgten sie furchtsam ihren Müttern oder Schwiegermüttern zum Tempel, zu dem auch Bakha hinging. Ein wenig ermüdet rief er wieder sein: »Posch, Posch, der Latrinenputzer kommt!« Aber die erregten, eifrigen Frauen hatten längst vergessen, was sie kurz zuvor so schnell vertrieben hatte. Mit wogenden Busen unterhielten sie sich so laut, daß sie ihn nicht hörten und er seinen Ruf noch lauter wiederholen mußte.

Schließlich gab man ihm den Weg frei, und er erblickte den Tempel, einen kolossalen, mit Riesenzinnen versehenen Bau aus schweren Steinquadern und Steinmetzarbeit, dessen überladene und reichverzierte Fassade in Bakha eine seltsame Ehrfurcht hervorrief. Er hatte sich nie ganz von der Angst vor diesen zwölfköpfigen und zehnarmigen Göttern und Göttinnen freimachen können, die ihm in seiner Kindheit eingetrichtert worden war. Und als er so aus dem Schatten der hohen Mauer aufblickend durch den Hof ging, glaubte er eine unbekannte Macht zu fühlen, die hier lauerte und einem den Atem nahm. Ein paar schiefergraue Tauben flatterten um die vielfältigen steinernen Zierate oder saßen in den leeren kleinen Nischen. Der Anblick ihres kühlen graublauen Gefieders und ihr Gurren schien ihn zu beruhigen. Mit dem Berufsinstinkt des

Straßenkehrers warf er einen Blick auf den Hof, sah den Taubendreck und die Blumen, den Haufen Laub und den Kehricht, den wegzuräumen er gekommen war.

Er machte sich an die Arbeit, indem er zuerst den Korb und den Besen auf den Boden warf und sich im Schatten des Banjanbaumes, der sein dichtes Laubwerk über den Tempelhof wölbte, die Hosen hochzog. Ein Messingkäfig in Form eines Miniaturtempels, in dem die glänzend polierte Nachbildung einer Schlange eingeschlossen war, stand auf einer niedrigen Steinmauer, die den riesigen Stamm des Banjanbaumes einfaßte, und erregte Bakhas Aufmerksamkeit. ›Dieses Bild einer Schlange‹, fragte er sich, ›was bedeutet es? Vielleicht eine Schlange, die in den Wurzeln des Baumes ihre Höhle hat‹, antwortete sein einfältiges Gemüt. Er erschrak ein wenig und trat instinktiv ein paar Schritte zurück. Als er jedoch sah, daß ein stetiger Strom von Menschen durch den Tempelhof zog, nachdem er den Fuß des Altars mit dem Miniaturtempel unter dem Banjanbaum berührt hatte, beruhigte er sich.

Er ging auf die Stelle zu, wo er Besen und Korb hingelegt hatte, und rief dabei immerzu seine Warnung, um nicht etwa durch Nachlässigkeit das Unheil von heute morgen zu wiederholen. Diese Menschenmenge, die die breite Treppe hinauf- und hinunterstieg und durch den offenen Torweg ein- und ausging, diese dichtgedrängte stoßende Menschenmenge in blauen, roten und grünen Baumwollkleidern war bedeutend orthodoxer. Bakhas inneres Auge lugte über die Menge hinaus, doch wagte er nicht, hinter das Tempeltor mit dem offenen Blick des neugierigen Durchschnittsmenschen zu schauen, der ein Geheimnis entschleiern möchte, benahm sich vielmehr wie der Sklave, der sich unerlaubten Einblick in die Geschäfte seines Herrn verschafft.

›Was beten diese Menschen hier an?‹ fragte er sich. ›Vielleicht die Schlange?‹

»Ram, Ram, Sri, Sri, Hari, Naraian, Sri Krischna«, sang ein Gläubiger die verschiedenen Inkarnationen des Allerhöchsten an und streifte im Vorübergehen beinahe den Unberührbaren. »Hei Hanuman dschodah, Kali Mai«, fuhr er mit der Anrufung des Affengottes und der göttlichen Mutter Kali fort.

Bakha wußte die Antwort. Das Wort »Ram« hatte er sehr oft gehört, ebenso »Sri, Sri«, und er hatte einen roten Heiligenschrein gesehen, mit einem aus einer Mauer herausgemeißelten Affen, von außen durch eine Art Käfig aus Messingstäben vergittert – und dies, das wußte er, war der Schrein Hanumans. Und den schwarzen Schrein, der eine ebenholzschwarze Frau mit feuerroter Zunge zeigte, die zehn Arme hatte und einen Kranz von Schädeln um den Hals trug, nannte man den Schrein Kalis. Krischna war der blaue Gott, der auf den bunten Drucken im Laden des Betelverkäufers die Flöte spielte. Wer aber waren Hari und Naraian? Und er geriet in noch größere Verwirrung, als ein Mann vorbeiging und wiederholt die Götter mit »Om, Om, Schanti Dewa« anrief. Wer war Schanti Dewa? War der im Tempel? Und war er gütig?

›Wenn ich hier herumstehe‹, überlegte Bakha, ›dann werde ich nie etwas zu sehen bekommen. Ich muß hingehen und schauen.‹ Aber dazu fehlte es ihm an Mut. Er fühlte sich nicht stark genug. Er war sich darüber klar, daß ein Unberührbarer, der einen Tempel betrat, diesen auf eine Weise entweihen würde, die durch keine Reinigung gutzumachen war. Und der Vater würde einen Wutanfall bekommen, wenn er hörte, daß Bakha den ganzen Morgen lang nichts getan hatte. Und zu alledem konnte irgend jemand ihn hier herumlungern sehen und glauben, er sei ein Dieb.

Aber während er so dastand, wurde seine Neugierde immer größer. Plötzlich schlug er sich alle diese Gedanken aus dem Kopf und eilte mit entschlossenen hastigen Schritten der Treppe zu, gespannt und mit schwerem Kopf, aber furchtlos nach allen Seiten Ausschau haltend. Ein Mörder im vollsten Vertrauen auf die absolute Beherrschung der Kunst des Tötens hätte sich so verhalten können. Sehr bald aber verlor er seine Haltung und beugte sich wieder unter das Joch, das so viele Jahre gewohnheitsmäßigen Katzbuckelns ihm auferlegt hatten. Er wurde wieder der demütige unterdrückte arme Hund, der er von Geburt war und der vor allem Angst hatte. So schlich er merkwürdig zaudernd, sich windend weiter. Als er die beiden ersten Stufen erstiegen hatte, blieb er schlotternd vor Angst stehen und trat eiligst den Rückzug zu seinem Ausgangspunkt an. Er hob den Besen mit dem kurzen hölzernen Stiel auf und begann den Boden zu fegen.

Die Stäubchen flogen in kleinen, sehr winzigen, blassen, weißen Wölkchen vor ihm her und strahlten, wo sie von der Sonne getroffen wurden, in schimmerndem Gold. Aber Bakha bemerkte das nicht. Die herumliegenden Banjanblätter, der Taubenmist, kleine Zweige und der Staub, den sein Besen zusammenfegte, beanspruchten seine ungeteilte Aufmerksamkeit, aber selbst da war er nicht vollkommen bei der Sache, bis ihm der Staub in die Nase stieg, so daß er sich die Enden des Turbans vor die Nase binden mußte. So trottete er langsam, ein Bein vor das andere setzend, mit der ihm eigenen Gleichgültigkeit weiter. Verglichen mit der Arbeit an den Latrinen, kam er hier nur langsam vom Fleck, doch war diese Arbeit, obwohl langsam und ermüdend, doch angenehmer.

Er fegte den Müll zu kleinen Häufchen zusammen. Er wußte, daß er mit seinem kleinen Besen nicht mehr davon über den ganzen Hof vor sich herschieben konnte. Er beabsichtigte, diese kleinen Häufchen, eines nach dem anderen, später in seinen Korb zu schaufeln. Als er die Häufchen fertig hatte, verhielt er einen Augenblick, um sich den Schweiß von der Stirne zu wischen. Der Tempel stand herausfordernd vor ihm. Er bückte sich und begann die Häufchen zu sammeln, die sein Besen zusammengefegt hatte. Ein inneres Verlangen zog ihn wieder zu den Stufen des Tempels. Aber nun hatte er Angst. Der Tempel schien wie ein Ungeheuer gegen ihn vorzurücken und ihn zu verschlingen. Noch zögerte er, aber dann faßte er wieder Mut. In plötzlichem Ansprung hatte er fünf der fünfzehn Stufen zum Tempeleingang überwunden. Hier blieb er einen Augenblick stehen, denn das Herz schlug wie toll in seiner Brust.

Er warf den Kopf zurück und beugte sich vor wie ein Läufer an der Startlinie. Ein neuer Impuls stieß ihn eine oder zwei Stufen höher hinauf. Hier jedoch schlug er sich das Knie an, verlor beinahe das Gleichgewicht und stand taumelnd da, wie vor dem Hinstürzen. Ein Griff nach der Stufe gab ihm Halt und Gleichgewicht wieder, und er sauste geradewegs zur obersten Stufe hinauf. Von hier konnte er, nachdem er sich hingelegt hatte, mit erhobenem Kopf über die Marmorschwelle hinwegschauen. Zu seinem Glück war sie vom Reiben der Köpfe der Gläubigen an ihr so abgewetzt, daß sie einen Blick, einen flüchtigen Blick in das Heiligtum gestattete, das ihm bisher ein Geheimnis, ein undurchdringliches Mysterium gewesen war. In den fernsten Tiefen des düsteren hohen Heiligtums, jenseits der bronzenen Tempeltüren und eines Labyrinths von Korridoren, tasteten Bakhas Augen eine Plattform ab. Von einem Hintergrund von goldbestickter Seide und samtenen Vorhängen hoben sich, verschwimmend in sanften Nebeln von Weihrauch, der aus einer Schale zu ihren Füßen emporstieg, einige Bronzestatuen ab. Ein halbnackter Priester saß dort, mit einem Haarbüschel in der Mitte seines rasierten Schädels, das zu einem Knoten gebunden war und dadurch besonders auffiel. Auf einem Pult vor ihm lag aufgeschlagen ein Buch, umgeben von Messinggeräten, Konchamuscheln und anderen Gegenständen, die zur Durchführung des Rituals erforderlich waren. Ein großer Mann, offenbar ebenfalls Priester, außer einem Lendentuch vollkommen nackt, schwarzhaarig und gelenkig, mit der heiligen Schnur, die die wunderbaren Linien seines anmutigen Körpers herausstrich, stand auf und blies auf einer Muschel. Bakha schaute, starrte, glotzte und begriff schließlich, daß der Morgengottesdienst begonnen hatte. Nach den hellen Soprantönen der Anrufung der Götter im »Om Schanti Dewa« ertönte nun die harte Stimme des sitzenden Priesters, der die Glocke in seiner Linken mit den Trompetentönen der Muschel zusammenklingen ließ. Der ruhige kleine Schrein, noch vor einigen Augenblicken so still, war plötzlich voller Leben. Betende eilten aus den Gängen im Inneren des Tempels zur Plattform der Götter und sangen, unter der Kuppel stehend, im Chor den Hymnus »Arti Arti ...« Der schmetternde Ton der Konchamuschel ging in eine süße getragene Melodie über, sanft und klar und doch so voll höchst geheimnisvoll wirkender Kraft, daß einem die Haare zu Berge standen, wenn sie dann im letzten heiseren Triumphschrei der Verehrung, dem »Sri Ram Tschandar ki Dschai« (Lang lebe der große Gott Ram), ausklang.

Bakha war zutiefst ergriffen. Der Rhythmus des Gesanges hatte ihn mitgerissen. Sein Blut war mit der stetigen Schwingung der Melodie mit solcher Kraft zum großen Schlußton geflossen, daß er unwillkürlich die Hände gefaltet und den Kopf in Anbetung des unbekannten Gottes geneigt hatte.

Aber ein Ruf schreckte ihn auf: »Entweiht, entweiht, entweiht.« Geschrei zerriß die Luft. Er verlor die Nerven und sah Schwarz vor den Augen. Er konnte nichts sehen. Sein Mund und seine Zunge waren wie ausgedörrt. Er wollte schreien, vor Angst schreien, aber die Stimme versagte ihm. Er riß den Mund weit auf, um zu sprechen. Vergeblich. Schweißperlen bedeckten seine Stirne. Er versuchte, sich aus seiner peinlichen Liegestellung zu erheben, aber seine Glieder hatten keine Kraft mehr. Eine Sekunde lang war er wie tot.

Aber ebenso schnell, wie ihn seine Kräfte verlassen hatten, riß er sich wieder zusammen. Er hob den Kopf und warf einen Blick in die Runde. Er sah einen kleinen Mann mit hängendem Schnurrbart, den er als Priester des Tempels kannte, zitternd, stolpernd, taumelnd, stürzend und mit erhobenen Armen über den Hof laufen und hörte ihn schreien: »Entweiht, entweiht, entweiht!«

›Ich bin entdeckt worden, ich bin verloren!‹ Der Satz zuckte Bakha wie ein Blitz durch den Kopf. Da aber gewahrte er hinter dem schreienden Priester eine Frau. Er blieb erstaunt stehen, immer noch verängstigt, immer noch im Glauben, verdammt zu sein. Doch hatte er keine Ahnung, in welcher Form die Verdammnis über ihn hereinbrechen würde.

Aber das sollte er bald erfahren. Ein stampfender Haufen von Betenden stürzte jetzt aus dem Tempel heraus und stellte sich ringsum auf wie im großen Finale einer Tamasha. Der schlanke kleine Priester stand mit hocherhobenen Armen ein paar Stufen unter ihm. Seine Schwester Sohini, denn sie war die Frau, die er hinter dem Priester erspäht hatte, stand unschlüssig und demütig im Tempelhof.

»Entweiht, entweiht, entweiht!« schrie der Brahmane unten. Und die Menge über ihm nahm den Schrei auf, schwenkte die Arme, die einen in Furcht, die anderen in Zorn, aber alle in einer furchtbaren Orgie von Erregung. Nur ein einziger unter ihnen schlug einen individuellen Ton an.

»Weg von den Tempelstufen, Latrinenputzer! Mach, daß du fortkommst. Du hast uns den Gottesdienst entweiht! Du hast unseren Tempel verunreinigt. Jetzt werden wir für die Reinigungszeremonie zahlen müssen. Fort, fort mit dir, du Hund!«

Bakha lief die Stufen hinunter, vorbei an dem Priester unter ihm, zur Schwester. Zwei Gefühle beherrschten ihn: Angst um sich selbst, weil er ein Verbrechen begangen hatte; überdies aber Angst um die Schwester, weil sie ein Verbrechen begangen haben mochte, da sie dastand, ohne den Mund aufzutun.

»Ihr Leute seid nur aus der Entfernung verunreinigt worden«, hörte er jetzt den Priester rufen, »aber ich bin durch Berührung verunreinigt worden.« »Die Entfernung, die Entfernung«, schrien die Gläubigen von der obersten Stufe der Treppe herab. »Den heiligen Büchern zufolge kann ein Tempel durch einen Menschen niederer Kaste verunreinigt werden, der ihm auf eine Entfernung von neunundsechzig Metern nahekommt, und er stand ja auf den Stufen, am Tor. Wir sind ruiniert. Wir müssen ein Opferfeuer anzünden, um uns und den Schrein zu reinigen.«

»Aber ich ... ich ...«, schrie der schlanke Priester theatralisch, kam jedoch nicht dazu, seinen Satz je zu beenden.

Die Menschenmenge auf den Stufen glaubte, er habe Fürchterliches erlitten, und bemitleidete ihn, denn sie hatten den Latrinenreiniger an ihm vorbeilaufen sehen. Sie fragten nicht, wie er verunreinigt worden war. Und sie kannten die Geschichte nicht, die Sohini Bakha unter Tränen am Tor zum Tempelhof erzählte.

»Der Mann, dieser Mann«, sagte sie, »wollte mich verführen, als ich den Abort seines Hauses reinigte. Und als ich um Hilfe rief, lief er hinaus und schrie, er sei verunreinigt worden.«

Bakha zerrte seine Schwester hinter sich her und lief in die Mitte des Hofes zurück, um dort in der Menschenmenge den Priester zu suchen. Der Mann war verschwunden, und sogar die wogende Menschenmenge schien zu flüchten, als sie den Latrinenputzer mit Riesenschritten drohend dem Tempel zueilen sah. Bakha jedoch hielt in seiner entschlossenen Verfolgung inne, als er die Menge ausreißen sah. Seine Fäuste waren geballt. Seine Augen schossen wilde rote Blitze, als er ihnen zähneknirschend nachrief: »Euch könnt' ich erzählen, was dieser Hund von einem Brahmanen sich erlaubt hat!«

Er hätte sie allesamt erschlagen können. Er sah grausam aus, totenblaß, leichenfahl vor Zorn und Wut. Er erinnerte sich, von einem ähnlichen Zwischenfall gehört zu haben. Ein junger Bauer hatte die Schwester eines Freundes behelligt, als sie vom Brennstoffsammeln durch die Felder heimging. Ihr Bruder war schnurstracks mit einer Axt in der Hand auf das Feld hinausgelaufen und hatte den Kerl ermordet. ›Eine solche Gemeinheit‹, dachte Bakha. ›Wie konnte er sich nur an ein unschuldiges junges Mädchen heranmachen! Und dazu diese Heuchelei! Dieser Mensch, ein Brahmane, lügt und beschuldigt mich, ihn beschmutzt zu haben, nachdem ... – Vater der Väter, ich hoffe, er hat meine Schwester nicht vergewaltigt.‹ Ein Verdacht stieg in ihm auf, daß er es getan haben könnte. Und plötzlich peinigte ihn der Gedanke, daß auch er sie voller Verlangen angeschaut hatte.

»Sag mir, sag mir, daß er dir nichts angetan hat.«

Sohini weinte. Kopfschüttelnd verneinte sie. Aber sie konnte kein Wort hervorbringen.

Bakha beruhigte sich ein wenig. ›Aber daß er es überhaupt versuchte!‹ ging es ihm wieder durch den Kopf. ›Der Mann muß ihr doch unsittliche Anträge gestellt haben. Ich möchte wissen, was er tat. Vater der Väter! Ich könnte den Menschen erschlagen. Den Mann könnte ich umbringen.‹ Die Ungeduld, zu erfahren, was eigentlich geschehen war, quälte ihn, und doch zögerte er, seine Schwester auszufragen, weil er fürchtete, sie würde wieder anfangen zu weinen. Aber seine Ahnungen und Zweifel ließen ihm keine Ruhe.

»Sag mir, Sohini«, wandte er sich ungestüm an seine Schwester, »wie weit ging er?«

»Sag's mir, sag's mir! Ich bring' ihn um, wenn er ...«, schrie Bakha.

»Er hat mich nur belästigt«, gab sie schließlich zu. »Und dann, als ich mich zur Arbeit bückte, kam er und hielt mich an den Brüsten fest.«

»Der Hundesohn!« rief Bakha. »Ich geh' und schlag' ihn tot.« Und er stürmte blindlings zum Tempelhof hin.

»Nein, nein. Komm zurück! Gehn wir weg«, rief Sohini ihm nach, lief hinter ihm her, packte ihn am Mantel und zerrte ihn zurück.

Für einen Augenblick blieb er stehen und starrte den Tempel an. Hier draußen war keine Menschenseele zu sehen. Alles war ruhig. Er fühlte, wie ihm ein kalter Schauer über den Rücken lief. Seine Blicke glitten über die großartigen Skulpturen über den Türen, die bis zu den Zinnen hinaufreichten. In ihrer Größe schienen sie Furcht einzuflößen und zu bedrücken. Er fühlte sich eingeschüchtert. Wieder beschlich ihn Furcht. Ihm war, als ob ihn die Götter anblickten. Obwohl sie ganz anders waren als irgend etwas, das er je auf Erden gesehen hatte, sahen sie doch so wirklich aus. Sie machten einen unbarmherzigen Eindruck, wie sie da so aus ihren Nischen herausglotzten, mit ihren zehn Armen und fünf Köpfen. Er ließ den Kopf sinken. Sein Blick verschleierte sich. Seine geballten Fäuste öffneten sich, und die Arme hingen schlaff herab. Er fühlte sich schwach und wünschte sich eine Stütze. Mit Mühe riß er sich zusammen und ging mit Sohini zum Außentor zurück.

Der Anblick der neben ihm gehenden Schwester jagte eine Woge des Schmerzes in seine Seele. Sie sah so zart aus und so schön. Bakha war sich der Anmut seiner Schwester wohl bewußt. Ihre schlanke blaßbraune Gestalt, weich, warm und strahlend, verbreitete ein Leuchten, das ihren Schmuck, die Ohrringe und die Armbänder, hinreißend zur Geltung brachte, und dabei war sie so still und sittsam, so voll seltsamer Zärtlichkeit und Licht. Er konnte den Gedanken nicht ertragen, daß irgend jemand, und wäre es auch der ihr mit allen Bräuchen der Religion angetraute Ehemann, sie brutal behandeln könnte. Er sah sie an, und wie von ungefähr schien ein Bild ihres zukünftigen Lebens vor ihm aufzusteigen. Sie hatte einen Mann, der mit ihr schlief und dem sie angehörte. Er verabscheute das Gespenst dieses zukünftigen Gatten, das er heraufbeschworen hatte. Er stellte sich den Fremden vor, wie er ihre vollen Brüste hielt und sie ihm sanft und willig entgegenkam. Er verabscheute die Vorstellung, daß dieser Mann sie berühren durfte. Er wagte nicht daran zu denken, was er dabei verlieren könnte. Er wagte nicht zu denken, daß er selbst ...

›Ich bin ihr Bruder‹, murmelte er vor sich hin, um seine Gedanken in schickliche Bahnen zurückzuleiten. Aber er konnte keinen Unterschied zwischen seinen Gefühlen und der Liebe eines Gatten machen. Er unterdrückte diese Vorstellung. Die Gestalt des kleinen Priesters brachte sein Blut zum Kochen. Er spürte ein unbändiges Verlangen nach Rache, und Rache zu nehmen hieß, ihm alles mögliche anzutun, ihn nicht etwa bloß mit Schlägen zu bearbeiten, sondern, wenn nötig, totzuschlagen. Denn wiewohl ihn eine vieltausendjährige Sklaverei gedemütigt hatte, so hatten doch die brennenden Gefühle, die unter dem offenen Tropenhimmel ungehemmt in ihm hochstiegen, seine Ehrfurcht vor dem Leben herabgemindert. Er war bäuerlicher Abstammung; seine Vorfahren waren durch einen Berufswechsel auf der gesellschaftlichen Stufenleiter herabgestiegen. Das Blut seiner bäuerlichen Vorfahren, die Sklaven gewesen sein mochten, doch frei, ihr eigenes Leben zu leben, wallte in ihm auf. ›Ich hätte ihm aber meine Meinung sagen können‹, rief er sich selber zu.

Jedesmal, wenn er sich vornahm, frisch von der Leber weg zu reden oder etwas zu tun, schien er mit einemmal ein Musterstück der Menschheit zu sein, das seine ganze Kraft entfaltete, wie ein in die Enge getriebener Tiger. Und doch stand ihm die Ausweglosigkeit ins Gesicht geschrieben. Er vermochte die Schranken, die die über ihm Stehenden zwischen ihm und sich zu ihrem Schutz aufgerichtet hatten, nicht zu überschreiten. Er konnte in den magischen Kreis, der einen Priester vor jeglichem Angriff, vor allem aber dem eines Menschen niederer Kaste, schützt, nicht eindringen. Und so setzte sich auch in den Augenblicken größten Selbstvertrauens der Sklave in ihm wieder durch, und er verfiel wieder in seine Selbstquälerei, biß sich auf die Lippen und beklagte sein elendes Los.

Aus dem Tempel tretend, standen Bruder und Schwester in einer geschäftigen Straße. Bakha schaute sich unsicher um. Er konnte sich auf die bunte Vielfalt, die sich seinen Blicken bot, nicht konzentrieren. Er wollte nichts hören und nichts sehen, und er wollte nicht reden. ›Warum habe ich diesen scheinheiligen Hund nicht totgeschlagen?‹ fragte er sich. ›Ich hätte mich für Sohini opfern können. Es wird sich herumsprechen! Arme Schwester!

Wie kann sie nach alledem der Welt ins Gesicht sehen? Warum hat sie mich den Kerl nicht töten lassen? War sie dazu als Mädchen in unserem Hause geboren, um Schande über uns zu bringen? So schön! So schön und so vom Fluch verfolgt! Ich wollte, sie wäre die häßlichste Frau der Welt! Dann hätte sich niemand an ihr vergriffen!‹ Aber daß sie häßlich sein könnte, wollte ihm auch nicht gefallen. Es verletzte seinen Stolz auf ihre Schönheit. ›O Gott, warum wurde sie geboren, warum?‹ klagte er einfach. Dann jedoch sah er, wie sie sich mit der Schürze die Tränen trocknete. In einem plötzlichen Ausbruch von Zärtlichkeit und Demut drückte er ihren Arm an sich und zog sie bebend vor innerer Erregung und Verzweiflung mit sich fort.

Nach ein paar Schritten war ihm etwas wohler zumute. Er atmete wieder leicht und regelmäßig. Sein großer grobknochiger Körper, den die Leidenschaft vorübergehend wendig und flink hatte werden lassen, wurde wieder schwer. Seine angeborene Angst vor den vielen Menschen in den Straßen, die in ihrer Roheit und Gefühllosigkeit sofort dabei waren, die Fehler des einzelnen zu bemerken und das Lächerliche wie das Erhabene zu verhöhnen, zwang ihn, sich zusammenzunehmen. Er sah sein Erlebnis nun mit der Resignation, die er im Laufe der Jahrhunderte von seinen zahllosen Vorfahren niederer Herkunft ererbt hatte und die durch das strenge Kastentabu mit jeder neuen Generation gefestigt wurde.

»Geh du nur nach Hause, Sohini«, sagte er zur Schwester, die beschämt und niedergeschlagen hinter ihm herging, mit dem Fleck auf ihrer Ehre, den sie als Ursache des Zwischenfalls betrachtete. »Ja, geh nur nach Hause«, sagte er, »und ich geh' das Essen holen.«

Sie nickte zustimmend, ohne zu ihm aufzublicken, nahm ihm Korb und Besen aus der Hand, bedeckte ihr Gesicht mit der Schürze und ging auf das Stadttor zu.

Bakha blickte seiner Schwester einen Augenblick lang nach und entfernte sich langsam vom Gotteshaus. »Posch, Posch, Latrinenputzer kommt.« Plötzlich war ihm sein Warnruf eingefallen, als es ihm gerade noch gelang, das Berühren eines barfüßigen Hausierers zu vermeiden, der wie ein heiliger Stier von Laden zu Laden lief. Und als er so, in Gedanken versunken, durch den überfüllten Eisenhändlerbasar gewandert war, durch keuchende Menschenmassen in einem bunten Durcheinander von Kleidungsstücken, die weder indisch noch englisch waren und ihm doch kaum auffielen, stand er vor einer Gasse, die sich wie ein gähnender Mund zwischen einem Obstladen und dem Geschäft eines alten Parfümhändlers öffnete. Unter der Leere in Bakhas Innerem verbarg sich eine unterdrückte Verwirrung, die vom allzu großen Widerstreit seiner Gefühle herrührte, äußerlich jedoch war er ganz ruhig. Da er wie betäubt weitergewandert war, mußte er jetzt einen Augenblick haltmachen, um festzustellen, wo er war. »Zu den Häusern in dieser Gasse, um Essen zu holen«, murmelte er vor sich hin und bog ein.

Ein streunender Hund, ausgemergelt, räudig und von Flöhen geplagt, hob sein Bein. Ein zweiter, nichts als Haut und Knochen, nagte an einem verwesenden Happen Fleisch. Er stammte von einem Müllhaufen, der den Abfluß verstopfte. Quer über den Weg lag eine Kuh. Bakha schenkte dem Schmutz und Unrat, der überall herumlag, nur wenig Beachtung, aber die Tiere reizten ihn zur Wut. Er ging auf den Hund zu, stampfte plötzlich auf und erschreckte ihn so, daß er heulend und kläffend ausriß. Die sture Gleichmütigkeit der Kuh zu überwinden, die vor ihm ausgestreckt lag, war schwerer. Um nicht von den Leuten, vor deren Tür die Kuh lag, beschuldigt zu werden, die heilige Mutter gestört zu haben, hielt er sie an den Hörnern fest und schützte so seine Beine vor ihrer nur zu bekannten Angriffslust. Dann stieg er über sie hinweg.

Weitere Müllhaufen, überall auf den mit kleinen Ziegelsteinen gepflasterten Gehsteig verstreut, erinnerten ihn immer wieder daran, wie nachlässig seine Schwester an diesem Morgen ihre Arbeit getan hatte. Doch er konnte ihr nicht böse sein, weil er daran dachte, was sie mitgemacht hatte. Von niemandem, der beleidigt worden war wie sie, war zu erwarten, daß er seine Arbeit anständig verrichtete. Er wollte sich nicht eingestehen, daß es unvernünftig war, sie so zu verteidigen, da sie ja hier hätte fegen sollen, ehe sie das Haus im Tempelhof säubern ging.

Das ungeheure Getöse, das die Kupferschmiede verursachten, die in ihren unordentlichen dunklen, kleinen Schuppen auf ihr Kupferblech loshämmerten, umgab ihn auf allen Seiten, und eine Weile ging er etwas ruhiger weiter; auch war das Geräusch keineswegs unangenehm, hörte sich vielmehr aus einiger Entfernung sogar angenehm an und half ihm, die Gewissensbisse, die er sich wegen der Nachlässigkeit seiner Schwester machte, zu unterdrücken. Je weiter er aber auf den offenen Platz hinauskam, desto unerträglicher wurde dieses »Thak, thak, thak«, das von den Schuppen herkam. Er hätte sich in die kleine Sackgasse geflüchtet, wo er die Lebensmittel zu holen hatte, wäre nicht gerade ein frommer Hindu, nackt bis auf ein Lendentuch, am Brunnen in der Mitte der Straße mit seinen Waschungen beschäftigt gewesen, was Bakha die Gelegenheit bot, sich von dem Wasser besprengen zu lassen, das der Hindu über seinen gutgeölten Körper schüttete. Also wartete Bakha, bis Seine Heiligkeit sich eine Kanne Wasser über den Kopf goß und das nun leere Gefäß in den Brunnen hinunterließ, dann war er mit einem Satz im dunklen, feuchten Gäßchen, das so eng war, daß zwei dicke Männer aneinander nicht vorbeigehen konnten. Hier fühlte er sich wohler; weil es kühler war und der Lärm der Kupferschmiede geringer.

Doch die härteste Nervenprobe stand ihm noch bevor. Denn er durfte als Ausgestoßener nicht wagen, die Reinheit der Häuser dadurch zu verletzen, daß er die Treppe zu den obersten Stockwerken hinaufstieg, wo die Küchen lagen, sondern mußte durch Rufen von unten her sein Kommen ankündigen.

»Brot für den Latrinenreiniger, Mutter. Brot für den Latrinenreiniger«, rief er und stellte sich vor die Tür des ersten Hauses. Seine Stimme verlor sich im Echo des »Thak, thak, thak«, das, wenn auch schwächer, in der Gasse widerhallte.

»Mutter, der Latrinenputzer ist wegen Brot gekommen«, rief er etwas lauter.

Aber es nützte nichts.

Er ging tiefer ins enge Gäßchen hinein und rief an einer Stelle, wo die Türen von vier Häusern beinahe aneinanderstießen: »Brot für den Latrinenputzer, Mutter! Brot für den Latrinenputzer!«

Doch schien niemand oben in den Häusern ihn zu hören. Er wünschte, es wäre Nachmittag gewesen, denn da saßen die Hausfrauen immer unten in den Dielen ihrer Häuser oder draußen auf den Abflußrohren der Gasse, schwatzten und drehten das Spinnrad. Wenn er sich jedoch vorstellte, wie sie in Gruppen in der Gasse kauerten, eine der anderen heulend die Schürze vor das Gesicht hielt und wie sie sich an die Brust schlugen, um einen Toten zu beklagen, fühlte er sich eingeschüchtert.

»Brot für den Latrinenputzer, Mutter«, rief er noch einmal.

Keine Antwort! Die Beine taten ihm weh. Er spürte eine seltsame stumpfe Müdigkeit in den Knochen. Sein Gehirn konnte keinen Gedanken fassen. Erschöpft setzte er sich auf die hölzerne Plattform eines Hauses in der Gasse. Er war müde und angewidert, aber eher müde als angewidert, denn die Ursache seines Ekels, die Erlebnisse am Vormittag, hatte er beinahe vergessen. Eine Art Schläfrigkeit schien seine Knochen zu beschleichen. Er wehrte sich dagegen, so gut er konnte, indem er krampfhaft die Augen offenhielt. Dann aber gab er den müden Gliedern nach und lehnte sich leicht an das harte Holz der großen Eingangstür. Er wußte, daß sein Platz auf dem feuchten Ziegelpflaster an der Gosse war, welche die schmutzigen Abwässer von allen diesen Häusern aufnahm, aber eine Weile scherte er sich einfach nicht darum. Er zog die Beine an den Leib, kauerte sich in eine Ecke und gab dem sanften Dämmerzustand nach, der sich auf ihn herabsenkte. Bald darauf war er eingeschlafen.

Leider war es nur ein unruhiger Halbschlaf, der seinem müden Körper zugute kam, denn aus den tiefen Labyrinthen seines Unterbewußtseins drangen seltsame, unheimliche Phantasiebilder und Träume. Er sah sich in einem Ochsenkarren durch die von Menschen wimmelnden Straßen einer herrlichen Stadt fahren, wo er einem Hochzeitszug buntgekleideter, fröhlicher Menschen begegnete. Vier Männer trugen eine Sänfte mit ockerfarbenen Vorhängen voran. Vor ihnen marschierte in loser Formation eine Sikh-Musikkapelle in englischer Armeeuniform. Da waren Klarinetten, Trompeten, Flöten, Supersaxophone und Trommeln. Aber sie spielten keine der Melodien, die er im Militärlager gehört hatte, sondern nur unmelodische Klagen, unheimlich und verwirrend. Dann stand er auf dem Bahnsteig eines Bahnhofs. Vor ihm stand ein Zug, der aus vierzig geschlossenen eisernen Güterwagen bestand und an jedem Ende eine Lokomotive hatte. Irgendwo in der langen Reihe fielen ihm zwei offene Wagen auf. Der eine war mit Steinblöcken, der andere mit

Holz beladen. Er sah sich auf eine dieser Frachtlasten hinaufklettern und sich hinsetzen. Neben ihm lag ein Bündel, in der Hand hielt er einen Schirm mit silbergetriebenem Griff, seinen Kopf bedeckte ein Tropenhelm, und im Mund hielt er den Schlauch der Wasserpfeife seines Vaters. Plötzlich merkte er, daß die geschlossenen eisernen Güterwagen sich bewegten. Fast gleichzeitig hörte er Schreie, Flüche, Klagerufe und Laute allgemeiner Aufregung, als wäre auf einem benachbarten, jedoch unsichtbaren Nebengleis jemand eben ermordet worden. Und er bildete sich ein, daß er sich voll Angst und Mitgefühl über den Rand des Wagens hinausbeuge. Da entdeckte er, daß es nur ein paar blauuniformierte Eisenbahnkulis waren, die einen Waggon in einen Schuppen hineinschoben. Dann sah er sich in ein kleines Dorf versetzt, mit sehr engen lehmigen Straßen, in denen auf jeder Seite Rinnen voll Wasser flossen. Er bemerkte herumwandernde Kühe und sah, wie zwei schwerbeladene Karren einander entgegenkamen und im Dreck steckenblieben. Ein paar Spatzen ließen sich auf dem Korn nieder, das in offenen Läden zu Haufen aufgeschüttet war, und eine Aaskrähe stieß auf den wunden Hals eines Ochsen herab und begann daran zu picken. Dann beobachtete er ein kleines Mädchen, das vor einem Laden mit Zuckerwerk stand. Lächelnd näherte sich das Kind und hielt das gekaufte Zuckerwerk in der Hand hoch. Die Krähe schoß herab, schnappte nach der Hand der Kleinen und schleuderte ihr Zuckerwerk auf einen Müllhaufen neben der Gosse. Sie begann zu weinen. Ein gutaussehender, riesenlanger Silberschmied, der vor einem Holzkohlenfeuer Silberschmuck zurechthämmerte, blickte auf, lächelte verständnisvoll und legte ihr mit seiner Feuerzange ein glühendes Stück Holzkohle in die ausgestreckte Hand. Das Kind trottete glücklich davon und verschwand in einem engen Eingang, stolz, den Funken Wärme für den Herd der Mutter tragen zu dürfen ... Dann sah Bakha sich selber in einer Schule, in der Jungen in gelbem Turban laut lasen, während ihr Lehrer, den Rohrstock in der Hand, dabeisaß und streng seine Schützlinge überwachte. Der Klassenordner reichte jedem einzelnen Jungen in den Bänken einen Vers, den sie ihm nachsprechen mußten. Jenseits dieser Wunderstadt, wo die Straßen endeten, floß ein Bach. An seinem Ufer stand ein Palast, dessen Kuppeldach auf Tragsteinen ruhte. Der Palast war so reich mit Steinmetzarbeiten geschmückt, daß er den Blick auf sich zog. Und Bakha betrachtete ihn staunend und bewunderte ihn so sehr, daß es ihm den Atem verschlug. Er trat ein und sah, wie alles aus dem Felsen gehauen worden war. Das Dach war blau, rot, golden und grün bemalt. In Hallen von ungeheuren, reichverzierten Säulen, die sich am anderen Ende zu einem Haupt- und Seitenschiff zusammenschlossen, drängten sich Menschen um einen ausgemergelten Mann. Aus der Halle traten jetzt einige Soldaten heraus. Sie schwatzten und unterhielten sich heiter lächelnd. Sie trugen den Mann auf eine weite Fläche hinaus, einen Verbrennungsplatz, auf dem noch die Asche von den Verbrennungen des Vorabends glühte und von den aufgehäuften Hügeln menschlicher Körper zarte Rauchspiralen in die Luft aufstiegen. Eine Anzahl heiliger Männer stand neben den Toten, streute sich die Asche der Verbrannten ins Haar, trank aufgebrühten Hanf und tanzte in einer wilden Orgie der Zerstörung. Ein weißer Sahib schaute ihnen von einer Ecke aus zu und belächelte das Schauspiel. Bakha sah, wie einer der heiligen Männer, ein Asket von angeblich mehr als zehntausend Jahren, der nackt mit rasiertem Kopf in schweigender Versenkung dasaß, den Sahib durch ein Zauberkunststück in einen kleinen schwarzen Hund verwandelte. Bakha wollte ihm ein Geschenk machen, aber die Jünger des heiligen Mannes erlaubten es nicht. Bakha hätte gerne gewußt, wie der Mann eigentlich lebte. Dann sprang eine Herde von Affen von einem Baum herab und...

»Alakh, alakh!« Die Stimme, die den Warnruf der Asketen ausstieß, weckte ihn auf. Im Glanz der Sonne über den hohen Häusern verblaßte der Traum. Bakha wußte, daß es nun Mittag sein mußte, die Stunde, zu der alle heiligen Männer und Bettler sich an den Türen der Frommen einfinden, um Almosen dafür zu empfangen, daß sie sich dem Dienste Gottes geweiht hatten. Er riß sich mit einem Ruck zusammen und rieb sich die Augen. ›Bald wird es Brot geben‹, fühlte er. Er wußte, daß die Hausfrauen auf die mit Asche beschmierten asketischen Sadhus warteten und sich selbst nicht eher zum Essen niedersetzten, als bis die heiligen Männer bewirtet worden waren. ›Bald wird es etwas zum Essen geben‹, dachte er und blickte, ohne aufzustehen, den Sadhu an. Und der Mann starrte auf ihn herab. Bakha fiel wieder in die schläfrige Teilnahmslosigkeit zurück, aus der er eben erwacht war.

»Bham, bham, bhole Nath«, rief der Sadhu und rasselte mit seinen Armspangen, worauf zwei Frauen vom obersten Stockwerk auf die Terrasse gelaufen kamen.

»Ich bringe das Essen, Sadhudschi«, rief die Frau, auf deren Schwelle Bakha ausruhte. Als aber ihr Blick auf den Körper des Latrinenreinigers fiel, der sich auf der Veranda vor ihrem Haus hingekauert hatte, blieb sie wie gebannt stehen.

»Du Fresser deiner Herren«, schrie sie, »möge doch das Schiff deines Lebens nie auf dem Meere des Daseins schwimmen! Zugrundegehen und verrecken sollst du! Du hast mein Haus verunreinigt. Weg mit dir! Steh auf, steh auf. Du Fresser deiner Herren! Warum hast du nicht gerufen, wenn du Essen haben wolltest? Ist es deines Vaters Haus, daß du dich hier so ohne weiteres hinlegst?«

Kaum war die freundliche Art, in der sie zu dem heiligen Mann gesprochen hatte, in Zorn umgeschlagen, sprang Bakha auf. Er rieb sich die Augen, versuchte die Müdigkeit, die wie heiße Luft schwer auf ihm lastete, abzuschütteln und suchte befangen nach Worten, um sich zu entschuldigen.

»Verzeih mir, Mutter. Ich rief nach Brot, aber du warst vielleicht zu beschäftigt, um mich zu hören. Ich war müde und setzte mich.«

»Aber warum, du Fresser deiner Herren, warum mußtest du dich auf meine Schwelle setzen, wenn du dich überhaupt hinsetzen mußtest? Du hast meine Religion entweiht! Du hättest dich in die Gosse setzen sollen! Jetzt muß ich das ganze Haus mit Weihwasser besprengen! Du hast mein Salz verdorben! Oh, wie schrecklich! Ihr Latrinenputzer tragt neuerdings die Nase sehr hoch! Und an einem Dienstagmorgen muß ich dieses Pech haben! Kurz nachdem ich im Tempel war ... !« Sie sah den Sadhu warten und unterbrach ihren Schwall von Vorwürfen und Verwünschungen. Bakha wagte nicht, sie anzuschauen.

»Gedulde dich, Sadhudschi«, sagte sie jetzt, »ich geh' schon dein Essen holen. Dieser Fresser seiner Herren hat sogar das Brot im Ofen verbrennen lassen, weil er mich hier aufgehalten hat.« Und sie zog sich eilig von der Terrasse zurück.

Mittlerweile kam die andere Frau, ebenso ruhig wie dick, mit einer Handvoll Reis in der einen und einem Brotfladen in der anderen Hand die Treppe herunter. Zuerst schüttete sie dem heiligen Mann den Reis in seine Tasche, dann reichte sie Bakha den Tschapatifladen und sagte freundlich: »Mein Kind, du solltest dich den Leuten nicht so vor die Tür legen.«

»Mögest du lange leben, möge deine Familie gedeihen«, sagte der Sadhu, während er sein Almosen entgegennahm. »Habt ihr nicht auch ein paar Linsen, die du dem heiligen Mann schenken könntest?«

»Ja, Sadhudschi«, sagte sie, »morgen. Von morgen an sollst du Linsen haben! Ich bin gerade beim Kochen!« Dann lief sie die Treppen hinauf; sie müsse sich mit dem Kochen beeilen, sagte sie.

Die Besitzerin des verunreinigten Hauses kam nun herunter; mit ihren Raubvogelaugen starrte sie Bakha an und fing wieder an zu schimpfen: »Tja! Eine schöne Geschichte hast du mir da eingebrockt mit deiner Besudelung meines Hauses!« Dann wandte sie sich dem heiligen Mann zu und häufte einen dampfendheißen Gemüse-Curry und einen Topf voll von gekochtem Reis in den schwarzen Schädel, der dem Sadhu als Bettelnapf diente. »Bitte, nimm's doch«, sagte sie, »das Haus ist ganz in Ordnung; er hat es nicht wirklich verunreinigt. Aber weißt du vielleicht ein Heilmittel für meinen Sohn? Er hat Fieber, und du könntest mir das bringen.«

»Gott segne dich und deine Kinder«, sagte der heilige Mann. »Morgen früh will ich dir Kräuter bringen.« Und er kehrte ihr den Rücken, denn er hatte ja erhalten, was ihm für das Seelenheil seiner Jünger als Entgelt zustand.

»Verrecken sollst du«, verfluchte die Frau jetzt Bakha. Sie hatte, so glaubte sie, durch die Speisung des heiligen Mannes sich genügend Verdienst erworben, wovon sie nicht viel verlieren würde, wenn sie zum Latrinenreiniger gemein war. »Womit habt ihr, du und deine Schwester, euch heute euer Brot verdient? Sie hat heute morgen nicht einmal die Straße gefegt, und du hast mein Haus besudelt. Komm schon, putz den Abfluß aus, dann sollst du dein Brot haben. Tummle dich ein wenig, wo du doch mein Haus besudelt hast.«

Bakha sah die Frau einen Augenblick an. Dann aber machte er sich, von ihrem Schimpfen eingeschüchtert, daran, mit einem kleinen Besen, den seine Schwester, wie er wohl wußte, immer unter der hölzernen Veranda, auf der er saß, versteckte, die Gosse auszufegen.

»Mutter«, rief ein kleiner Junge von oben, »ich muß mal.«

»Nein, das geht jetzt nicht«, antwortete die Mutter, die die Arbeit des Latrinenreinigers beaufsichtigte. »Oben kannst du nicht gehen, sonst bleibt's den ganzen Tag liegen«, sagte sie. »Komm, komm schnell herunter, und setz dich in die Gosse. Der Latrinenputzer fegt's dann weg.«

»Nein«, schrie der halsstarrige Kleine, der sich schämte, sich so öffentlich hinzuhocken.

Die Mutter lief hinauf, um ihn zu holen. Darüber vergaß sie, Bakha das Brot zu geben, das sie für ihn mitgebracht hatte. Oben angelangt, schickte sie den Sohn ohne Brot hinunter. Und da sie sich einen zweiten Gang sparen wollte, rief sie Bakha, der mitten in der Arbeit war: »He, Bakha, fang's auf, hier kommt das Brot«, und warf es ihm zu.

Bakha legte den Besen beiseite und bemühte sich, es wie ein guter Kricketspieler, der er ja war, aufzufangen, doch der Brotfladen war dünn wie ein Stück Papier, trieb durch die Luft und landete wie ein Papierdrachen auf den Backsteinen der Gasse. Ruhig hob Bakha ihn auf und wikkelte ihn mit dem Brot, das er zuvor bekommen hatte, in einen Putzlappen. Aber jetzt noch die Gosse auszufegen, dazu war ihm die Lust vergangen, besonders da sich der kleine Junge vor ihm in die Gosse gehockt hatte und dort sein Geschäft verrichtete. Er legte den kleinen Besen hin und machte sich aus dem Staub.

»Ihr nehmt euch ja heutzutage allerhand heraus«, rief ihm die Frau nach, die enttäuscht war, daß er sich nicht bedankt hatte. »Immer höher tragen sie die Nase.«

»Ich bin fertig, Mutter«, rief der Sohn.

»Dann wisch dir den Hintern am Boden ab, mein Junge, wenn bei dem Gewürzhändler nebenan niemand zu Hause ist, um dir Wasser zu geben«, sagte sie und ging in die Küche zurück.

Die ganze während des Vormittags angesammelte Wut war noch in Bakha, und nun kam noch der Zorn über diese neue Beschimpfung dazu. Als er aus dem Schlaf erwachte, glaubte er sich von den unangenehmen Erinnerungen des Morgens geheilt, aber nun fühlte er einen Schmerz im Hinterkopf. Eine tückische Hitze trocknete, vom Rückgrat aufsteigend, das Blut in seinem Körper aus und ließ sein Gesicht schrumpfen. ›Ich wollte, diese Geschichte im Tempel wäre nicht passiert‹, sagte er zu sich, ›dann wäre Sohini Brot holen gegangen. Warum mußte ich bloß hierherkommen?‹ Er bewegte sich in einer Art Trance. Er mochte schwarz und schmierig sein, dennoch ließ die Würde und das Dekorum seiner exotischen Gewandung ihn ordentlich erscheinen, und er war von einem seltsamen Feuer erfüllt. ›Ich hätte dieses Brot nicht vom Gehsteig aufklauben sollen‹, sagte er und seufzte. Seine Spannung schien geringer zu werden.

Inzwischen war er so hungrig geworden, daß er das Gefühl hatte, in seinen Eingeweiden liefen Ratten auf der Suche nach Nahrung umher. Während er aus der Stadt nach Hause eilte, begann er flockigen weißen Speichel in den Staub zu spucken. Seine Glieder wurden schlaff. Kaum war er im Freien, fühlte er, wie ihm der Schweiß unter dem Turban über das Gesicht rieselte. Er blickte zur Sonne hinauf. Sie stand senkrecht über ihm. Bakhas Gesicht belebte sich in dem Bewußtsein, daß die Sonne »höher stand«. Sein Körper hatte ein wunderbares Gefühl für die Zeit, genauso wie er ein Gefühl für andere Dinge hatte. ›Wie kann ich‹, fragte er sich, ›mit nur zwei Tschapatis unter dem Arm heimkommen? Vater wird sicher wissen wollen, ob ich irgendwelche Delikatessen mitgebracht habe. Es ist nicht meine Schuld, daß ich nur ein Fladenbrot habe. Er wird sicher fragen, warum nicht Sohini die Lebensmittel holen ging. Ich werde ihm wohl die ganze Geschichte erzählen müssen. Er wird böse sein!‹ Er erinnerte sich daran, wie sein Vater ihn – Bakha war damals noch ein Kind – beschimpft hatte, als er ihm erzählte, ein Sepoy habe ihn erschreckt. ›Vater hält immer zu den anderen. Nie zu seiner eigenen Familie. Wie kann ich ihm da von dem Priester erzählen? Er wird mir nicht glauben. Und er wird toben, wenn ich ihm den Zwischenfall auf der Straße erzähle. 'Bei der ersten Gelegenheit, wo ich dich in die Stadt zur Arbeit schicke, fängst du einen Streit an.' Genau das wird er sagen: 'Wann wirst du endlich lernen, deine Arbeit anständig zu machen?'‹ Bakha beschloß, eher zu lügen als das zu ertragen. ›Aber er wird sicher darauf kommen, weil Sohini nicht das Essen holen ging. Er muß sie gefragt haben, warum sie so früh nach Hause kam. Am besten wird es wohl sein, nichts zu sagen. Aber er wird sicher fragen. Ach was, komme, was wolle.‹ Und er verschloß sich gegen das Problem und beobachtete einen einsamen Adler, der hoch am Himmel seine Kreise zog.

So abgelenkt von dem Adler, schien Bakha der Heimweg nicht sehr lang. Er sah seine Familie sich vor dem Hause sonnen. Da für Licht in der Latrinenputzerstraße nicht vorgesorgt war, entschädigten die meisten Bewohner sich für die Nächte, die sie in völliger Dunkelheit im Rauch der qualmenden Herdfeuer in ihren winzigen, überfüllten Hütten verbrachten, indem sie sich möglichst lange im Freien aufhielten. Natürlich war das im Sommer schwer, obwohl sie Sonnendächer aus den Hängematten machten, auf denen sie in der Nacht schliefen, und sie mit rauhen weggeworfenen Lumpen aus Jute bedeckten. In deren Schatten verbrachten sie dann die ganzen Tage. Im Winter jedoch kamen sie, kaum daß die Sonne aufging, aus ihren Hütten und blieben draußen, bis der Abend anbrach und es zu kalt wurde.

Sohini hatte die Küche im Freien, die ihre Mutter neben der Haustür eingerichtet hatte, behalten. Es war, genaugenommen, keine Küche, wie sie der Hindubrauch vorschrieb, denn sie wurde nicht von vier Linien begrenzt, wie dies die Hygienegesetze fordern, welche der Frömmigkeit der Hindus zugrunde liegen. Ein Paar Besen standen neben dem Herd, ein leerer Mülleimer, eine Kanne, zwei irdene Krüge und ein abgeschlagener emaillierter. Die meisten dieser Geräte waren vom Ruß vieler Feuer geschwärzt. Sie waren seit dem Tod von Bakhas Mutter nicht mehr gewaschen worden, denn Sohini war jung und unerfahren und hatte viel zuviel Arbeit außerhalb des Hauses, als daß sie sich der Hausarbeit mit Eifer hätte widmen können. Außerdem herrschte Mangel an Wasser. Und weil sie alle wegen ihres Berufes und der schmutzigen Umgebung täglich mehr als einen Krug voll Wasser brauchten, aber nicht bekommen konnten, mußten sie eben darauf verzichten, so daß schließlich sanitäre Einrichtungen, Reinlichkeit und Hygiene ihre Bedeutung für sie verloren.

»Wo ist Rakha?« fragte Bakha seine Schwester, als er ihr den Lappen reichte, in den das Brot gewickelt war.

Sie schwieg, aber Vater Lakha antwortete:

»Der Gauner ist zur Kasernenküche Essen holen gegangen.«

Der Alte saß auf seiner Bettstatt, die jetzt neben der Küche aufgestellt war, paffte an seiner Wasserpfeife, und jeder Zug rief einen kurzen asthmatischen Hustenanfall hervor. Er sah sehr gepflegt aus. Offensichtlich hatte er mit einer Pinzette, die er immer unter seinem Kopfpolster neben einem bemalten indischen Spiegel aufbewahrte, überflüssige Haare aus seinem Gesicht gezupft, so daß sein stachliger weißer Bart an den Enden und Seiten gestutzt schien. Seine Augen blickten freundlich, wahrscheinlich weil er einen leichten und bequemen Vormittag gehabt hatte. Aber seine Lippen waren fest geschlossen, und er runzelte die Stirne unter dem sauber gebundenen blauen Turban. Er sah aus, als könne seine Stimmmung im nächsten Augenblick von Brummigkeit in Ärger umschlagen.

»Hast du uns was Gutes zum Essen gebracht?« fragte er Bakha. »Ich hätte Lust auf eingelegte Zwiebeln, Spinat und Maisbrot.«

»Ich habe nur zwei Tschapatis gebracht«, erwiderte Bakha. Das Unbehagen, das ihn während des ganzen Heimwegs beherrscht hatte, kam wieder über ihn: Sollte er ein Geständnis ablegen oder lieber lügen?

»Du bist ein Taugenichts«, murmelte Lakha. »Hoffentlich bringt der Gauner etwas Anständiges aus der Kaserne.«

Dem Dschemadar lief bei dem bloßen Gedanken das Wasser im Mund zusammen, und er sah im Geiste die riesigen Haufen von gekochten Speisen, die ihm anläßlich von Hochzeiten in den Gäßchen der Stadt geschenkt worden waren. Da gab es geröstetes Brot und Kartoffelpuffer, Gemüse, Currys und Grießpudding, Zuckerwerk und Gewürzzwiebeln – Überbleibsel von den Tischen der Herren hoher Kaste und manchmal ganze Portionen direkt aus der Küche. Das waren unvergeßliche Tage. Sie hatten bei Lakha einen so angenehmen Eindruck hinterlassen, daß er das Heranwachsen jedes einzelnen Mädchens in den Gäßchen, in denen er arbeitete, beobachtet und die Eltern gefragt hatte, wann denn das glückliche Ereignis ihrer Verheiratung gefeiert werden würde. Mag sein, daß

Lakha die Schuld an den meisten Kinderheiraten in Bulaschah trägt. Die Eltern der zukünftigen Bräute vergaßen Lakha niemals und gaben ihm Kleider und reichlich zu essen.

Ein anderes Ereignis, dessen er sich gern erinnerte, war die Rückkehr des Regiments, dem er zugestellt war, aus dem Krieg, denn es gab große Gelage aus Anlaß der Heimkehr, und er, als Dschemadar aller Straßenkehrer, überwachte die Verteilung der Überbleibsel. Er erinnerte sich noch, daß die Holzschachtel, in der seine Frau Zuckerwerk aufhob, während dieses Jahres niemals leer stand.

»Ich kenne die Leute in der Stadt nicht sehr gut, und ich bat an allen Türen um Essen«, sagte Bakha, um sich bei seinem Vater zu entschuldigen. Die Bemerkung warf Lakhas gastronomische Phantasie über den Haufen.

»Du solltest dich bemühen, sie kennenzulernen. Nach meinem Tode, mein Sohn, wirst du dein ganzes Leben lang für sie arbeiten müssen.«

Mit der ganzen Schärfe seines Vorstellungsvermögens ermaß Bakha die fürchterliche Aussicht auf die künftigen Dienstjahre in der Stadt und die Erniedrigungen, die sie begleiten würden. Er sah sich von einer Menge umringt; er sah einen kleinen Priester, der, mit den Armen fuchtelnd, rief: »Entweiht, entweiht!« Er sah die Frau, die ihm das Brot nachgeworfen hatte, wie sie ihm vorwarf, die Gosse nicht gereinigt zu haben. ›Nein, nein‹, schien sein Inneres zu sagen, ›niemals‹. Und die verschwommene Gestalt eines Bakha erschien vor seinem Auge, der in großartiger Militäruniform die Nachttöpfe der Sahibs ausleerte. ›Ja, viel lieber‹, sagte er zu sich selber, um das Bild zu festigen.

Ein seltsames Gemisch von Ehrfurcht und Romantik lebte in Bakha, in dem sein Haß gegen die Heimatstadt abwechselte mit der Liebe zur Welt, nach der er sich sehnte. Die Menschen gewöhnen sich an einen Ort, werden mit ihm vertraut, aber dann kommt ein Stadium, in dem sie der Zauber des Unbekannten und Exotischen beherrscht. Die Seele, die einmal ins Zauberland des Neuen geschaut und voll von Wünschen und Sehnsüchten dieses Neue von allen Seiten betrachtet hat, ist entsetzt und enttäuscht, wenn die rauhe Wirklichkeit dem wilden Pferd der Phantasie die Zügel strafft. Aber wie angenehm finden es die Menschen, die Welt mit den offenen, hoffnungsvollen, erstaunten Augen des Kindes zu betrachten. Bakhas einfältige Wünsche sind erklärlich und verzeihlich. Er konnte sein Heim, seine Straße und seine Stadt nicht leiden, weil er in den Kasernen der Tommys gearbeitet und Blicke in eine andere, seltsame und schöne Welt geworfen hatte. Er war seinen heimischen Schuhen entwachsen, hinein in die Militärstiefel, die man ihm geschenkt hatte. Und mit diesen und anderen merkwürdigen und exotischen Kleidungsstücken hatte er sich eine neue Welt gebaut, die, wenn aus keinem anderen Grunde, so deshalb reizvoll war, weil sie eine Abwechslung von der alten verknöcherten Ordnung und den stinkenden Pfützen der Straße bildete, in der er geboren war.

»Was ist denn heute mit dir los?« fragte Bakhas Vater, der das wilde Licht in den Augen des Jungen und sein gleichgültiges Benehmen bemerkte. »Bist du müde?«

Die Worte versetzten Bakha in panischen Schrecken. Sollte er berichten oder lieber doch nicht? Der teilnahmsvolle Ton der Frage rührte tief an den Saiten seiner Seele. Er hätte vor Rührung über die Besorgnis, die aus des Vaters Worten herausklang, in Tränen ausbrechen können. Er zögerte einen Augenblick.

Dann, bemüht, das Geheimnis zu bewahren, antwortete er unsicher: »Nichts«, sagte er, »was soll denn sein?«

»Nichts! Was soll denn sein?« echote der Vater. »Sicherlich ist irgend etwas los. Heraus mit der Sprache.«

Bakha hatte das Gefühl, der hartnäckige Wunsch, das Geheimnis zu wahren, würde ihn in Stücke sprengen. Er war vom ungewohnten Mitleid seines Vaters gerührt. Er fühlte sich dem Ersticken nahe. Fühlte, daß er an seiner entschlossenen Haltung nicht lange werde festhalten können. Und so platzte er viel plötzlicher heraus, als es sonst seine Art war, wenn er eine Rede halten wollte.

»Man hat mich heute früh beschimpft, ich wurde angebrüllt, weil ein Mann mich im Gehen zufällig berührte. Er gab mir einen Schlag. Eine Menschenmenge bildete einen Kreis um mich, schimpfend und ...« Er konnte nicht weiterreden, weil ihn das Selbstmitleid übermannte.

»Sohn«, sagte Lakha in einem Ton, in dem sich Zorn und Güte mischten, »hast du denn dein Kommen nicht angekündigt?«

Dies war Kohle auf Bakhas Feuer. Er saß da und warf sich vor, dem Vater von dem Vorfall erzählt zu haben. ›Ich wußte, daß er das sagen würde, wenn ich ihm die Wahrheit erzähle‹, dachte er.

»Warum bist du nicht vorsichtiger gewesen, mein Junge?« Als er sah, wie erregt sein Sohn war, gab Lakha sich die größte Mühe, mehr Güte als Zorn zu zeigen.

»Aber, Vater, was hat denn das alles für einen Sinn?« schrie Bakha. »Die würden uns auch dann mißhandeln, wenn wir laut riefen. Die bilden sich ein, wir seien ein Dreck, weil wir ihren Dreck entfernen. Der Pandit im Tempel versuchte Sohini zu belästigen und kam dann gelaufen und schrie: ›Entweiht, entweiht!‹ Die Frau im großen Haus in der Silberschmiedgasse warf mir das Brot aus dem vierten Stock nach. Ich geh' nicht mehr in die Stadt. Die Arbeit rühr' ich nicht mehr an.«

Lakha war betroffen. Ein seltsames Lächeln huschte über seine Schnurrbartspitzen, ein Lächeln ohnmächtiger Wut.

»Aber du hast doch hoffentlich nicht geschimpft oder zurückgeschlagen?« fragte er. Seine Angst vor den Folgen, die ein solches Verbrechen für seinen Sohn gehabt hätte, wenn er sich dazu hätte hinreißen lassen, mischte sich mit jener kriecherischen Unterwürfigkeit, die ihm nie erlaubt hätte, auch nur mit dem Gedanken an Rache an einem Hindu hoher Kaste zu spielen.

»Nein, aber nachher tat es mir leid, es nicht getan zu haben«, antwortete Bakha. »Denen hätte ich etwas erzählt.«

»Nein, nein, mein Sohn, nein«, sagte Lakha, »das können wir uns nicht erlauben. Sie stehen über uns. Und ein Wort von ihnen wiegt bei der Polizei schwerer als alles, was wir vorbringen könnten. Sie sind unsere Herren. Wir müssen ihnen Ehrfurcht erweisen und tun, was sie uns auftragen. Manche von ihnen sind anständig.«

Er blickte seinem Sohn ins Gesicht. Der entschlossene gespannte Ausdruck von zuvor war zu einer Art resigniertem Zynismus gemildert, als wäre ihm alles egal. Doch ahnte der Alte, daß der Junge tief verletzt war, und er ahnte auch, daß er die Menschen hoher Kaste haßte. Und er bemühte sich, den Kummer seines Sohnes zu verringern, seinen Zorn zu besänftigen.

»Weißt du«, begann er in der unpersönlichen Art, die ihm jedesmal dazu verhalf, aus einem schäbigen Alten, der er war, zur höheren Würde eines bejahrten Vaters emporzuklimmen, »weißt du, als du ein kleiner Bub warst, hatte ich auch ein schlimmes Erlebnis. Du hattest Fieber, und ich ging zum Hause des Hakim Bahgawan, hier in dieser Stadt. Ich rief und rief, aber niemand hörte mich. Ein Babu ging in die Ordination des Doktors, und ich sagte zu ihm: ›Babudschi, Babudschi, Gott wird es dir mit Reichtum lohnen. Bitte, hilf mir, das Ohr des Hakims zu erreichen.‹ Ich habe gerufen und geschrien, und ich habe sogar einige Leute gebeten, dem Hakim zu sagen, daß ich eine dringende Bitte an ihn habe. ›Mein Kind hat Fieber. In der Nacht hat es das Bewußtsein verloren, und ich möchte, daß ihm der Hakim Medizin gibt.‹

›Geh mir aus dem Weg, geh mir aus dem Weg‹, sagte der Babu. ›Hör auf, mich zu belästigen. Soll ich deinetwegen etwa heute nochmals baden? Der Hakim Sahib muß sich erst einmal um uns kümmern, weil wir ins Büro müssen, und so viele von uns warten schon. Du hast den ganzen Tag nichts zu tun. Komm ein andermal oder warte.‹

Und mit diesen Worten ging er in die Ordination.

Ich blieb dort stehen. Jedesmal, wenn jemand vorbeikam, warf ich mich vor ihm nieder und bat ihn, den Hakim zu benachrichtigen. Aber wer kümmert sich um einen Straßenkehrer? Jeder war mit sich selbst beschäftigt.

Und so stand ich eine Stunde lang in der Ecke neben dem Müllhaufen, den ich zusammengefegt hatte, und mir war, als hätte mich ein Skorpion gestochen. Daß ich Medizin für meinen Sohn nicht einmal dann kaufen konnte, wenn ich sie mit meinem schwer verdienten Geld bezahlen wollte, bedrückte mich. Ich hatte im Haus des Hakim viele Flaschen mit Medizin gesehen, und ich wußte, daß eine davon die Medizin für dich enthielt, und doch konnte ich sie nicht bekommen. Mein Herz war bei dir, mein Körper vor dem Hause des Hakim. Ich riß meine Gedanken von dem Zimmer los, in dem du mit deiner Mutter lagst, und flehte zu Gott, er möge mir über meine Schwierigkeiten hinweghelfen. Aber es geschah nichts. Ich bildete mir ein, ich sähe dich sterben. Es war ganz so, als hätte mir jemand einen Rippenstoß gegeben und gesagt: ›Komm und schau deinem Sohn zum letztenmal ins Gesicht.‹ Ich lief nach Hause.

›Hast du die Medizin mitgebracht?‹ fragte deine Mutter, die mir aus dem Haus entgegengestürzt war.

Du hattest deine Augen natürlich nur halb geöffnet, und du warst ohnehin zu fiebrig, um mich zu erkennen. Man sagte mir, daß man dich bald auf den Boden legen werde, denn die Religion der Hindus schreibt vor, daß man nicht im Bett sterben soll, sondern der Erde, aus der man gekommen und zu der man zurückkehrt, möglichst nahe. So lief ich also zum Haus des Hakim zurück. Und deine Mutter schrie und sagte: ›Was kann die Medizin jetzt noch nützen?‹ Aber ich lief und lief. Und als ich zu des Hakims Haus kam, schob ich einfach den Vorhang beiseite und ging geradewegs hinein. Ich fiel ihm vor die Füße und sagte: ›Noch ist etwas Atem im Körper meines Kindes, Hakimdschi. Mein Leben lang will ich dein Sklave sein. Mein Kind ist der ganze Sinn meines Lebens. Hakimdschi, hab Mitleid. Gott wird es dir lohnen.‹

›Unreiner, Unreiner!‹ Im Medizinhaus brach ein Tumult aus. Da die Füße des Hakims verunreinigt worden waren, liefen die Leute nach allen Seiten davon. Er selbst wurde abwechselnd rot und blaß und schrie, was seine Stimme hergab: ›Tschandal! Mensch niederer Kaste! Wer hat dich hergeschickt? Du faltest die Hände und hältst meine Füße und sagst, du wolltest auf ewig mein Sklave sein. Du hast Medikamente verunreinigt, die Hunderte von Rupien wert sind. Wirst du dafür bezahlen?‹

Ich brach in Tränen aus«, fuhr Lakha fort, »und ich sagte: ›Maharadsch, Gewaltiger, ich vergaß es. Dein Schuh komme über meinen Kopf. Ich bin nicht ganz bei Sinnen. Maharadsch, du bist mir Vater und Mutter. Ich kann die Medizin nicht bezahlen. Ich kann dir nur dienen. Wirst du mich begleiten und meinem Kind Arznei geben? Es liegt im Sterben.‹

Der Hakim schüttelte nur den Kopf und rief aus: ›Mir dienen! Mir dienen! Wie könntest du mir dienen? Hast du hier jemals Arznei bekommen, daß du so einfach hereinstürmst?‹

Und ich sagte: ›Sarkar, Herr, ich bin einige Zeit draußen gestanden und dann weggegangen. Jedem, der vorbeikam, fiel ich zu Füßen und flehte ihn an, es dem Sarkar, Seiner Ehren, zu sagen, daß mein Kind krank sei. Und, Sarkar, jetzt ist es an der Zeit, Hilfsbereitschaft zu zeigen: Erbarme dich dieses eine Mal; ein andermal darfst du mir sogar das Leben nehmen, wenn du nur mein Kind rettest. Die ganze Nacht habe ich ihn auf meinen Armen gewiegt und mir gedacht: Wenn er die Nacht überlebt, gehe ich und hole bei Sonnenaufgang Arznei von dir. Wer hätte mich mitten in der Nacht rufen gehört, wenn ich da schon hierhergekommen wäre?‹

Dies erweichte das Herz des Hakim einigermaßen, und er machte sich daran, ein Rezept zu schreiben. Gerade in diesem Augenblick kam dein Onkel gelaufen und rief von draußen: ›He, Lakha! He Lakha! Der Junge stirbt.‹

Ich lief hinaus. Der Hakim hatte seine Feder hingelegt. Als ich heimkam, sah ich, daß es dir sehr schlecht ging; man hatte dich zum viertenmal auf den Boden gelegt, und deine Mutter weinte.

Kurz darauf klopfte es an der Tür. Und was glaubst du? Dein Onkel geht hinaus und findet dort den Hakim selbst, der gekommen war, um unserem Haus Segen zu bringen. Ein guter Mensch. Er fühlte deinen Puls und rettete dir das Leben.«

»Er hätte mich umbringen können«, meinte Bakha.

»Nein, nein«, sagte Lakha, »sie sind wirklich gütig. Wir müssen uns vor Augen halten, daß die Religion ihnen verbietet, uns zu berühren.« Nicht einmal während seines Berichtes hatte er das tief eingewurzelte Minderwertigkeitsbewußtsein und die gehorsame Fügung in die Unabänderlichkeit des Schicksals uberwinden können.

Bakha war zutiefst ergriffen, als sein Vater diese Geschichte erzählte. Jedesmal, wenn er auf seine gefährliche Krankheit zu sprechen kam, fühlte Bakha, wie ihn eine Welle von Selbstmitleid durchströmte, so daß ihm gleichzeitig heiß und kalt wurde, ihm das Haar zu Berge stand und die Tränen in die Augen stiegen. Nur durch äußerste Willensanstrengung konnte er verhindern, daß ihm die Augen tatsächlich überliefen. Etwas später jedoch war er wieder sein eigenes starkes Selbst.

»Dieser Rakha ist sicher wieder davongestrolcht, um irgendwo zu spielen«, klagte der Alte. »Ob ihr nun essen wollt oder nicht, ich muß essen; Sohini, gib mir ein Stück Brot.«

»Wir haben keine Linsen«, sagte Sohini. »Willst du's mit etwas Tee von heute früh essen?«

»Was Geschmack ist dem Gaumen heiliger Männer, laß mit Sahne kommen«, leierte der Alte statt einer Antwort das bekannte indische Sprichwort herunter. Sohini stellte den rauchgeschwärzten Kessel voll von Teeblättern, Wasser und Milch zum Wärmen auf den Herd.

Bakha bückte sich zu einem Zinnkrug hinunter und spritzte sich bedächtig ein paar Tropfen Wasser auf die Hände und das Gesicht. Er verübelte seinem Vater das Verlangen nach Essen ein wenig. ›Ich bin auch hungrig‹, dachte er, ›vielleicht hungriger als er. Er ist doch den ganzen Tag hier herumgesessen.‹ Selbstverständlich war der Junge viel zu gutmütig, um dem Vater das Essen nicht zu gönnen, aber ein Gefühl des Ekels überkam ihn, während der Hunger ihn plagte. Für das junge und gesunde Tier in ihm, voll der Stärke seiner strammen Sehnen, war der alte Vater so gut wie tot, ein verwesender Kadaver wie der eines Köters oder einer Katze auf dem Kehrichthaufen.

Endlich tauchte Rakha auf. Auf seinem bloßen, glattrasierten Kopf trug er einen Korb mit Lebensmitteln, in der

Hand hielt er einen Strick, der an die Henkel eines Topfes gebunden war. Die Füße polterten in einem Paar von Bakhas alten Militärstiefeln, ohne Schnürsenkel, knarrend und Rakha viel zu groß. Sein zerfetztes Flanellhemd, schmierig vom Schneuzen seiner ständig triefenden Nase, behinderte ihn ein wenig beim Gehen. Das sich daraus ergebende Unbehagen und die gespielte oder wirkliche Müdigkeit nach der heute früh geleisteten Arbeit verliehen seinem schmutzigen Gesicht, auf dem sich zahllose Fliegen versammelten, um den Speichel an seinen Mundwinkeln zu genießen, einen recht abgespannten mutlosen Ausdruck. Das komische, abartige Aussehen, verursacht durch die kleinen Augen und die niedrige, sehr niedrige Stirn konnte man nur häßlich nennen. Allein seine langen, in der Sonne durchsichtigen Ohren hatten etwas Intelligentes, Koboldartiges an sich. Er war ein echtes Kind der Ausgestoßenensiedlung, in der es keine Kanalisation, kein Licht und kein Wasser gab; jenes sumpfigen Geländes, wo die Menschen zwischen den Latrinen der städtischen Bevölkerung und dem Gestank ihrer eigenen Exkremente, die hier, dort und überall herumlagen, lebten; einer Welt, in der der Tag dunkel ist wie die Nacht und die Nacht undurchdringlich dunkel. Er hatte sich in ihrem Unrat gesuhlt, in seinen Sumpflaken gebadet, zwischen seinen Kehrichthaufen gespielt; sein lustloses, faules, verkommenes Benehmen war auf seine Umgebung zurückzuführen. Seine Lebenskraft würde nie ihren Höhepunkt erreichen, denn in seinen Knochen geisterte Malaria, und diese Krankheit führt nicht zum Tode, sondern untergräbt nur die Kräfte. Er war der Freund der Fliegen und der Stechmücken, ihr Zechgenosse von Kindheit an.

»Bist du endlich zurückgekommen«, schrie ihm Bakha entgegen, als Rakha in Hörweite gekommen war.

Der jüngere Bruder gab keine Antwort, sondern schlenderte übelgelaunt zu Sohinis Küche. Dort stellte er seine Traglast mit Essen vor sie hin, setzte sich in den Staub nieder und wühlte in den Speiseresten in seinem Korb. Er aß in großen Bissen, so daß die Backe auf einer Seite schwoll. Er sah grotesk aus.

»Wasch dir wenigstens die Hände, du Raubtier«, sagte Bakha, den der Anblick der rinnenden Nase seines Bruders ärgerte.

»Kümmere dich um deine eigenen Dinge«, antwortete der Junge, wußte er doch, daß der Vater ihn Bakha vorzog.

»Schau dich mal im Spiegel an! Wie du wieder aussiehst!« sagte Bakha angewidert.

»Nörgle nicht immer an ihm herum«, unterbrach Lakha, »und hör doch wenigstens ausnahmsweise auf zu streiten.«

»Komm, iß ein Stück Brot«, sagte Sohini mitfühlend zum älteren Bruder.

Widerwillig erhob sich Bakha von seinem Stuhl, hockte sich neben den Herd hin und griff wie zufällig mit der Hand in den Korb. Es gab eine Menge zu essen, Stücke zerbröckelter Tschapatis, auch solche, die ganz geblieben waren, und einen Napf voll Linsencurry.

Sie aßen alle aus dem gleichen Korb und dem gleichen Napf, nicht wie die Hindus, die das Essen auf verschiedene Teller verteilen, denn den Sinn für Reinlichkeit hatten sie längst verloren. Nur Bakha fühlte sich von plötzlichem Ekel vor seinem Bruder geschüttelt, nachdem er ein paar Bissen, die ersten heute, gegessen hatte. Er setzte sich anders, so daß er dem Bruder den Rücken kehrte. Aber dann berührte seine Hand ein Stück klebrigen Brotes und fuhr aus dem Korb zurück. Das Bild eines Sepoys kam ihm in den Sinn, der sich über den Resten von Brot und Salat in seiner runden Messingschale die Hände wäscht und das Essen dann in Bakhas runden Korb wirft. Er selbst war ja oft um Essen betteln gegangen. Und was er daran verabscheute, war der Anblick solcher aufgeweichten Brotreste. Er hatte das Gefühl, daß ihm Wasser, seltsam warm, aus den Mundwinkeln unter die Zunge laufe. Er verspürte Brechreiz. Er versuchte, das weiche Stück Brot, das er gefaßt hatte, fallen zu lassen, doch etwas davon blieb an seinen Fingern kleben. Er erhob sich vom Boden.

»Du sagtest doch, du wärst hungrig!« sagte Lakha, als er seinen Sohn so plötzlich vom Essen aufstehen sah.

Bakha beugte sich über das Zinngefäß, aus dessen Öffnung er ein paar Tropfen Wasser auf seine Hand fallen ließ. Er wußte nicht, was er antworten sollte. ›Der begreift's doch nicht, wenn ich ihm sage, daß mir zum Kotzen ist‹, sagte er sich. ›Ich muß eine Ausrede finden. Aber was ...‹ Plötzlich fiel ihm eine Ausrede ein.

»Ich muß zum Hause von Ram Tscharan, um mir die Hochzeit seiner Schwester anzusehen – und meinen Anteil am Zuckerwerk abzuholen«, sagte Bakha. Das letztere sagte er absichtlich, um die Gier des Alten zu reizen und einem möglichen Einwand des Vaters vorzubeugen.

Der wahre Grund für die plötzliche Eingebung, die ihm bei seiner Lüge so zustatten gekommen war, wurde niemandem klar, nicht einmal ihm selbst. Denn nicht einmal er selbst wußte, warum er zur Hochzeit von Ram Tscharans Schwester ging. Gulabo hatte ihn nicht eingeladen, selbstverständlich nicht; streitsüchtig, wie sie war, beschimpfte sie doch aus dem einen oder anderen Grunde sogar einen so verträglichen Menschen wie Bakha, dem sie vor allem vorwarf, daß er ihren Sohn Ram Tscharan zum Bummeln verleite. Aber auch Ram Tscharan hatte ihn nicht eingeladen. Und Ram Tscharans Schwester hätte ihn nicht einladen können, weil sie seit ihrem zehnten Lebensjahr nicht mehr mit ihm gesprochen hatte. Warum ging er also doch hin? Was hatte ihn plötzlich bewogen, sich in ein so seltsames Abenteuer zu stürzen?

Nur über eines war er sich klar: er wollte von zu Hause fort, von seinem Vater, seinem Bruder, seiner Schwester, von allen. Aber nicht einmal sich selbst hätte er eingestanden, daß er hinging, um Ram Tscharans Schwester zum letztenmal zu sehen. Ein Bild von ihr, aus vergangenen Tagen, tauchte plötzlich vor ihm auf. Sie war ein winziges Mädchen, mit rasiertem Kopf, das einen weiß gemusterten, fröhlichen roten Baumwollrock trug wie die Waschfrauen. Sie sah aus wie der kleine Affe eines Taschenspielers. Er selbst war damals ein Bub von acht Jahren und trug ein goldgesticktes Käppchen. Sein Vater hatte es von einem Geldverleiher erbettelt, der drei kleine Söhne hatte, deren abgelegte Kleider den drei Kindern Lakhas genau paßten. Bakha erinnerte sich noch, daß er mit ihrem Bruder und Tschota in der Kaserne gespielt hatte, und als sie dann nach Hause gekommen waren, hatten sie angefangen, Heirat zu spielen. Ram Tscharans Schwester mußte die Ehefrau spielen, weil sie einen Rock trug. Bakha wurde zum Ehemann gemacht, weil er das goldgestickte Käppchen trug. Und die übrigen Jungen spielten die Rolle von Gästen bei der Hochzeitsgesellschaft.

Bakha entsann sich, wie Tschota ihn gehänselt hatte, weil er den Ehemann eines kahlköpfigen, albernen kleinen Mädchens spielte, und wie er, Bakha, ihm deshalb böse gewesen war, obwohl er selbst sich eingestehen mußte, daß sie komisch aussah. Sie hatte etwas Versonnenes an sich, ein sanftes Licht in den Augen, um dessentwillen er sie in sein Herz geschlossen hatte. Auch deswegen hatte er, wie ihm jetzt einfiel, mit seinem Freund gestritten. Inzwischen war sie selbstverständlich zu einem großen Mädchen herangewachsen, mit einem Gesicht, das braun war wie reifer Weizen, und Haar, so schwarz wie Regenwolken. Und Bakha war immer stolz darauf gewesen, einmal ihren Ehemann gespielt zu haben. Aber da er überaus schüchtern und zurückhaltend war, wagte er es nur selten, sie auch nur anzusehen. Dachte er aber an sie, dann fühlte er sich zutiefst verwirrt. Heute, im Alter von vierzehn Jahren, wurde sie an einen jungen Wäscher verheiratet, der dem Troß des 31. Pandschabi-Regiments zugeteilt war. Vor einem Jahr hatte er von dieser Verlobung gehört.

Es war in der Gasse der Latrinenreiniger allgemein bekannt, daß Gulabo für die Hand ihrer Tochter zweihundert Rupien bekommen hatte. Tschota hatte es ihm erzählt. Er erinnerte sich noch an den Abend, an dem er es gehört hatte, denn es hatte ihm einen Stich gegeben, und Traurigkeit hatte seine Seele erfüllt wie eine schmerzliche sehnsüchtige Melodie. Während der trüben Stunden seiner täglichen Arbeit an den Latrinen hatte er dann noch oft die zarten Klänge dieser schwermütigen Elfenmusik gehört. Aber er hatte nie ganz begriffen, aus welcher Quelle sie floß. Und nachts, wenn er im Halbschlaf in der Dunkelheit seiner Hütte lag, trieb es ihn heimlich dieser elfengleichen Gestalt zu, die er hätte in seine Arme nehmen und an sich pressen mögen. Jedoch brachte er seine Gefühle nicht mit den Wellen in Zusammenhang, die in ihm hochstiegen, jedesmal, wenn er Ram Tscharans Schwester erblickte.

Als er heute auf ihr Haus zuging, fiel ihm ein, daß diese unbestimmten Empfindungen für sie mitunter bestimmtere Formen angenommen hatten. Bewundernd hatte er seine großen Augen an ihr Gesicht geheftet, als sie ihm einmal auf dem Wege zum Laden begegnete, wohin sie mit einer alten Weinflasche Petroleum kaufen ging. Dann stieg aus den dunklen unerforschten Tiefen seiner Seele ein anderes Bild in seiner Erinnerung auf – sie kam in der Dunkelheit vor der Morgendämmerung vom Ufer des Baches herauf, wo sie mit den übrigen Frauen der Kolonie der Ausgestoßenen täglich hinging, um von Männern unbeobachtet, im Schutze des Halbdunkels, sich zu waschen. Er entsann sich, daß er an den Latrinen beschäftigt gewesen war und zuerst ein bebendes Entzücken verspürt hatte, dann aber stürmischere Empfindungen. Er hatte sie sich ganz nackt vorgestellt, so wie er als kleines Kind oft seine Mutter gesehen hatte und seine Schwester und andere kleine Kinder. Ein plötzliches Verlangen war wie ein Windstoß über sein Gehirn dahingegangen und hatte sein Denken verwirrt. Es war, als müsse er das Mädchen in seine Arme zwingen und es notzüchtigen. Dann aber hatte er sein Gesicht mit den Händen bedeckt und sich vor Abscheu über diese Gedanken geschüttelt. Er hatte sich für diese Vorstellung verflucht. Sein Ruf als fügsamer, guter, ehrenhafter Junge stand auf dem Spiel. Er staunte über sich: ›Wie ist es nur möglich, daß ich, den jedermann als den braven Bakha kennt, solch schlimme Gedanken hege?‹ Dennoch hatte sich diese Vorstellung nicht auslöschen lassen. Je entschlossener er versuchte, sie auszutilgen, desto deutlicher war sie geworden, und das Wahnbild entschwand erst, als er längst aufgehört hatte, sich über seine sinnlichen Gelüste Gedanken zu machen.

Als er sich daran erinnerte, schämte er sich. Geschämt hatte er sich auch, als diese Dinge zum erstenmal passierten. In seinem verzweifelten Ringen, sich selber und dem heimlichen, unterdrückten Verlangen nach diesem Mädchen zu entrinnen, bog er wie zufällig vom Weg ab, der zu den Häusern der Wäscher führte, und betrat ziellos den Pfad, der am Ufer bei den Plätzen der Wäscher endete.

»Schioh! Schioh! Schi!« tönte der Ruf der Wäscher, die die Kleider ihrer Kunden auf die Ufersteine schlugen und dabei zumindest die Knöpfe zertrümmerten. Ihre dunklen Beine standen bis an die Knie im Wasser, ihre Körper steckten vom Hals bis zur Leibesmitte in den dicken Falten der geschürzten Lendentücher, in die sie auch das Hemd hineingesteckt hatten. Geschmeidig beugten sie sich über die Steine und bearbeiteten die Kleidungsstücke mit klatschenden schwungvollen Streichen, die an sich anmutig aussahen, den Kleidern jedoch nicht sehr gut taten. Bakha hatte ihre Arbeit oft beobachtet. Als Kind hatte ihn das natürlich so begeistert, daß er Wäscher werden wollte.

Ram Tscharan, ein echter Sohn seiner Mutter Gulabo, wenn auch nicht der echte Sohn seines Vaters, sondern des reichen Mannes, der seiner Mutter Geliebter gewesen war, hatte diesem ehrgeizigen Gedanken ein Ende bereitet, indem er Bakha erklärte, daß er (Ram Tscharan) ihn zwar berühre und auch mit ihm spiele, aber doch ein Hindu sei, Bakha jedoch nur ein Latrinenreiniger. Bakha war damals noch zu jung gewesen, um den Unterschied im hochmütigen Anspruch des Wäscherjungen zu begreifen, sonst hätte er Ram Tscharan ins Gesicht geschlagen. Jetzt aber wußte er, daß es auch in den niederen Kasten eine Rangordnung gab und daß er zur niedrigsten gehörte.

Bakha sah sich unter den Wäschern, die auf den Ufersteinen wuschen, suchend um. Auch unter den am Bach weidenden Eseln der Wäscher hielt er Ausschau, weil er Ram Tscharan hier zu finden hoffte. Meter um Meter suchte er das Gelände ab, auf dem die gewaschene Wäsche in der heißen Nachmittagssonne trocknete. Er suchte vergebens. Wie hätte Ram Tscharan sich auch von einem so festlichen Ereignis wie der Hochzeit seiner Schwester davonstehlen sollen, um hier zu arbeiten! ›Aber war Ram Tscharan nicht auch davongelaufen und mit uns fischen gegangen, als sein Vater starb?‹ Dann aber sagte er sich: ›Vielleicht war sein Vater gar nicht sein Vater, aber der Bruder seiner Schwester ist er sicher. Ich werde also doch noch zu seinem Haus gehen müssen.‹

Er machte sich auf den Rückweg. Er war verlegen. Er wußte nicht, wie er sich dem Hause, in dem die Festlichkeiten im Gange waren, nähern sollte. ›Alle Mitglieder der Wäschergilde werden da sein, in ihren besten Kleidern, und fremdartige südliche Lieder singen. Wie kann ich mich da hinstellen und sie anstarren?‹ Der Gedanke an diese Szene war ihm peinlich. ›Wie kann ich dort Ram Tscharan rufen?‹ sagte er.

Nachdem er sich mehrmals den Schweiß von der Stirn gewischt hatte, wurde er wieder der alte. Seine Nervosität kroch in seine Eingeweide und ließ die Oberfläche seines Denkens sauber wie eine Schiefertafel zurück. In der Straße der Ausgestoßenen angelangt, blieb er plötzlich stehen, keine zehn Meter vor Ram Tscharans Haus. Er war auf das angenehmste überrascht. Tschota stand da, an einen hölzernen Pfeiler gelehnt, und starrte verwundert die Männer und Frauen an, die sich in dem einzigen Raum der Lehmhütte und draußen auf der Veranda zusammengefunden hatten.

Bakha ging unsicher auf den Holzpfeiler zu und stellte sich neben Tschota. Sein Freund wandte sich überrascht nach ihm um und drückte ihm herzlich die Hand. Dann versanken beide in der Betrachtung der fröhlichen, trunkenen Schar vor ihren Augen. Bakha fiel auf, wie weiß das gestärkte Leinen, das die Wäscher trugen, sich von ihrer schwarzen Haut abhob. Zunächst wagte er jedoch noch nicht, jeden einzelnen anzusehen. Er scheute sich, seinen Blick über die Veranda hinweg in den höhlenartigen Raum schweifen zu lassen, der von der glühenden Sonne draußen kaum erhellt wurde. Ein warmer Schauer lief ihm über den Nacken. Er bemerkte, wie ihn von drinnen ein Mann durch den Dunstschleier hindurch anblickte. Qualvolle Unsicherheit ergriff ihn. In der gleichen Sekunde, in der ihm Ram Tscharans Schwester einfiel, sah er sie. Das Herz fiel ihm in die Hosen. Schweiß brach ihm aus allen Poren. Zu seinem Glück zerriß ein doppelter Trommelwirbel die Luft und riß Bakha aus seiner seelischen Verwirrung in den Rhythmus des begleitenden Liedes. Es war ein seltsamer Refrain aus drei Tönen und wurde im Chor von der ganzen Gesellschaft gesungen. Ganz zu Beginn klang es wie eine schrille Klage, die durch das Trommelfell in den Kopf eindrang und in sich immerfort steigender Raserei den Zuhörer an den Rand des Wahnsinns brachte, so wie ein Blitz das Herz mit der scharfen Speerspitze seiner Wucht durchbohrt und es lauter pochen läßt.

Schon nach kurzer Zeit übertönte der Gesang den Trommelwirbel und übernahm den fröhlichen Rhythmus. Bakha gab sich der Melodie hin, wie er sich von einer

Schaukel hätte hin- und herschwingen lassen. Dann aber, als die Melodie, steil ansteigend, in der Begeisterung der taumelnden, schaukelnden, schreienden Wäscher und Wäscherinnen ihren höchsten Punkt erreicht hatte, wurde Bakha wieder kalt und teilnahmslos. Ängstlich berührte er Tschotas Arm, versuchte aber seine Bewegung in dem Taumel schriller Hysterie, zu der die Wäscher in ihrem Gesang sich verstiegen hatten, zu verbergen.

»Ich werd' den Ram Tscharan herausrufen«, sagte Tschota, und ohne jegliche Angst oder Scham vor der Gesellschaft singender Wäscher rief er zu Ram Tscharan hinüber, der dort in einer höchst stilwidrigen Mischung östlicher und westlicher Kleidungsstücke dasaß – auf seinem kleinen Kopf trug er einen Khaki-Tropenhelm, am Leibe hatte er ein Musselinhemd, das zwar sauber und weiß, aber am Kragen ausgewetzt war, und über den dürren, schwarzen, nackten Beinen ein Paar Shorts.

Ram Tscharan war jedoch zunächst zu sehr mit dem Essen der kandierten Pflaumen beschäftigt, die seine Mutter gerade zusammen mit Krügen voll Palmwein herumreichte, als daß ihn Tschotas Botschaft hätte erreichen können. Zum Glück für seine Freunde stand Ram Tscharan auf, um die weißen Gewänder der Gäste mit einer aus einer Konservenbüchse verfertigten Spritze mit roter Glücksfarbe zu beklecksen, und schließlich wurde er unter fröhlichen Rufen und ausgelassenem Gelächter der weißgekleideten Männer, die jetzt über und über mit scharlachroter Farbe bekleckst waren, hochgehoben und an die Luft gesetzt.

»Kommt!« rief er Tschota und Bakha zu und lief ihnen, mit den wimperlosen Augen zwinkernd, voran.

»Gib, Schwager, gib uns doch etwas von dem Zuckerzeug!« sagte Tschota.

Ram Tscharan hatte nicht vergessen, sich die Taschen seiner Shorts und ein seidenes Taschentuch, das er aus dem Wäschesack eines reichen Kaufmanns gestohlen hatte, mit kandierten Pflaumen zu füllen.

»Seid mal einen Augenblick ruhig«, sagte Ram Tscharan und wandte sich um, um festzustellen, ob seine Mutter merke, welche Richtung er einschlagen wolle.

Sie hatte es gemerkt.

»O du Bastard«, schrillte ihre Stimme und übertönte alle anderen Geräusche. »Läufst du sogar am Hochzeitstag deiner Schwester davon, um mit diesem dreckigen Latrinenputzer und diesem Gerber zu spielen? Du solltest dich schämen, du Hund!«

»Halt's Maul, alte Ziege«, rief Ram Tscharan, wie das seine Art geworden war, weil ihn die ständigen Beschimpfungen seiner Mutter zu einem unverschämten halsstarrigen Rüpel gemacht hatten. Mit Tschota auf den Fersen und Bakha schwerfällig dahinter lief er in die Richtung der Heide im Norden der Ausgestoßenenkolonie.

»Gib uns doch ein paar von deinen kandierten Pflaumen«, wiederholte Tschota, gierig und fröhlich zugleich. »Eine Stunde hab' ich vor deinem lärmenden Haus auf dich gewartet.«

»Oben auf dem Hügel sollst du welche haben«, beruhigte ihn Ram Tscharan. »Ich hab' sie ja nur für dich und Bakha mitgebracht. Jetzt wollen wir aber rennen; meine Mutter könnte hinter mir hersein.« Und er benahm sich so selbstbewußt wie einer, der plötzlich mächtig geworden ist. Zum mindesten Tschota, wenn auch nicht Bakha, erwies ihm die Achtung, die ihm gebührte, weil er ein Dutzend kandierter Pflaumen in der Tasche hatte.

»Komm, du Elefant«, sagte er zu Bakha, »zeig deine Zähne, und heb die Beine! Es dauert nicht mehr lang, dann sollst du ein paar Süßigkeiten haben.«

Bakha ging über den frechen Scherz mit einem Brummen hinweg und folgte schweigend. Er hatte das Gefühl, der Welt der Menschen ganz entrückt und in eine Art dickflüssiger Schwermut versunken zu sein.

Das hohe Gras an den Abhängen des Bulaschah-Hügels kam in Sicht, und er begrüßte es aus vollem Herzen, erfrischt von der kühlen Brise, die ihn von den Menschenmassen, der Häßlichkeit und dem Lärm der Straße der Ausgestoßenen entfernte. Er betrachtete das liebliche Wogen vor sich und die kleinen Hügel, über die es hinwegging, unter einem Himmel, der so überirdisch blau war und schön, daß er am liebsten stumm und reglos stehengeblieben wäre. Er lauschte dem unzusammenhängenden Pfeifen in den Sträuchern. Diese Stimmen waren ihm wohlbekannt. Er war froh, daß seine Freunde vorausgeeilt waren und das Summen nicht unterbrochen wurde, und er glaubte, er werde unglücklich sein, hörte er auch nur eine menschliche Stimme. Seine Seele hätte sich nicht besänftigen lassen, hätte sich auch nur das Geringste zwischen ihn und die Außenwelt gestellt. Es fiel ihm nicht einmal ein, sich zu fragen, warum er eigentlich hierhergekommen sei. Schon der Anblick der großartigen Felder, die sich vor seinen Augen dehnten, überwältigte ihn.

Als er so weiterging, fühlte er das Bedürfnis nach einem Abenteuer, nach einer Freundschaft, die seinen einsamen Ausflug begleiten könnte. Doch wollte er weder Ram Tscharan noch Tschota rufen. Er beschwor vielmehr die Erinnerung an Abenteuer, die er hier als Kind erlebt hatte. Er entsann sich längst vergangener Tage seiner Kindheit, als er mit den übrigen Jungen hierherzukommen pflegte, um die Festung zu erstürmen, die sie durch eine Fahne auf dem Gipfel des Hügels gekennzeichnet hatten. Die Bambusbögen und die Pfeile, mit denen sie einander beschossen, erstanden wieder vor ihm, und die funkensprühenden Spielzeugpistolen. Wie begeistert die Jungen damals von ihm gewesen waren! Sie hatten ihn zu ihrem »Genrel«, General, gemacht. Stolz erinnerte er sich an die wilde Schlacht, die sie gegen die Jungen vom 28. Sikh-Regiment gewonnen hatten. Es waren Drunter-und-drüber-Schlachten gewesen, nicht wie die wohlorganisierten Manöver von Regimentern.

›Aber es waren ja nur Spiele, wie man sie als Kind spielt‹, sagte er sich. ›Heute würde ich solche Spiele nicht mehr spielen. Ich kann ja kaum genug Zeit aufbringen, um Hockey zu spielen, weil mein Vater mich die ganze Zeit hin und her jagt.‹ Bei solchen Gedanken fühlte er sich ein wenig einsam und wandte seine Aufmerksamkeit wieder der Landschaft zu, auf seine unsicher tastende Art, an die Dinge heranzugehen. Auf den grasbewachsenen Hängen blühte eine Wildnis von Blumen, deren Farben sich zu verschiedenen Zeiten veränderten. Hier standen gelbe Butterblumen, die Bakha immer an die Senfkresse seines Dorfes bei Sialkot erinnerten; langstielige Margeriten mit einer einzigen Blüte wechselten ab mit purpurfarbenen und weißen Anemonen. Ein Tümpel inmitten von Farnkraut und hohem Gras sah aus wie ein großes Waschbekken, in das sich Silberbirken zum Trinken hinunterzubeugen schienen. Hier stillte jeder, der vorbeikam, seinen Durst mit dem Wasser, das aus einer natürlichen Quelle floß.

Während er zu diesem Tümpel hinunterstieg, die Lunge voll frischer Luft und den Sinn so unbeschwert wie zwitschernde Spatzen, blieb er doch so gleichgültig und unempfänglich wie ein Kind, das sich von allen Blumen am Wege abwendet, denn obwohl er die Empfindsamkeit eines Menschen hatte, der gewillt ist, seine Sinne neuen Erlebnissen zu öffnen, fehlte es ihm doch an bewußtem Willen dazu. Sein Dasein hatte ihn zu einer oberflächlichen Betrachtung der Naturschönheiten getrieben; in seiner Seele gab es keine Furchen, in denen Blumen hätten wachsen oder Gras wuchern können. Seine eng begrenzte, ererbte Persönlichkeit konnte nicht hinaufgreifen nach dem, was seine Seele begehrte. Dieser Mißklang zwischen dem Menschen und den Umständen brachte es mit sich, daß ein Löwe wie er in einem Netz gefangen war, während so mancher Verbrecher die Krone eines Radschas trug. Doch war sein natürliches Wissen außerordentlich. Es war eine Art ungeschlachter Weltklugheit auf allen Gebieten, so wie sie ein Bauer hat oder der arabische Seemann, der in einem kleinen Boot das Meer befährt und seinen Kurs nach dem Stand der Sonne bestimmt, oder aber ein singender Bettler, der von Tür zu Tür ziehend, ein Heldengedicht rezitiert.

Wie er so dahinstolperte, setzte ihn der Funke einer Eingebung plötzlich in Brand. Ein heftiges Verlangen erfaßte ihn, aus dem Schatten von Schweigen und Dunkelheit, die ihn wie ein Leichentuch umgaben, auszubrechen.

Er raste den Hang hinunter, auf die Bäume zu, die am Tümpel unter ihm standen. Die sanfte Brise kam ihm flüsternd entgegen, weich, frisch und kühl, daß ihm das Blut in den Adern zu singen begann. Die Sonne am Himmelsgewölbe vor ihm wurde von dem glitzernden, sich kräuselnden Wasser mit derselben Unruhe zurückgeworfen, die in Bakhas Innerem herrschte. In weniger als der Zeit, die er zu einem Atemzug brauchte, hatte er die Wiesen voll üppiger Kräuter überquert. Er legte sich an den Rand des Tümpels und überließ sich der Stille ringsum. Er lag völlig reglos da, obwohl seine Augen, da er auf dem Rükken lag, der Sonne höchst unangenehm ausgesetzt waren. Nach einigen Augenblicken schien sein Körper unwichtig geworden, sozusagen in einem Brunnen des Schweigens versunken zu sein, während die Vorgänge am sonnigen Ufer zum Leben erwachten und jeder Pflanzenschößling zu einem großen Blatt wurde, scharf umrissen und wesentlich. Es war ihm, als ob das ganze Tal von Leben glühe.

Aber die Üppigkeit der Natur ringsum schien seine ganze Energie aufgesogen zu haben. Er war wie erschlagen. Sein leerer Magen ließ ihn in einen zarten Schlaf sinken.

Kaum war er eingenickt, kam Tschota daher und kitzelte ihn mit einem Strohhalm in der Nase. Bakha mußte niesen und saß aufrecht den beiden laut lachenden Freunden gegenüber. Er war kein Spielverderber und war über diesen Streich keineswegs verärgert, denn er ließ gerne mit sich spaßen. Aber die Vorfälle am Vormittag hatten ihn mitgenommen, und im Vergleich zu der unmittelbaren Heiterkeit seiner Freunde war sein Lächeln ein wenig gezwungen. Tschota fiel das auf. Er spürte eine Spannung, einen Vorwurf, so als hätte sich Bakha über den Streich, den sie ihm gespielt hatten, tatsächlich geärgert.

»Was hast du nur, Schwager?« fragte er.

»Nichts«, sagte Bakha, »ihr seid gerannt, und ich bin langsam gegangen.«

»Aber hast du uns nicht gesucht?«

»Ich war müde. Ich wollte schlafen. Letzte Nacht hab' ich nicht richtig schlafen können.«

»Das kommt davon«, scherzte Tschota, »weil du den feinen Herrn spielen und dich nicht mit einer Steppdecke zudecken willst, sagt dein Vater.« Von Rakha erfuhr er alles, was in Bakhas Haus vorging, auch von dem nicht endenden Geschimpfe des Vaters.

»Halt's Maul«, erwiderte Bakha gutmütig, »du hast viel mehr von einem ›Gentreman‹ an dir als ich, und schau dir nur mal diesen Schwager dort an, wie der heute aussieht; er trägt den Tropenhelm und die kurze Hose der Sahibs.«

»Und wie steht's mit den kandierten Pflaumen«, fuhr Bakha fort, sich an Ram Tscharan wendend. Wiewohl er gern eine gegessen hätte, war er nicht besonders erpicht darauf.

»Hier ist dein Teil«, sagte Ram Tscharan und band das Taschentuch auf, das er mitgetragen hatte. Drei kandierte Pflaumen waren darin, alle leicht angedrückt.

»Wirf mir mal eine herüber«, sagte Bakha.

»Da«, sagte Ram Tscharan und hielt ihm die Pflaume hin.

Aber Bakha zögerte und streckte nicht einmal seine Hände aus.

»Nimm sie doch, warum nimmst du sie denn nicht?« brummte Ram Tscharan.

»Nein, gib sie mir, wirf sie mir her«, sagte Bakha.

Ram Tscharan und Tschota waren überrascht. Sie hatten noch nie erlebt, daß sich Bakha so benahm. Zwar stand fest, daß Ram Tscharan als Wäscher einer höheren Kaste angehörte als die beiden andern. Tschota, der Sohn des Gerbers, kam in der Rangordnung als nächster, Bakha gehörte zur dritten, niedrigsten Stufe. Aber untereinander machten die drei keine Unterschiede, außer wenn das Kastenbewußtsein ihnen Gelegenheit gab, sich zum Spaß aufzuspielen. Sie hatten zusammen gegessen, wenn auch nicht gerade Speisen, die mit Wasser zubereitet werden, so doch Trockenes, indem sie die Hindus nachahmten, die dadurch die Grenze zwischen sich und Mohammedanern und Christen zogen. Süßigkeiten hatten sie oft miteinander geteilt, und Sodawasserflaschen hatten sie sowieso herumgereicht – bei den offiziellen Hockeyspielen, die sie einmal jährlich mit den Jungmannschaften der Bulaschah-Brigade austrugen.

»Was ist denn passiert?« fragte Tschota mit ehrlicher Besorgnis in der Stimme und fügte liebevoll hinzu: »Komm, rede es dir von der Leber.«

»Nichts, es ist nichts«, sagte Bakha.

»Zier dich nicht, wir sind doch deine Freunde«, drängte Tschota.

Bakha berichtete ihnen, wie, nachdem er sie verlassen hatte, ein Mann ihn im Vorbeigehen gestreift hatte, als er am Morgen durch die Stadt ging; wie er ihn, Bakha, ausgeschimpft und eine große Menschenmenge um sich versammelt und ihn, ehe er sich davonmachen konnte, ins Gesicht geschlagen hatte.

»Warum hast du denn nicht zurückgeschlagen?« fragte Tschota wütend.

»Das war noch nicht alles«, fuhr Bakha fort. Und er erzählte, wie der Priester versucht hatte, seine Schwester zu belästigen, und sie dann beide angeschrien hatte: »Entweiht, entweiht!«

»Warte nur, bis der Bastard in unsere Straße kommt; wir werden ihm das Fell vom Leibe schinden«, rief Tschota entrüstet.

»Ein Stück weiter wartete noch eine andere Gemeinheit auf mich«, fuhr Bakha fort und berichtete dann, wie die Frau in der Silberschmiedgasse ihm das Brot aus dem obersten Stockwerk ihres Hauses nachgeworfen hatte.

»Es ist schlimm, und du tust uns wirklich leid«, versicherte ihm Tschota. »Sei tapfer, und vergiß das alles. Was können wir schon ändern? Wir sind Ausgestoßene.« Er tätschelte Bakha. »Komm schon«, tröstete er ihn, »vergiß das Ganze. Wir wollen Hockey spielen gehen. Laß nur dieses Schwägerchen von einem Priester in unsere Straße kommen, dann werden wir ihm eine Lektion erteilen, die er sein Leben lang nicht vergißt.«

»Komm, gehen wir«, unterbrach Ram Tscharan, der durch Bakhas Erzählung ein wenig in Verlegenheit geraten war und immer größere Angst bekam, die Mutter könnte ihn schelten, wenn er zu lang vom Hause wegblieb. »Ehe ich Hockey spielen kann, muß ich mich zu Hause nochmals blicken lassen«, sagte er und schaute von Tschota zu Bakha.

»Komm«, drängte Tschota besänftigend, mit tiefster Niedergeschlagenheit in der Stimme.

Bakha stand auf, und die drei machten sich schweigend auf den Heimweg.

Das Schweigen machte Ram Tscharan sehr verlegen, so verlegen, daß er dachte, er könne nicht länger mit einem Symbol der Größe, wie es sein Tropenhelm war, herumlaufen. Und so nahm er die seltsame, klobige Kopfbedeckung ab, die ihm so unbequem war, und trottete bedrückt hinter ihnen her.

Seine Freunde konnten in Bakhas verletzter empfindlicher Seele wie in einem offenen Buch lesen. Tschota hatte besonders Mitleid mit ihm und teilte seine Stimmung.

Das Mitgefühl, das das Erzählen seiner Erlebnisse hervorgerufen hatte, verstärkte Bakhas Selbstmitleid. Wie er so dahinschritt, stieg die ganze Bitterkeit vom Vormittag wieder in ihm hoch. Er war wütend, und seine Wut nahm zu, weil die Gegenwart seiner Freunde ihm unsichtbare Kraft gab. ›Ich und Tschota könnten dieser Drecksau von einem Brahmanen einen Denkzettel verabreichen‹, überlegte Bakha.

»Was hältst du eigentlich davon, daß wir uns dieses Schwein eines Tages vornehmen?« fragte Tschota.

›Merkwürdig, daß Tschota gleichzeitig daran denkt‹, dachte Bakha, fühlte sich jedoch dem Vorschlag ebensowenig gewachsen wie seinem eigenen Wunsch.

»Was nützt das schon?« seufzte er. Er mochte nicht ganz offen zugeben, daß er auf seine Rache verzichten wollte. Er war traurig und nachdenklich, weil er sich nicht dazu durchringen konnte, seine eigenen Bedürfnisse zu verwirklichen. Er beschloß, sich zusammenzunehmen. Er biß die Zähne aufeinander. Die Ohren brannten ihm, und er fühlte seinen Puls schneller schlagen. Dann überfluteten ihn seine immer wiederkehrenden Gefühle. Er kochte vor Wut: ›Entsetzlich! Entsetzlich!‹ rief seine innere Stimme. Er zitterte. Sein breites gleichmütiges Gesicht war blaß vor Feindseligkeit. Aber er konnte nichts tun. Er ließ den Kopf hängen und ging mit krummem Rücken weiter. Er schien mit dem Gewicht einer unaussprechlichen fürchterlichen Gewalt belastet zu sein. Er versuchte bewußt, sich hinter dieser gebeugten Haltung zu verbergen, als fürchtete er, überhaupt gesehen zu werden.

»Wo ist bloß Ram Tscharan?« fragte Tschota, um den Bann zu brechen.

»Sucht wohl Pilze«, witzelte Bakha, und seine zusammengezogenen Brauen entspannten sich, seine Stirne wurde glatt, und der eingeschüchterte Trotz wich einer natürlichen, zwanglosen Miene. Er richtete seinen Blick auf die Stadt Bulaschah, die am Fuß der Hügel behaglich in der Nachmittagsstille schlief. Von der Gruppe von Bäumen, die jenseits des fernen Nordtores noch erkennbar war, bis zum Militärlager im Süden, von den Mangowäldchen im Osten bis zur kleinen Gruppe der Häuser, die die Kolonie der Ausgestoßenen bildete, war der weißblaue Horizont in ein liebliches Muster zerlegt, das von den goldenen Tempelkuppeln, den flachen Dächern der Häuser und den geschnitzten Terrassen mit ihren großen blauen Blumentöpfen aus Ton gebildet wurde. Dann wieder fiel sein Blick auf das strohgedeckte Dach seiner Hütte mitten in den Sümpfen der Niederung. Das zitternde bewegte Laub um ihn und weiter draußen die grünen Mangogärten standen in auffallendem Gegensatz zum Sumpfgelände, in dem sein Haus stand.

»Ich glaub', ich schau' erst mal nach Hause, ehe ich Hockey spielen komme«, sagte Tschota plötzlich.

»Das trifft sich gut. Feldwebel Tscharat Singh sagte, ich solle mir heute nachmittag bei ihm einen Hockeyschläger holen«, sagte Bakha. »Ich geh' jetzt hin.«

»Schön, geh du, und hol den Schläger«, stimmte Tschota zu. »Ram Tscharan und ich holen dich vor Beginn des Spieles. Und jetzt wollen wir abbiegen.«

Sie waren an einem schmalen Pfad angekommen, der durch eine Kaktushecke zur Kolonie der Ausgestoßenen führte. Dort trennten sie sich.

Bakha nahm den Weg durch das offene Gelände, über die Steine des alten Flußbettes, das zwischen den Hügeln und der Kaserne der 38er Dogras lag. Er hatte das Gefühl, diese Geschichte mit Tscharat Singh eben erfunden zu haben, nur weil er nicht nach Hause gehen wollte, weil er seinen Vater nicht sehen wollte, seinen Bruder nicht und seine Schwester, weil er nicht mehr an den Latrinen arbeiten wollte – zumindest heute nicht. Irgendwo tief in seinem Inneren fühlte er, daß er alledem niemals entrinnen könne, aber für den Augenblick gab es diesen Ort für ihn gar nicht.

Im Kasernenhof war keine Seele zu sehen. Sogar die Lagerwache schien leer und verlassen, abgesehen von den beiden Wachtposten, die, steif wie zwei Puppen, auf der Veranda vor dem Magazin auf und ab marschierten, von dem Bakha wußte, daß es verschlossen war. Nur ein an der Mauer hängender Tropenhelm schien Bakha irgendwie lebendig und beseelt zu sein. Über diesen Helm waren viele Legenden im Umlauf. Manche behaupteten, er sei ein Symbol der Autorität der weißen Sahibs, die das Regiment kommandierten, andere sagten, er sei einmal von einem Offizier in der Regimentskanzlei vergessen und seither, da der Sahib ein reicher Mann war und es nicht der Mühe wert fand, sich ihn wiederzuholen, in der Lagerwachstube aufgehoben worden.

Ein anderes Gerücht wollte wissen, ein Sahib sei einmal vor ein Kriegsgericht gestellt worden, weil er einen Sepoy erschossen hatte. Und da er ein weißer Mann war und nie und nimmer hinter Schloß und Riegel hätte gesetzt werden können, wären sein Tropenhelm, sein Koppel und sein Säbel an seiner Statt eingesperrt worden. Der Sahib selbst sei plötzlich verschwunden. Manche Leute munkelten, der Regimentskommandeur selbst habe ihm in der Nacht zur Flucht verholfen. Auf diese Weise habe er sich der Kerkerstrafe, welche die Richter über ihn verhängt hatten, entzogen. Nur sein Helm wäre in der Lagerwache zurückgeblieben. Fragte man jedoch einen der Wachtposten, wessen Tropenhelm das denn sei, so bekam man unweigerlich immer dieselbe Antwort: Er gehöre einem Offizier, der gerade irgendwo hingegangen sei und bald zurückkehren werde, um ihn sich zu holen.

Aber niemand außer den Kindern der 38er Dogras stellte jemals Fragen nach dem Helm. Die jüngeren unter ihnen glaubten den Wachtposten und liefen davon, aus Angst vor den Sahibs, die sie ebenso fürchteten wie die totenblassen Gespenster, Kobolde und Dämonen, hieß es doch, die Sahibs seien reizbar, jähzornig und schlügen unversehens mit ihren Rohrstöcken, wenn man sie anstarre. Die älteren Buben wußten, daß das eine von den Wachtposten erfundene Lüge war, um neugierige Kinder wegzuscheuchen, denn sie hatten den Helm ja seit Jahren immer auf demselben Platz gesehen.

Aber auch sie kannten den wahren Grund für die Lüge der Wache nicht. Es fiel ihnen nicht ein, daß auch die Sepoys sich den Helm gern angeeignet hätten; nicht weil sie ihn mit der Uniform oder in Zivil hätten tragen können, sondern weil sie an das Staunen dachten, das er bei den Bauern in den heimischen Bergdörfern erregen würde. Von weit und breit würden die Leute gewandert kommen, um ihre Uniform und ihre weißen Kleider anzuglotzen und zu bewundern. Wie stolz, dachten sie, wäre man erst, wenn man auf der Heimfahrt nach Kangra oder Hoschiarpur das Symbol der Sahibs im Gepäck mitführte.

Warum aber waren alle diese Geschichten über den Tropenhelm in Umlauf gekommen? Nur weil es bei den 38er Dogras kein Kind gab, das nicht sehnsüchtig auf den Helm schielte. Der Wunsch, sich modisch zu kleiden, hatte unter der Jugend des Regiments Verheerungen angerichtet. Jeder wollte europäische Kleider tragen, und da die meisten Jungen im Lager Söhne von Babus, Militärmusikern, Sepoys, Latrinenputzern, Wäschern und Ladenkrämern waren, alle zu arm, um sich den Luxus einer vollständigen europäischen Ausstattung leisten zu können, streckten sie alle gierig die Hände nach jedem einzelnen Kleidungsstück aus, das sie ergattern konnten, im Glauben, etwas Europäisches sei besser als gar nichts Europäisches. Der Helm aber übte durch seine besondere Form und die Ehrenstellung, die er in indischen Augen einnahm, weil er den edelsten Teil des Körpers schmückt, größeren Reiz auf sie aus als irgendein anderes Stück europäischer Kleidung.

Bakha hatte seit Jahren mit sehnsüchtigen Augen diesen Tropenhelm angeschaut, der am Haken in der Veranda der Lagerwache der 38er Dogras hing. Schon als kleines Kind hatte er ihn bestaunt und bewundert. Wann immer ihm eine Gelegenheit geboten wurde, in der Kaserne der 38er Dogras zu arbeiten, hatte er das Lagerwacheviertel gewählt, um dem Gegenstand seiner Bewunderung verstohlene Blicke zuzuwerfen, und verschiedene Pläne geschmiedet, wie er ihn bekommen könne.

Eine Methode wäre gewesen, sich mit einem der Unteroffiziere anzufreunden, die das Kommando der Lagerwache hatten. Aber das war undurchführbar. Denn niemals war derselbe Unteroffizier länger als zwei Tage und Nächte hintereinander für die Lagerwache verantwortlich.

Die Wachtposten wurden alle zwölf Stunden abgelöst, und wenn man in Betracht zog, daß es immer nur ein einziger Unteroffizier von einem der vielen Züge von einer der zwölf Kompanien des Regiments war, der die Wache anführte, durfte man in der Tat nicht hoffen, daß es einem gelingen könnte, demselben Unteroffizier zweimal im Leben zu begegnen.

Da dieser Plan undurchführbar war, dachte Bakha daran, einen der Wachtposten zu fragen. Als Kind hatte er es sogar einmal gewagt, aber der Wachtposten schickte ihn mit dem Ammenmärchen weg, der Sahib Offizier habe den Tropenhelm nur für eine Weile liegengelassen, während er irgendwo im Gelände war, und werde bald zurückkommen, um ihn zu holen. Jetzt wagte er jedenfalls nicht mehr zu fragen. Manche der Sepoys waren so großschnauzig. ›Sie würden mich beschimpfen‹, sagte er sich. ›Jedenfalls ist es klüger, einen Feldwebel zu fragen. Jeder Feldwebel ist in langem Dienst geschult und kennt sicherlich meinen Vater, den Dschemadar der Straßenkehrer. Er wird zu mir freundlich sein, auch wenn er mir den Helm nicht gibt.‹ Aber er konnte es nicht über sich bringen, zu fragen, er konnte einfach nicht. ›Warum‹, hatte er sich oft gefragt, ›warum kann ich jetzt nicht hingehen und fragen, wo ich doch als Kind immer den Mut dazu hatte?‹ Er konnte keine Antwort darauf finden. Er wußte nicht, daß mit den zunehmenden Jahren ihm die Unbekümmertheit verlorengegangen war, die wilde, sorgenlose, leichtsinnige Freiheit des Kindes, daß er den Mut verloren, daß er sich zu fürchten gelernt hatte.

Dann log er sich etwas vor. Er machte sich vor, daß er den Helm gar nicht wirklich haben wolle. Er konnte doch jede Menge dieser Helme im Trödlerladen bekommen oder von einem Tommy in der britischen Kaserne. Aber immer noch sehnte er sich nach dem Helm. Jahrelang hatte er sich ihn gewünscht. Und jetzt stand er da und betrachtete ihn mit dem gleichen Interesse, der gleichen Neugierde, dem gleichen Wunsch, ihn zu besitzen, wie während all dieser Jahre. Es war kein allzu sauberer Tropenhelm. Der Staub von Jahren hatte sich auf ihm angesammelt. Der khakifarbene Stoffüberzug mit seinem gesteppten Muster war zu einem schmutzigen Weiß verblaßt, und natürlich wußte niemand, wie er innen aussah.

Bakha stand an einer Ecke der Lagerwache, vor der die Wachtposten auf und ab marschierten, und starrte den Helm an. Er schien ihm nicht näherzukommen. ›Was könnte ich nur tun?‹ fragte er sich. ›Geh und frag den Wachtposten‹, sagte ihm sein Verstand. ›Aber nein, der wird es doch nicht verstehen‹, zweifelte Bakha. ›Er wird doch nicht begreifen, wovon ich rede, wenn ich, ein Straßenkehrer, ihm plötzlich zu verstehen gebe, daß ich den Helm möchte. Er sieht so streng aus. Keine Aussicht, näher an ihn heranzukommen.‹

Er blickte sich um, ob nicht sonst irgend jemand in der Nähe sei. Keine Seele weit und breit. Vermutlich hielten jetzt alle Siesta. Er fühlte ein unwiderstehliches Verlangen, hinzugehen und den Helm zu stehlen. Wenn nur der Wachtposten nicht dort stünde. ›Es ginge‹, überlegte er, ›wenn der Wachtposten eine Wende macht und in die andere Richtung marschiert. Aber jemand könnte kommen und mich überraschen. Der Helm ist viel zu groß; ich könnte ihn nicht verstecken. Und außerdem könnte ich ihn nie tragen, wenn ich ihn stehle. Jeder im Regiment kennt ihn. Nein, es geht nicht. Nein, es gibt keine Möglichkeit, ihn zu bekommen.‹ Noch einmal warf er einen zärtlichen Blick auf den Helm und ging auf die Kaserne zu. Er wußte, daß Feldwebel Tscharat Singh in einem der nächsten Gebäude sein Quartier hatte.

Es war nicht weit. Ungefähr hundert Meter. In der Zeit, die er für den Weg brauchte, stellte er sich vor, wie er im Tropenhelm Hockey spielen werde. Er sah sich hin und her laufen. Wie gut er darin aussah, der Abgott aller Jungen. Dann fiel ihm ein, daß man beim Hockeyspiel für gewöhnlich keinen Tropenhelm trägt. ›Wie albern ich bin‹, sagte er sich. Er schämte sich ein wenig seiner Schwäche für englische Kleidung, aber die Tatsache, daß er doch keinen solchen Narren aus sich gemacht hatte wie Ram Tscharan, der bei der Hochzeit seiner Schwester Shorts und einen Hut getragen hatte, tröstete ihn.

Er überquerte einen Graben und sah zwei lange Reihen von Baracken vor sich. Die, zu der er wollte, stand kaum zehn Meter vor ihm und hatte eine lange Veranda. Der

Feldwebel wohnte in einem Raum unmittelbar hinter der Veranda. Er ging aus Verlegenheit daran vorbei. Es war ihm immer peinlich, gesehen zu werden. Er fühlte sich wie ein Dieb. Zum Glück für seine Unsicherheit war der Raum geschlossen, also konnte er nicht herausfinden, ob der Feldwebel zu Hause war. Jeder andere hätte den Feldwebel herausgerufen oder an der Tür geklopft. Er aber war ein Latrinenputzer und wagte nicht hineinzugehen; er hätte die Veranda verunreinigen können. Bakha wünschte sich, die Erfindung des Kaisers Dschehangir wäre hier eingeführt (wenn die Erzählung des Sohnes des Babu wahr war). Im Palast des Kaisers gab es nämlich eine Glocke, die durch eine Schnur mit dem Außentor verbunden war. Zog man an der Schnur, so erfuhr der Kaiser, daß ein Bittsteller Einlaß suchte. Er hingegen mußte laut rufen, wenn er wegen des Essens in die Stadt kam. Ihm stand nur zur Wahl, laut zu rufen, wenn er Ram Tscharan oder Tschota sprechen wollte, und das bedeutete wieder, daß Ram Tscharans Mutter und Tschotas Vater Bakhas Stimme erkannten und ihn gemeinsam beschimpften, weil er ihre Söhne zum Herumlungern verleite. Jetzt konnte er natürlich weder rufen noch sich auf andere Weise bemerkbar machen. Vielleicht schlief der Feldwebel. Die Sepoys hielten sicher auch Siesta, und man würde sie stören.

Er ging vor der Veranda auf und ab. Dann legte er sich in den Schatten eines Baumes. Seine Gedanken begannen zu schweifen. ›Ich weiß nicht, was ich tun soll. Ich hoffe, er hat das Versprechen von heute früh nicht vergessen. Sonst habe ich diese ganze Zeit für nichts verschwendet. Mein Vater verflucht mich wohl. Ich habe ja den ganzen Nachmittag nichts gearbeitet. Tut nichts. Mag Rakha auch einmal etwas tun. Bisher hab' ich immer allein gearbeitet. Was kann denn geschehen, wenn ich mir einen Nachmittag freinehme?‹ Seine Augen schweiften zur Küche hinüber, wo für Tscharat Singhs Kompanie das Essen gekocht wurde. Er erinnerte sich, daß er sich als Kind dort oft Essen geholt hatte, als sein Vater noch als gewöhnlicher Latrinenputzer der B-Kompanie zugeteilt war. Die Mitglieder der Hockeymannschaft dieser Kompanie gingen ihm durch den Sinn. Hoschiar Singh, der Mittelfeldspieler, war der Spielführer. Dawar Lekh Ram war Mittelstürmer. Der rechte Verteidiger hieß Shiv Singh, und natürlich war da der furchtbare, unüberwindliche Tscharat Singh, der Torwart. Das Gerücht fiel ihm ein, das über Tscharat Singh in Umlauf war, nämlich daß er die Tage, die er nicht mit den Hockeyspielern zubrachte, im Spital lag, um die Wunden und Abschürfungen, die er während des Hockeyspielens erlitten hatte, auszuheilen. Er sah ihn als Tormann im Match gegen die Mannschaft des britischen Regiments. Er stand immer an einen der Torpfosten gelehnt, bis der Ball in seine Richtung kam, und ließ sich dann der ganzen Länge nach auf den Ball fallen. Die Zahl der Narben auf seinem Körper war ebenso groß, sagte der Sohn des Babu, wie die Schwert- und Lanzenmale auf dem des Radschputenkriegers Rana Sanga, des Bezwingers des Großmoguls Akbar. Aber die spektakulärste Verletzung, die er je abbekommen hatte, war der Verlust seiner Zähne, denn er mußte sie durch falsche ersetzen lassen, die auf Gold montiert waren. Das hatte zu manchem Scherz Anlaß gegeben, so zum Beispiel, als jemand vorschlug, man möge das Sprichwort »Stroh im Bart des Diebes« umwandeln in: »Goldene Zähne im Mund des Diebes«.

Bakha war noch in seine Träumerei verloren, als er Tscharat Singh mit dem Messingkrug in der Hand aus der Tür treten sah. Der Feldwebel setzte sich auf die Veranda und spritzte sich reichlich Wasser ins Gesicht und in die Augen. Völlig mit seiner Toilette beschäftigt und noch halb verschlafen, bemerkte er Bakha nicht, der unter dem

Kikirbaum saß. Der Latrinenputzerjunge stand mit einer halb verlegenen, halb herausfordernden Miene auf, legte die Hand an die Stirne und sagte: »Salam, Herr Feldwebel!«

»He, Bakha, komm her, wie geht's dir?« sagte Tscharat Singh erfreut. »Seit dem Regimentshockeymatch hab' ich dich nicht mehr gesehen. Wo hältst du dich versteckt?«

»Ich muß doch arbeiten, Feldwebel«, antwortete Bakha.

»Ach was! Arbeiten, immer arbeiten! Hol der Teufel die Arbeit!« rief Tscharat Singh und vergaß im Überschwang seines guten Willens vollkommen, daß er selbst Bakha diesen Morgen wegen der Vernachlässigung seiner Pflichten angeschrien hatte.

Bakha entging dieser Widerspruch nicht, doch war er von Tscharat Singh viel zu eingenommen, um sich durch irgend etwas von seiner Bewunderung für den Hockeyhelden abbringen zu lassen. Das Lächeln des Feldwebels strahlte eine gemütliche, anheimelnde Wärme aus, und Bakha fühlte sich in seiner Gegenwart wohl. ›Für diesen Mann‹, sagte er zu sich, ›mein ganzes Leben Latrinenputzer zu sein – dagegen hätte ich nichts. Für ihn würde ich alles tun.‹

Tscharat Singh erhob sich und wischte sich mit einem Zipfel des groben handgewebten Lendentuches das Gesicht ab. Dann holte er sich die kleine Wasserpfeife, die eine Kokosschale als Wasserbehälter hatte und ein fein geschnitztes Rohr, auf dem ein roter Tonkopf für die Holzkohle und den Tabak steckte. Er löste den Tonkopf vom Rohr der Wasserpfeife und sagte zu Bakha:

»Hol mir zwei Stück Kohle aus der Küche.«

Der Junge blieb vor Erstaunen wie erstarrt stehen. War es möglich, daß ein Hindu ihn glühende Holzkohle in einem Behälter holen hieß, den er dann auf seine Wasserpfeife setzen und rauchen würde?! Einen Augenblick lang sah Bakha aus, als wäre ein elektrischer Strom durch ihn hindurchgegangen. Dann ließ dieser ungewöhnliche Auftrag ihn freudig erschauern. Er nahm den Tonkopf aus Tscharats Hand und ging ungefähr fünfzig Meter bis zur Küche.

»Hol mir auch den Koch her«, rief Tscharat Singh Bakha nach, »und sag ihm, er soll mir meinen Tee bringen.«

»Jawohl, Feldwebel«, sagte Bakha und entfernte sich, ohne sich umzusehen, um sich der einzigartigen Ehre, die ihm der Hindu erwies, würdig zu zeigen, denn die Kohle für die Pfeife zu holen, das war ein ausgesprochen intimer Auftrag. ›Was ist es, naß oder trocken?‹ Die Antwort drängte sich ihm auf: ›Ja, der Tabak ist naß; natürlich könnte er verunreinigt werden.‹ Er zweifelte einen Augenblick daran, daß Tscharat Singh sich dessen bewußt und bei Sinnen gewesen war, als er ihm diese Aufgabe anvertraute. ›Vielleicht war er geistesabwesend, und jetzt könnte ihm plötzlich dämmern, was er getan hat. Vergaß er denn, daß ich ein Latrinenputzer bin? Unmöglich, da ich doch eben erst mit ihm über meine Arbeit gesprochen hatte. Und heute früh sah er mich bei der Arbeit! Wie konnte er das vergessen haben?‹ Nachdem er so seine Zweifel überwunden hatte, dankte er Gott dafür, daß es Menschen wie Tscharat Singh gab. Er ging sicheren, frohen Schrittes, absichtlich beherrscht, um keines Menschen Aufmerksamkeit auf sich zu lenken und mit dem Pfeifenkopf des Feldwebels gesehen zu werden. Doch fiel es ihm schwer, nicht zu stolpern, denn seine Seele war von Anbetung, Liebe und Bewunderung für den Mann erfüllt, der es für richtig befunden hatte, ihn, einen unreinen Knecht, mit dieser Arbeit zu betrauen. Bakhas Augen waren nach innen gekehrt.

Kurz darauf stand er in der Küche, wo der Koch in einer Nische neben dem Lehmherd saß und Kartoffeln schälte, während aus einer großen Messingpfanne Dampfsäulen emporstiegen.

»Gib mir, bitte, einige Stücke Holzkohle für Feldwebel Tscharat Singh.«

Der Koch warf einen schnellen Blick auf Bakha, als wollte er fragen: ›Wer bist du?‹ Das Gesicht kam ihm nämlich bekannt vor, nur wußte er nicht, wo er es hintun sollte. ›Es wird wohl ein Schipper von den Pionieren sein‹, schloß er wohlwollend, als er sah, daß der Mann Tscharat Singhs Pfeifenkopf in der Hand hielt. Da die Schipper, ungeachtet ihrer dunklen Hautfarbe und ihrer schmutzigen Kleider, der Mäherkaste angehören, konnte niemand etwas dagegen haben, sie Feuer holen zu lassen. Außerdem war der Koch Tscharat Singh zu Dankbarkeit verpflichtet. Der Feldwebel hatte ihm ein sauberes neues Hemd und einen weißen Turban geschenkt, bevor er, der Koch, auf Urlaub ging. Er nahm zwei Holzkohlenstücke aus dem Feuer und legte sie vor Bakha auf den Boden. Der Latrinenputzer hob die glimmenden Stücke Holzkohle, eines nach dem anderen, mit der bloßen Hand auf und legte sie ins Tonbecken. Dabei fiel ihm das kleine Mädchen ein, dem in seinem Traum heute früh der Silberschmied glimmende Asche auf die Hand gelegt hatte.

»Danke«, sagte Bakha, nachdem er das Feuerbecken mit der Kohle halb gefüllt hatte. »Der Feldwebel möchte seinen Tee haben.« Er bemühte sich, in den schroff formulierten Satz sehr viel Demut hineinzulegen.

Dann ging er zu Tscharat Singh zurück, der jetzt in einem Lehnsessel saß, den er von irgendwo hervorgezogen hatte, und reichte ihm das Kohlebecken. Der Feldwebel streckte lässig die Hand aus und nahm das Becken entgegen und tat es auf seine Kokosnußpfeife.

Bakha wurde nun ungeduldig und setzte sich auf einen Ziegelhaufen vor der Veranda. Er wußte nicht, was ihn so ungeduldig machte. Es war die Wasserpfeife; die ließ ihn immer ungeduldig werden. Überdies hatte er es ja auf den Hockeyschläger abgesehen. Der Feldwebel hatte ihn mit keinem Wort erwähnt. ›Hat er ihn vielleicht vergessen?‹ überlegte Bakha.

So saß er denn da und wartete. Die peinliche Leere, die zwischen ihm und Tscharat Singh entstanden war, störte Bakha ein wenig.

Der Koch kam mit einem großen Messingbecher und einer Kanne Tee, und der Feldwebel befreite in seiner gemütlichen Art seinen Freund von seiner nervösen Ungeduld.

»Hol die kleine Schüssel, aus der die Spatzen Wasser trinken«, sagte er zu Bakha und zeigte auf den Fuß der Holzsäule. »Gieß das Wasser aus!«

Bakha tat wie ihm geheißen, und das Gefäß in seiner Hand war sauber. Zu seiner größten Überraschung stand Tscharat Singh auf und goß Tee aus seinem Becher in die Schüssel.

»Nein, nein, Herr«, protestierte Bakha, wie es bei Gästen Brauch ist.

Tscharat Singh schenkte ihm Tee ein.

»Trink nur, mein Sohn.«

»Ich danke sehr, Herr Feldwebel«, sagte Bakha, »es ist sehr gütig von dir.«

»Trink, trink den Tee! Du arbeitest schwer; es wird dich erfrischen«, sagte Tscharat Singh.

Als Bakha die Flüssigkeit hinuntergeschluckt hatte, stand er auf und stellte die Schüssel an Ort und Stelle zurück. Indessen hatte Tscharat Singh den noch vorhandenen Tee aus dem Krug in den Becher gegossen und schlürfte ihn bedächtig.

»Und nun, wie ist das mit dem Hockeyschläger für dich?« sagte er und fuhr sich mit der Zungenspitze über die Lippen und den dünnen Schnurrbart.

Bakha blickte auf und versuchte eine dankbare Miene aufzusetzen. Es fiel ihm nicht sehr schwer, denn in der nächsten Sekunde schien er zu einem Nichts zusammenzuschrumpfen. Sein Gesicht war vom Tee erhitzt; seine Zähne leuchteten ebenmäßig in sklavischem Lächeln. Körper und Geist waren völlig erfüllt von Bewunderung und Dankbarkeit für seinen Wohltäter. ›Was hat mein Schicksal so plötzlich geändert?‹ fragte er sich. ›So viel Güte vom Feldwebel, der ein Hindu ist und einer der wichtigsten Männer im Regiment!‹ Staunend folgte er Tscharat Singh.

Der Feldwebel öffnete eine Tür neben seinem Zimmer und verschwand für einen Augenblick. Er kam mit einem beinahe funkelnagelneuen Hockeyschläger zurück, der sicher nicht mehr als zweimal benützt worden war. Er überreichte ihn Bakha mit derselben Selbstverständlichkeit, mit der er ihm zuvor das Tonbecken mit der Holzkohle gereicht hatte.

»Aber der ist doch neu, Feldwebel Sahib«, sagte Bakha, als er ihn entgegennahm.

»Nimm ihn nur, und geh schon; ob neu oder nicht neu, das spielt keine Rolle«, sagte Tscharat Singh. »Versteck ihn unter dem Mantel, und erzähl niemandem davon. Geh, mein Junge.«

Bakha senkte den Kopf, um dem Blick des Feldwebels auszuweichen. Er konnte einem so freigebigem Menschen nicht in die Augen schauen. Er war von der Güte des Mannes überwältigt. Er war dankbar, oh, so dankbar, daß er nicht wußte, wie er die zehn Meter bis zur Ecke zurücklegen sollte, um seinem Wohltäter aus den Augen zu kommen. ›Seltsamer, seltsamer, wunderbar gütiger Mann!

Ich wußte nicht, daß er so gut ist. Ich hätte es wissen sollen. Er war immer so gut gelaunt! Ein guter, lieber Mensch! Er hat mir diesen neuen Schläger geschenkt, einen funkelnagelneuen Hockeyschläger!‹ Ungeduldig zog er den Schläger aus den Falten des Mantels hervor, in denen er ihn versteckt hatte. Es war ein herrlicher Stock, mit einem breiten Blatt, mit englischer Marke, und deshalb für Bakha der beste Stock, der je gemacht worden war. Er hatte einen Ledergriff. ›Herrlich, herrlich!‹ schien sein Herz im Rhythmus überströmender Freude zu schlagen.

Er bog um die Ecke und überquerte den Graben, so daß er nun außer Sicht seines Wohltäters war. Nachdem er sich vergewissert hatte, daß niemand Zeuge seiner närrischen Freude und seines Stolzes auf dieses Geschenk war, stützte er den Schläger in der Stellung auf den Boden, die man ihm immer vor dem Abschlagen des Balles gibt. Er bog ihn. Er war elastisch und ließ sich leicht biegen. Bakha wußte, daß das der Beweis für die Güte des Hockeyschlägers war. Er rieb eilig den Staub ab, der den unteren Teil des Stockes bedeckte, und hielt ihn mit beiden Händen fest, als fürchtete er, daß jemand kommen und ihn ihm wegschnappen könnte, und als wolle er sich vergewissern, daß er ihn wirklich besaß; so unglaublich schien ihm die Tatsache, daß er ihm gehörte. Wiewohl er ihn fest in der Hand hielt, glaubte er zu träumen, bis er zum Rand des Spielfeldes vor der Turnhalle hinter den Quartieren der indischen Offiziere gelangte. Dort begann er auf einen kleinen runden Stein loszuschlagen, bis ihm plötzlich einfiel, daß er den Stock auf diese Weise zerbrechen oder abschürfen könnte. Er drückte ihn fest an seinen Körper und versuchte seine Gedanken zu ordnen. ›Also hat sich das Glück mir wieder zugewandt. Wenn nur die Sache heute früh nicht passiert wäre!‹

Bakha versuchte, sich Tscharat Singhs Gesicht vorzustellen.

›Er sah etwas vergeßlich aus. Ich hoffe, er wußte, was er tat‹, dachte Bakha. ›Ich hoffe, er war nicht geistesabwesend. Vielleicht war er's. Ob ich es wage, mit dem Schläger zu spielen? Er könnte beschädigt werden, und wenn dem Feldwebel einfallen sollte, daß er etwas weggegeben hat, was er eigentlich behalten wollte, dann wird das eine furchtbare Sache werden, weil ich den Schläger, beschädigt, abgeschürft und sogar benützt, nicht zurückgeben kann. Und kaufen kann ich so einen Schläger bestimmt nicht. Aber das kommt ja gar nicht in Frage. Hat er nicht gesagt: 'Neu oder alt, nimm ihn und geh, und erzähl niemandem davon!'? Natürlich wußte er, was er tat. Ich bin ja verrückt, ihn für so vergeßlich zu halten. So ein gütiger Mensch, und ich denke so von ihm! Ich bin wirklich ein Schwein.‹ Er wollte überhaupt nicht denken, weil seine Gedanken so kleinlich waren. ›Wie schön der Nachmittag ist!‹ sagte er und sog die frische Luft ein, die von den Bergen im Norden kam. Er fühlte die durchsichtige Herbstsonne, die gerade genug Wärme spendete, um einen in warme Kleider gehüllten Menschen froh zu machen. Bakhas Lebensschale war an diesem hellen, strahlenden Nachmittag bis an den Rand mit Glück gefüllt, wie der Himmel mit warmen klarem Sonnenschein. Er hätte vor Freude hüpfen können.

Er wollte gerade damit beginnen, hatte aber das Gefühl, daß ihn jemand sehen könnte. Irgend jemand war sicher in der Nähe. Ein vorbeigehender Sepoy oder einer von den Jungen. Also gab es kein anderes Mittel, seinem Glück Luft zu machen, als zu gehen.

Das tat er auch. Er schritt vorwärts mit holzsteifen Beinen, hoch erhobenem Kopf und geschwellter Brust. Das ungeschickte Schwenken seines Rumpfes glich für kurze Zeit der hochmütigen Gangart eines stolzen Soldaten.

Dann wurde er sich plötzlich seines närrischen Herumstolzierens bewußt, was ihn unsicher machte. Er blieb verlegen stehen. Sein eben errungenes Selbstvertrauen war zerstört.

Er war nun wieder ungeduldig. Er wünschte sich, daß jemand komme und ihn von seiner Einsamkeit befreie. Käme ein Sepoy daher, dann könnte er ihn anschauen, und wenn einer der Jungen käme, dann könnte er ihm den Schläger zeigen, den er bekommen hatte. Wenn nur Tschota daherkäme! Er hätte ihm so gerne den Schläger gezeigt! ›Aber nein, ich darf ihn Ram Tscharan nicht zeigen. Sonst geht er noch am Ende zu Tscharat Singh und belästigt ihn, indem er auch so einen verlangt. Der Feldwebel hat doch gesagt, daß ich es niemandem sagen soll. Er wird mir böse sein, wenn Ram Tscharan es sich in den Kopf setzt, auch um so einen Stock zu betteln! Wenn nur die Söhne des Babu kommen wollten!‹ Die hatten den Ball. Der ältere Junge hatte ihm versprochen, ihm Englischstunden zu geben. Vielleicht konnte er ihm die erste geben, bevor das Spiel begann. Er wünschte sich, daß jemand, irgend jemand käme und seine Gedanken beschäftigte, denn er wollte dem plötzlichen Gefühl der Leere entrinnen, das über ihn gekommen war.

Er schlenderte jetzt ohne Ziel dahin, mit losen Armen und Beinen. Als wäre er nicht ganz bei Bewußtsein, wandte er den Kopf bald hierhin, bald dorthin. Endlich erspähte er den Sohn des Babu. Der kleinere Junge kam aus der Halle des Hauses herausgeeilt, mit einem großen Stock in der kleinen Hand, den Mund voll und mit Zuckerzeug im Kittel. Bakha wußte, wie erpicht der Kleine darauf war, Hockey zu spielen. Er ging langsam auf das Kind zu, verlegen im Bewußtsein seiner niederen Stellung und mit dem Lächeln der Demut im Gesicht. Er hatte die Söhne des Babu gern und achtete sie, nicht nur weil sie Hindus hoher Kaste waren, die er als Sohn eines Straßenkehrers zu achten hatte, sondern auch weil ihr Vater im Regiment eine Stellung von außergewöhnlicher Wichtigkeit innehatte, im Rang beinahe unmittelbar nach dem Oberst Sahib selbst.

Der Kleine lief Bakha voller Begeisterung entgegen und sagte: »Schau, das ist der neue Stock, von dem ich dir heute früh erzählte; Tscharat Singh gab ihn mir.«

»Oh, der ist aber schön!« meinte Bakha. »Aber«, setzte er scherzend fort, »schau dir meinen an, der ist womöglich noch besser als deiner. Haha, meiner ist schöner als deiner.«

»Zeig her«, sagte der Kleine.

Bakha reichte ihm den Stock.

»Oh, das ist doch genau derselbe!« rief das Kind, nachdem es einen sachkundigen Blick darauf geworfen hatte.

Bakha merkte, daß Tscharat Singh ihm anscheinend doch keine außergewöhnliche Gunst erwiesen hatte. Aber eine Gunst war es, denn die Söhne des Babu waren eben die Söhne des Babu. Es war selbstverständlich, daß der Feldwebel ihnen Stöcke schenkte. Aber daß er auch ihm, dem Straßenkehrer, einen geschenkt hatte, war eine außergewöhnliche Gunst.

»He, bist du zum Spiel bereit, Bakha?« fragte das Kind, als wäre es ein ausgewachsener Mannschaftskapitän.

»Ja, ich bin bereit«, sagte Bakha lächelnd, ohne im geringsten sein Mitleid mit dem Kind zu verraten, das er so begeistert sah und von dem er wußte, daß man ihm nicht erlauben würde mitzuspielen. Er hatte den Kleinen, der vor Tatkraft und Begeisterung übersprudelte, sehr gern.

»Wo ist dein großer Bruder?« fragte Bakha.

»Er ist noch beim Essen. Er wird gleich kommen. Ich geh' jetzt und hole die Hockeyschläger und den Ball; die Jungen werden bald da sein.« Er lief plötzlich heim, während Bakha gerührt zurückblieb.

›Armer kleiner Kerl! Man wird ihn nicht mitspielen lassen, und er ist so scharf darauf. Er wird zu einem außergewöhnlichen Menschen heranwachsen. Vielleicht wird er ein großer Babu. Oder ein Sahib. Seine Augen blitzen so . . . !‹

»He, Bakha!« unterbrach ihn jemand in seinen Gedanken.

Er wandte sich um und sah Tschota und Ram Tscharan daherkommen, gefolgt von verschiedenen anderen Jungen: den Söhnen des Waffenschmiedes, Naimat und Asmat; dem Sohne des Schneidermeisters, Ibrahim; den Söhnen des Militärkapellmeisters, Ali, Abdulla, Hassan und Hussein, und einem Haufen Fremder, vermutlich den Jungen vom 31. Pandschabi-Regiment. Bakha ging auf sie zu. Tschota lief ihm entgegen und flüsterte: »Ich hab' ihnen gesagt, daß du der Diener des Sahibs bist; sie wissen nicht, daß du ein Latrinenputzer bist.«

»Schön«, stimmte Bakha zu. Er wußte, daß das nötig war, um einige strenggläubige Jungen von der Mannschaft der 31. Pandschabis zu überzeugen, daß sie nicht verunreinigt werden würden.

»Schau, ich hab' einen herrlichen neuen Hockeyschläger«, sagte Bakha. Er zeigte ihn seinem Freund und sagte dann: »Erzähl dem Ram Tscharan nichts davon. Tscharat Singh gab ihn mir. Mit dem werde ich eine ganze Menge Tore schießen.«

»Wunderbar! Wunderbar! Herrlich! Ausgezeichnet!« rief Tschota aus. »Schwager, du bist ein Glückspilz!« Und er schlug Bakha auf den Rücken, daß aus dessen dickem, niemals gesäubertem Mantel eine kleine Staubwolke aufstieg.

»Macht euch fertig, Jungens«, rief er, sich umwendend. Als es zur Wahl der Mannschaft kam, legte der kleine Sohn des Babu die Schläger vor Tschota hin und wartete auf die Belohnung. Aber Tschota hatte seine Elf schon gewählt.

»Laß das Kind mitspielen«, setzte sich Bakha für den Kleinen ein.

»Nein, er wird uns lästig werden«, flüsterte Tschota. »Wir können ihn nicht spielen lassen. Das ist ein Match mit den großen Jungens. Wenn er verletzt wird, gibt's Ärger.«

Bakha wollte nicht darauf bestehen. Er wußte, daß Tschota und der Kleine sich miteinander nicht allzu gut vertrugen; er fühlte sich doppelt hilflos, da er beide gut leiden konnte, und es tat ihm weh, das Kind von allen, den älteren Bruder ausgenommen, unbeachtet zu sehen. Dieser versuchte den Kleinen zu trösten, indem er ihm sagte, er selbst werde vielleicht auch nicht zum Spiel aufgefordert werden, so wichtig sei das Match, und es werde von den großen Jungens ausgetragen.

Der Trost des Bruders und die Freundlichkeit, die sich in Bakhas Lächeln spiegelte, machten es dem Kinde wesentlich leichter, sich mit seiner Enttäuschung abzufinden. Unbeachtet und hilflos, versuchte es sein Interesse am Match zu befriedigen, indem es sich als Schiedsrichter anbot. Aber Tschota wollte es nicht einmal als Schiedsrichter haben. Der Kleine sah nun aus, als ob er sich selber sehr leid täte. Das Match hatte begonnen. Er stand bei dem Haufen abgelegter Kleidungsstücke der Spieler am Ende des Hockeyfeldes. Er wünschte sich, so groß zu sein wie Tschota, dann würde man auch ihn auffordern, mitzuspielen. Dann könnte er auch Shorts tragen wie

Tschota. Und er würde wie ein richtiger Sahib aussehen, weil er nicht so dunkelhäutig war wie Tschota.

Bakha kam, um seinen Mantel abzulegen, für einen Augenblick in die Nähe des Kleinen. Er hatte zu spielen begonnen, ohne ihn auszuziehen.

»Du wirst auf ihn aufpassen, nicht wahr, kleiner Bruder?« sagte er zu dem Kind, als ob er ihn mit dieser Aufgabe für die Nichtaufnahme in die Mannschaft entschädigen wollte. Dann lief er auf seinen Platz zurück.

In diesem Augenblick hätte der Kleine weinen können. Aber das Spiel, das Match ... Bakha war kurz davor, ein Tor zu schießen.

Es war ein ungewöhnlicher Anblick. Die Burschen sprangen im Spielfeld hin und her wie Grashüpfer. Es war gar keine Ordnung im Spiel. Bakha hatte dribbelnd und ausweichend den Ball vor das Tor der 31er gebracht. Aber dann war er geschnappt und von den Verteidigern umzingelt worden, die schreiend und stoßend versuchten, den Ball zurückzuschlagen. Bakha gelang es jedoch, den Ball an den Beinen all der Burschen vorbei in den Raum zwischen den Pfosten zu treiben.

Von der besseren Taktik geschlagen, gab der Torwächter Bakha boshafterweise einen Schlag auf die Beine. Worauf Tschota, Ram Tscharan, Ali, Abdulla und alle übrigen Jungen von der 38er Dogras-Mannschaft über den Torwart der 31er Pandschabis herfielen.

Bald war die schönste Rauferei im Gange.

»Foul! Foul!« schrie der Kapitän der 31er Pandschabis.

»Kein Foul! Kein Foul!« erwiderte Tschota und reckte sich zornig zu seiner vollen Größe.

Der Kapitän der 31er Pandschabis lief wütend hin, riß das Rudel auseinander und packte Tschota am Kragen. Und wieder einmal rauften die Burschen, kratzten, schlugen, stießen einander und brüllten. Eins, zwei, drei, vier, fünf – die kleinen Hände holten mit den Stöcken aus, groß, schwer, kräftig, und das Toben der Horde erreichte einen solchen Grad der Erregung, daß man ihnen die ererbte Grausamkeit der wilden Jäger ansehen konnte. Tschota hatte seinen Widersacher an der Schulter gefaßt, und eine Zeitlang rangen die beiden, rot vor Wut, miteinander, zerrissen einander die Kleider, bearbeiteten einander mit Fausthieben. Dann rief Tschotas Gegner, nicht länger fähig, sich seiner zu erwehren, seine Spieler und wich mit ihnen einige Meter zurück.

»Werft Steine auf sie, Steine!« brüllte Tschota.

Worauf sich die Burschen von den 38er Dogras von ihren Gegnern lösten, sich alle auf einer Seite aufstellten und anfingen, die Pandschabis mit kleinen Steinen zu bewerfen.

In der Hitze des Gefechtes bemerkten sie den kleinen Buben nicht, der zwischen ihnen und ihren Feinden bei den Kleidern stand und die volle Wucht des Steinbombardements abbekam. Die meisten Steine flogen jedoch hoch über den Kopf des Kindes hinweg, und obwohl er sehr erschrak, blieb er unverletzt. Aber ein ungeschickter Wurf Ram Tscharans traf ihn am Kopf. Er stieß einen schrillen Schrei aus und fiel bewußtlos hin. Die Jungen liefen alle zu ihm hin. Bäche von Blut rieselten aus seinem Hinterkopf. Bakha hob ihn auf und trug ihn in seinen Armen zur Halle des Hauses. Unglücklicherweise hatte die Mutter des Kindes den Lärm gehört und war zufällig herausgekommen, um zu sehen, ob ihre Kinder in Sicherheit waren. Sie kam Bakha direkt entgegen.

»Du Fresser deiner Herren, du dreckiger Latrinenputzer!« schrie sie. »Was hast du mit meinem Sohn gemacht?«

Bakha wollte gerade den Mund auftun, um ihr zu berichten, was geschehen war. Aber schon während sie fragte, sah sie an dem Blut, das aus dem Hinterkopf ihres

Sohnes sickerte, und an seinem totenblassen leblosen Gesicht, was los war.

»O du Fresser deiner Herren, was hast du getan? Du hast mir meinen Sohn umgebracht!« jammerte sie, griff sich mit den Händen ans Herz und wurde vor Angst blau und rot. »Gib ihn mir! Gib mir mein Kind! Nicht genug, daß du meinen Sohn verletzt hast, besudelst du mir auch noch das Haus!«

»Mutter, Mutter, was redest du da?« griff der ältere Sohn ein. »Es war ja gar nicht er. Er hat ihn nicht verletzt. Ram Tscharan war's, der Sohn der Wäscherin.«

»Geh weg, geh weg, du Fresser deiner Herren!« brüllte sie ihren Sohn an. »Verrecken sollst du! Warum hast du auf deinen Bruder nicht aufgepaßt?«

Bakha übergab ihr das Kind und machte sich verängstigt, demütig und schweigend wie ein Geist davon. Er fühlte sich niedergeschlagen und mehr als elend. Durfte er sich an der Freigebigkeit Tscharat Singhs nicht länger als eine halbe Stunde erfreuen? Was hatte er getan, daß er so behandelt wurde? Er liebte das Kind. Er hatte es bedauert, als Tschota ihm die Erlaubnis mitzuspielen verweigerte. Warum beschimpfte ihn die Mutter des Kindes, dem er doch zu helfen versucht hatte? Sie hatte ihn nicht einmal berichten lassen, wie es zu dem Unfall gekommen war. ›Natürlich, ich hab' das Kind unrein gemacht, aber wie hätte ich das vermeiden sollen? Ich wußte, daß meine Berührung ihn verunreinigen würde. Aber ich mußte ihn doch aufheben, er war bewußtlos, der arme kleine Kerl. Und sie beschimpft mich. Für mich gibt es nur Schmähungen und Verachtung, wohin ich mich auch wende. Verunreinigung, Verunreinigung, ich tue nichts als die Leute besudeln. Sie alle sagen dieses 'Entweiht! Entweiht!' Vielleicht hatte sie recht, es zu sagen. Ihr Sohn war verletzt. Sie hätte alles sagen dürfen. Es war meine Schuld und die der anderen Jungen auch. Warum mußten wir auch streiten? Es fing an, weil ich ein Tor geschossen hatte. Ich Verfluchter! Der arme Bub! Hoffentlich ist er nicht schwer verletzt. Hätte ihn Tschota mitspielen lassen, dann wäre der Kleine nicht dort gestanden und der Verletzung vielleicht entgangen. Wohin sind denn alle Jungens plötzlich verschwunden?‹

Jetzt erst wurde ihm bewußt, daß er allein war. Er blickte sich um. Nur die Spatzen auf dem Ödland in der Latrinenputzergasse zwitscherten ihn im blassen Nachmittagslicht anklagend an. Er war auf einmal unsagbar müde. Mit letzter Kraft drückte er den Hockeystock unter seinem Arm fester an sich und bog in den Seitenpfad ein, der über modernde Walnußblätter zu seinem Hause führte.

Bevor er noch in Sicht des Hauses kam, blieb er stehen und sah sich nach einem geeigneten Fleck um, wo er seinen Hockeyschläger verstecken könnte. Er durfte ihn nicht heimbringen; der Vater würde sofort einen Wutanfall bekommen und ihm vorwerfen, daß er wertvolle Zeit mit Spielen vergeude, während die Arbeit an den Latrinen auf ihn warte. Nicht weit vom Pfad wuchs eine dichte Kaktushecke. Dorthin wandte er sich. Mitten in dem Busch gab es ein Loch. Mit einem langen Schritt stieg er in das Loch und legte den Stock hinein. Er legte einige schaufelförmige Kaktusblätter darüber, um ihn gegen schlechtes Wetter zu schützen, und eilte zurück; hoffentlich hatte ihn niemand beim Verstecken des Schlägers beobachtet; er könnte ihn sonst wegholen.

Als Bakha heimkam, saß der Vater, seine Wasserpfeife rauchend, im englischen Rohrsessel. Lakha schien seinen Sohn vorerst nicht zu bemerken. Plötzlich aber erhob er sich von seinem Sitz, schüttelte die geballte Faust drohend gegen Bakha und brüllte:

»Du Schweinesohn, du Hundesohn! Bist davongelaufen! Den ganzen Nachmittag warst du fort, und jetzt kommst du zurück! Du Bastard! Bist du ein Nabob geworden, daß du herumstreunst, wiewohl du weißt, daß Arbeit auf dich wartet? Die Sepoys haben sich schon beklagt!«

Bakha blieb angesichts dieses warmen Empfanges vollkommen kühl. Er war von all den wiedererlebten Erinnerungen zu erschöpft, um mit irgend etwas Neuem, das über ihn hereinbrach, fertig zu werden. Er stand eigensinnig still, während sein Vater die Schimpforgie fortsetzte.

»Schweinesohn! Du nimmst keine Rücksicht auf deinen alten Vater. Gehst morgens weg und kommst abends zurück. Und wer soll die Arbeit an den Latrinen machen? Ich hab' dich aufgezogen. Willst du mir nicht im Alter etwas Ruhe gönnen? Spielst dich als Sahib auf und bist doch nur der Sohn eines Latrinenputzers.«

Unter dieser Flut von Beschimpfungen machte sich Bakha langsam auf den Weg zu den Latrinen. Er ging den Besen holen, bemerkte aber, daß ihn sein Bruder Rakha in der Hand hielt. Er blieb stehen und sah seinen Bruder an.

»Du bist also endlich zurück!« rief Rakha selbstgerecht. Er fixierte seinen älteren Bruder, und der Stolz des Bevorzugten war in seinem Blick.

Bakha wußte, daß der Junge sich vor ihm aufspielte, weil er die Nachmittagsarbeit getan und sich damit beim

Vater beliebt gemacht hatte. Dennoch nahm er ihm seine Überheblichkeit nicht übel. Da er ihn wirklich liebte, betrachtete er ihn als Kind und hätte seine Unverschämtheit und die Beschimpfungen seines Vaters, ohne mit der Wimper zu zucken, ertragen, aber der Bub weigerte sich, ihm den Besen zu geben, und der Vater hörte mit seinem Schelten nicht auf.

»Er hat überhaupt kein Schamgefühl! Spielen, spielen, nichts als spielen und den ganzen Tag herumstrolchen. Als ob er nichts anderes zu tun hätte!«

Bakha hatte nun genug und konnte die andauernde Wiederholung der gleichen Worte nicht mehr ertragen. Er kannte die Art, wie sein Vater nörgelte: beharrlich, hartnäckig, ohne Atem zu holen. Er floh zu den Latrinen.

»Schau, daß du weiterkommst, du Schwein! Geh mir aus den Augen!« rief ihm der Alte nach. »Rühr den Besen nicht an, oder ich bring' dich um. Geh zum Teufel! Hinaus! Und komm mir nicht wieder zurück! Ich will deine Visage nicht wiedersehn!«

Bis dahin hatte Bakha sein Elend oft mit dem Gleichmut des Fatalisten ertragen. Hatte Hohn und Spott des Vaters und sogar gelegentliche Schläge still erduldet, mit einer Ruhe, die seiner unwahrscheinlichen Fügsamkeit und Sanftmut entsprach. Heute jedoch war es sogar ihm zuviel geworden. Der Geist der Auflehnung, der tief in seinem Fleischberg vergraben lag, hatte heute morgen Feuer gefangen und schwelte in ihm. Noch etwas Nahrung, und er würde zu einer wilden Flamme auflodern.

Er raste über die Niederung, ohne auch nur einen Blick zurückzuwerfen. Es war, als hätte ein Dämon von ihm Besitz ergriffen. Er wußte nicht, was ihn zu seiner plötzlichen Flucht veranlaßt hatte. Und er ahnte nicht, daß in diesem Moment eine Veränderung stattgefunden hatte. Es war, als führte der Dämon in ihm ein grausames Schwert, mit dem er alles, was ihm in den Weg kam, in Stücke schlug, der durch die Kraft des Zuschlagens eine noch unheilvollere Macht erlangte, mit der er Bakhas Körper in ein wildes Pferd verwandelte.

Als er über den Saum der Niederung ging, erschienen am Rand der Himmelswölbung die goldenen und silbernen Strahlen der Nachmittagssonne, und die Welt lag da, wie von einem karminroten Band umschlungen. Hier verlangsamte er seine Schritte, denn hier hatte er verspürt, wie der erste Schimmer der Morgensonne in seine Knochen kroch. Über diese Ebene war er voll Abenteuerlust in die Welt hinausgezogen.

Die weite Fläche war leer bis auf eine endlose Reihe von Menschen, die nach den Lehmhäusern strebten. Sie standen im Norden wie Pilze in Gruppen beisammen, umgeben von Müllhaufen voll zerbrochener Flaschen, alter Konservenbüchsen, toter Katzen, Lumpen und Knochen. So erhaben fühlte er sich in seiner rechtschaffenen Entrüstung, daß er sich wie ein Riese vorkam, dem alles in den Tälern und Hügeln zu Füßen lag.

»Unseliger, unheilvoller Tag! Was hab' ich getan, um all das zu verdienen?« rief er verzweifelt aus.

Ein Sepoy, unterwegs zu den Latrinen, kam heran. Bakha sprang in einen Graben, um nicht gesehen zu werden. Er wollte niemandem begegnen. Er wollte allein und in Ruhe gelassen werden, um sich zu fassen. Als der Mann vorbei war, kroch er aus dem Graben und steuerte auf einen Pipalbaum zu, der, umgeben von einer Lehmbank, in der Ebene stand. Er setzte sich unter den Baum und wandte das Gesicht der Sonne zu.

Er war jetzt sehr niedergeschlagen, und es dämmerte ihm, daß er kein Zuhause mehr hatte. Er war schon oft so vor die Tür gesetzt worden. Tatsächlich drohte der Vater immer damit, wenn er zornig wurde. Er erinnerte sich, daß er ihn einmal, kurz nach dem Tode der Mutter, für eine ganze Nacht ausgesperrt hatte, weil er sich um den Haushalt nicht ordentlich gekümmert hatte. Es war eine Winternacht. Der Ostwind blies, und er war schläfrig. Er war müde von der Tagesarbeit und gähnte, als er sich, in seinen Mantel gehüllt, hinter zwei Müllkörbe gekauert hatte. Er hatte damals unter dieser Gefühllosigkeit und Grausamkeit sehr gelitten. Konnte ihm das derselbe Vater angetan haben, der zum Hakim um Arznei für ihn betteln gegangen war? Bakha erinnerte sich, daß er nach diesem Zwischenfall tagelang mit seinem Vater kein Wort gesprochen hatte. Dann war der Kummer darüber weniger heftig, weniger aufrührerisch geworden. Er hatte schwer zu arbeiten begonnen. Es schien ihm, daß die Strafe ihm gutgetan habe, denn er hatte dadurch gelernt, sich mit ganzem Herzen in die Arbeit zu stürzen. Er war gereift. Er hatte gelernt, Böden zu schrubben, zu kochen und Wasser zu holen, abgesehen von seiner eigenen Arbeit des Latrinenreinigens und des Transports von Dünger auf die Felder. Und wiewohl seine Ernährung kärglich war, hatte er sich zu einem großen starken Mann entwickelt, breitschultrig, mit breiten Hüften und geschmeidigen Armen, so daß er dem indischen Idealbild eines Ringers so nahe kam, wie er es sich wünschen mochte.

Aber diese neue Schmach jetzt! Das konnte zu nichts Gutem führen, dachte er. Es war unverdient. Warum sollte sein Vater etwas dagegen einwenden, daß er einmal im Leben sich einen halben Tag freigenommen hatte? Besonders da der Alte doch wußte, daß Bakha am Morgen in der Stadt beschimpft worden war und ihm deswegen nicht nach Arbeit zumute war. Überdies hatte er den Nachmittag auch nicht nutzlos vertrödelt. Er hatte doch den neuen Hockeyschläger bekommen. Aber das, fiel ihm ein, war etwas, was sein Vater nicht schätzte. Lakha sah es nicht gern, daß sein Sohn Hockey spielte. Das war die Ursache allen Übels. »Rakha muß mich verpfiffen haben«, murmelte Bakha, »weil er selber nicht spielen gehen konnte. Was ich heut für einen Tag gehabt hab'! Einen unseligen, unheilvollen Tag! Ich wollte, ich könnte sterben!« Da saß er nun, den Kopf in den Händen vergraben, völlig verzweifelt.

Längere Zeit saß er so da, mit dem Kopf in den Händen. Er fühlte sich elend und bedrückt, weil er obdachlos und sogar dem eigenen Vater unerwünscht war. Unbewußt hatte er sich einen Platz ausgesucht, wo ihn Tschota oder Ram Tscharan oder sonst jemand aus der Siedlung der Ausgestoßenen sehen konnte. Mit der Zeit wurde er sich der Leere, die ihn umgab, bewußt und ahnte, daß er des Trostes, nach dem er sich sehnte, nie teilhaftig werden würde.

Aber er irrte sich. Oberst Hutchinson, der Leiter der lokalen Heilsarmee, war nie allzuweit von der Ausgestoßenenkolonie. Seiner ziemlich areligiösen Frau gegenüber gebrauchte er immer die Ausrede, er mache einen Spaziergang zu den Hügeln, wo das Reich des Himmels nur darauf warte, gefunden zu werden. In Wirklichkeit jedoch suhlte er sich um Christi willen im Sumpf und hielt irgendeinem Unberührbaren inmitten der Müllhaufen Vorträge über das Wesen Gottes und die Dreifaltigkeit. Er war sogar auf eine Meile Entfernung unverkennbar, denn er gehörte zu den wenigen noch lebenden Mitgliedern jener Schar christlicher Missionare in Indien, die zuerst auf den Gedanken gekommen waren, die Heilsarmee müsse sich wie die Einheimischen kleiden und unter ihnen leben, wenn sie das wahre Ziel der Bekehrung erreichen wollte. Und er hatte die Oberstenuniform, die er trug, selbst entworfen: ein Paar weißer Hosen, eine scharlachrote Jacke und einen weißen Turban mit einer roten Borte. Er war einmal ein starker Mann gewesen, wenn er jetzt auch nicht mehr ganz dem Bild von Eugen Sandow entsprach. In alten Zeiten hatte er einen dichten Haarschopf auf dem Kopf. Jetzt war er leider kahl, und seine Frau behauptete, es sei auf den höllischen Turban und das ewige Bibelstudium zurückzuführen. Er hatte früher einmal auch einen aufgezwirbelten, richtigen Oberstenschnurrbart getragen, schwarz und buschig. Nun, buschig war er zwar noch, aber er war ergraut und hing herab; wie seine boshafte Frau behauptete, weil die Bekehrungsmission des Christentums in seinen Händen vollkommen versagt hatte. Nicht mehr als fünf Bekehrte hatte man ihm in den letzten zwanzig Jahren gutschreiben können, und diese fünf kamen hauptsächlich aus den Reihen der schmutzigen schwarzen Unberührbaren. Aber zum Schnurrbart des Obersten muß man sagen, daß seine Frau böse war, weil sie einen persönlichen Vorwurf damit verband. Er hatte sie in ihrer Jugend durch sein gepflegtes, tadelloses Aussehen bezaubert, dessen auffallendstes Merkmal der schöne schwarze, aufrechte Schnurrbart war. Sie war Barmädchen in Cambridge gewesen und hatte eine Vorliebe für die wie Edelsteine leuchtenden Weintropfen entwickelt, die, wenn er Wein trank, an Hutchinsons Schnurrbarthaaren hängenblieben. Deswegen hatte sie ihn geheiratet. Indien aber hatte sie verbittert. Denn sie haßte nicht nur die »Nigger«, wie sie die Diener in ihrem Haus nannte, sondern sie entdeckte auch, daß ihr Mann zu ernsthaft war, um ihre leichtsinnigen Neigungen – Kartenspiel, Trinken und Flirt – zu teilen. Sie hatte sich jahrelang mit Hilfe von Whisky mit ihm abgefunden, aber dann war Hutchinsons Schnurrbart ergraut und hatte sich unter der Last der Jahre abwärts gebogen. Der Oberst war jetzt fünfundsechzig. Man muß daher trotz allem, was seine Frau sagte, dem Oberst Hutchinson Anerkennung zollen für seinen unerschütterlichen Pflichteifer und den loyalen Dienst an der Sache, der er sich gewidmet hatte. Er war für seine fünfundsechzig Jahre unerhört aktiv. Wie einst legte er sich in tiefen Müllgruben oder hinter Düngerhaufen auf die Lauer, um einen bedrängten Ausgestoßenen einzufangen, der so müde und hungrig war, daß er sich in seiner Verzweiflung auch das Evangelium Christi anzuhören bereit war.

Hutchinson trug immer einige Exemplare der Bibelübersetzung in Hindustani unter dem Arm und stopfte sich die Taschen seiner Jacke und seines Mantels mit dem Evangelium des heiligen Lukas voll, um es Vorübergehenden, ob sie nun wollten oder nicht, in die Hand zu drükken. Er war ein kleiner Mann, erbärmlich schwach, aber seine Zunge war scharf wie eine Schere und zerschnitt die Hindustani-Sprache zu Fetzen, wie ein Papagei seine Nahrung zu Bissen zerkleinert. Der Impuls, der ihn hatte Hindustani lernen lassen, bevor er seine Missionsarbeit begann, war nobel, wenn man in Betracht zog, daß er seine Arbeit unter den Eingeborenen tun wollte; seine Gewohnheit jedoch, nur ein paar Brocken der Sprache zu sprechen, ohne sie in den dreißig Jahren seines Aufenthaltes in Indien jemals richtig zu lernen, hatte verheerende Folgen.

»Tum udas, du bist traurig«, sagte der Oberst und legte seine Hand auf Bakhas Schulter.

Bakha fuhr zusammen. Er hatte erwartet, daß Tschota oder Ram Tscharan oder jemand von der Siedlung der Ausgestoßenen kommen werde, um ihn zu trösten. Er hatte nicht die leiseste Ahnung, daß Oberst Hutchinson ihn überraschen könne, der zwar, weil er so oft mit den Eingeborenen zusammen war, etwas von dem Glanz eingebüßt hatte, der dem überlegenen, schweigsamen, zurückhaltenden Engländer anhaftete, aber doch ein Sahib war, der Hosen trug und ein Nachtgeschirr benützte.

Bakha fühlte sich geehrt, weil der Sahib geruht hatte, mit ihm Hindustani zu sprechen, auch wenn es gebrochenes Hindustani war. Er fühlte sich geschmeichelt, der Gegenstand des Mitleids und des Erbarmens eines Sahibs zu sein. Er hatte den Oberst natürlich sofort erkannt. Wer kannte den Missionar nicht? Doch stand er ihm zum erstenmal unmittelbar gegenüber. Schüchtern, wie er war, und vom Gefühl seiner Minderwertigkeit erfüllt, hatte er mit Hutchinson nie gesprochen. Dabei konnte er sich sogar erinnern, als Kind den Oberst oft bei seinem Vater gesehen zu haben. Es fiel ihm auch ein, daß sein Vater manchmal erzählte, daß der alte Sahib sie alle zur Religion des Jessuh Messih hatte bekehren und auch zu Sahibs machen wollen, wie er selbst einer war, aber Vater Lakha hatte es abgelehnt, die Hindugemeinde zu verlassen, weil, wie er sagte, die Religion, die für seine Vorfahren gut genug gewesen sei, auch für ihn gut genug war.

»Salam, Sahib«, sagte Bakha, berührte die Stirne mit der Hand und erhob sich.

»Salam, salam, bleib sitzen, und laß dich nicht stören«, quiekte der Oberst in falschem, schlecht betontem Hindustani und tätschelte Bakha.

Es war etwas Wunderbares in dem Bemühen des Obersten, in einer für ihn ungewohnten Atmosphäre ungezwungen zu sein. Aber er war nicht unsicher. Er hatte allen Ballast – Herkunft, Rasse und Farbe – über Bord geworfen, als er sich den Sitten der Eingeborenen und ihrer Art, sich zu kleiden, angepaßt hatte, um die Heilsarmee in Indien aufzubauen. Die Anmaßung des Engländers aus gehobenem Mittelstand hatte er in den abgedroschenen Ergüssen seiner christlichen Gesinnung ertränkt, und den engstirnigen Inselpatriotismus in seinem Charakter verbarg er hinter der Sprache des weißgekleideten Menschenfreundes.

»Was ist geschehen? Bist du krank?« fragte der Oberst und beugte sich zu Bakha herab.

Bakha wurde unter dieser Flut von Güte verwirrt und verlegen. ›Tscharat Singh‹, dachte er, ›war heute nachmittag gütig zu mir; der Sahib ist die Großmut in Person.‹ Und er überlegte, ob er nicht etwa träume. Er blickte auf und sah die Gestalt des Obersten leibhaftig vor sich. Und hatte er denn nicht diese ungewohnte, quiekende Stimme des Engländers Hindustani sprechen gehört? Gutes Hindustani, dachte Bakha, wenn man in Betracht zog, daß es von einem Sahib gesprochen wurde; denn für gewöhnlich sprachen Sahibs überhaupt kein Hindustani, mit Ausnahme einiger nützlichen Worte und Schimpfworte: »Atscha – gut; dschas – geh weg; dschaldi karo – beeile dich; sur ka batscha – Schweinesohn; kute ka batscha – Hundesohn!«

»Es hat nichts zu bedeuten, Sahib, ich war nur müde«, sagte Bakha schüchtern. »Ich bin der Latrinenputzer hier, der Sohn des Lakha, des Dschemadars der Latrinenputzer.«

»Ich weiß, ich weiß, und wie geht's deinem Vater?«

»Es geht ihm gut, Herr«, erwiderte Bakha.

»Hat dir dein Vater gesagt, wer ich bin?« fragte der Oberst, in der praktischen Art der Engländer auf das Wesentliche zielend.

»Ja, Herr, du bist ein Sahib«, sagte Bakha.

»Nein, nein«, antwortete der Oberst, »ich bin kein Sahib. Ich bin deinesgleichen. Ich bin ein Prediger der Heilsarmee.«

»Ja, ich weiß es, Sahib«, sagte Bakha, ohne den feinen Unterschied zu begreifen, den der Oberst zwischen sich und den gewöhnlichen Sahibs in Indien machen wollte, deren Hochmut und Pöbelhaftigkeit ihm schändlich erschienen; er wollte sich auch darum von ihnen unterscheiden, damit ihre Missetaten kein schlechtes Licht auf seine Bemühungen um das Seelenheil der Heiden werfen konnten. Für Bakha jedoch waren alle die Sahibs einfach Sahibs: Männer, die Hosen und Hüte trugen, äußerst freigebig waren, ihre abgelegten Kleider ihren Dienern schenkten, aber auch ein bißchen unangenehm werden konnten, indem sie ihre Bediensteten reichlich beschimpften. Er wußte natürlich, daß der Oberst ein Seelsorger-Sahib war, aber er wußte nicht, was er tat, nur daß er in der Nähe der Girdscha ghar, der Kirche, wohnte und die Leute in der Siedlung der Ausgestoßenen häufig besuchte. Für Bakha waren die Seelsorger interessant, hauptsächlich weil sie europäische Kleidung trugen. Aber dieser trug keinen Hut wie der Pater im Militärlager. Doch war das von geringer Bedeutung, denn er trug sonst alle Kleidungsstücke der Sahibs. Er war also ein echter Sahib.

Und dieser Sahib hatte sich herabgelassen, ihm auf die Schulter zu klopfen und zu ihm freundliche Worte zu sprechen, ihn sogar zu fragen, warum er so traurig sei. Er hätte weinen mögen über diese gütige Behandlung, die ihm ein Sahib angedeihen ließ, weinen darüber , daß er mit dieser seltenen Eigenschaft in Berührung gekommen war. Trotz allem schien er eine, wenn auch unklare Ahnung von dem Unterschied zu haben, den ihm der Oberst begreiflich zu machen versuchte.

»Ich bin ein Seelsorger, und mein Gott ist Jessuh Messih«, betonte der Oberst. »Wenn du Kummer hast, komm zu Jesus in die Girdscha ghar.« Er versuchte vergeblich, in Hindustani das Versprechen zu erläutern: »Kommet her zu mir alle, die ihr mühselig und beladen seid, und ich will euch erquicken.«

Bakha war über die seltsame Fügung erstaunt und beunruhigt. Woher wußte der Mann, daß er Kummer hatte? Und wer war Jessuh Messih, zu dessen Religion er uns nach meines Vaters Erzählungen bekehren wollte? Ob er wohl in der Girdscha ghar lebte? Es fiel ihm ein, daß die Girdscha ghar ihm, sooft er vorbeigegangen war, so geheimnisvoll vorgekommen war.

»Wer ist Jessuh Messih, Sahib?« fragte Bakha, der so schnell wie möglich seine Neugierde stillen wollte.

»Komm, ich werd' es dir erzählen«, sagte Oberst Hutchinson. »Komm in die Kirche.« Und den Burschen am Arm mit sich ziehend, schwatzte und plapperte er; alles war verschwommen und unklar, aber begeistert wie ein Mystiker zerrte er ihn im Rhythmus einer Hymne mit:

»Nur in Jesus liegt dein Leben,
Nur in Jesus liegt dein Heil;
Gott gibt frei und ohne Kosten
Diesen Weg dir als dein Teil.«

Bakha war sprachlos vor Staunen. Überwältigt und verwirrt, fühlte er sich geschmeichelt und geehrt durch die Einladung, die von einem Sahib ausgegangen war, mochte dieser Sahib noch so sehr einem Einheimischen gleichen. Er folgte ihm willig, jedem Wort, das der Oberst sprach, lauschend, ohne auch nur ein einziges zu begreifen:

»Nur in Jesus liegt dein Leben«, sang der Oberst wieder, ganz mit sich beschäftigt und völlig vergessend, daß er eine Seele in Not in seine Obhut genommen hatte.

Jesus! Wer war Jesus? Derselbe wie Jessuh Messih? Wer war er? Der Sahib sagte, er sei Gott. War er ein Gott wie Rama, der Gott der Hindus, den sein Vater verehrte und seine Vorfahren verehrt hatten, den seine Mutter oft in ihren Gebeten anzurufen pflegte? Diese Gedanken jagten Bakha durch den Kopf, und er wäre mit ihnen herausgeplatzt, wäre der Oberst nicht so völlig in seinen Singsang vertieft gewesen:

»Nur in Jesus liegt das Leben,
Nur in Jesus liegt das Heil;
Gott gibt frei und ohne Kosten
Diesen Weg dir als dein Teil.«

»Sahib«, fragte Bakha am Ende der dritten Wiederholung der Strophe ungeduldig: »Wer ist Jesus? Derselbe wie Jessuh Messih? Wer ist er?«

»Er, der starb, uns zu erlösen,
Starb für unser aller Gut,
Daß wir in den Himmel kommen,
Freigekauft von seinem Blut«,

antwortete der Oberst schnell und rhythmisch, ehe Bakha bewußt wurde, was er gefragt hatte. Er war noch immer verdutzt. Die Antwort, wenn es eine Antwort war, kam Bakha wie ein Rätsel vor: Worte, nichts als Worte. Er fühlte sich unbehaglich und überwältigt. Aber da er natürlich nur zu froh war, in Gesellschaft eines Sahibs gesehen zu werden, fand er sich damit ab und versuchte sogar, sich Teile des Liedes, das der Oberst sang, zu merken und ihren Sinn zu erfassen. Aber abgesehen vom Klang der Worte konnte er nichts begreifen.

»Sahib, wer ist Jessuh Messih?«

»Er ist der Sohn Gottes«, antwortete Oberst Hutchinson, für einen Augenblick auf festen Boden zurückkehrend. »Er starb, damit uns vergeben werde.«

Und er begann wieder zu singen:

»Er, der starb, uns zu erlösen,
Starb für unser aller Gut,
Daß wir in den Himmel kommen,
Freigekauft von seinem Blut.«

›Er starb, um uns zu erlösen‹, grübelte Bakha. ›Was soll das bedeuten? Er ist der Sohn Gottes! Wie kann irgend jemand der Sohn Gottes sein, wenn Gott, wie mir meine Mutter erzählte, im Himmel lebt? Wie kann er einen Sohn haben? Und warum mußte sein Sohn sterben, um uns zu erlösen? Und warum sollen wir erlöst werden? Und wer ist dieser Sohn Gottes?‹

»Wer ist Jessuh Messih, Sahib? Ist er der Gott der Sahibs?« fragte Bakha, ein wenig ängstlich, den weißen Mann zu sehr zu belästigen. Er wußte aus Erfahrung, daß Engländer nicht gerne viel redeten.

»Er ist der Sohn Gottes, mein Junge«, antwortete der Oberst und schüttelte ekstatisch den Kopf. »Und er ist für uns Sünder gestorben:

»Er, der starb, uns zu erlösen,
Starb für unser aller Gut,

Daß wir in den Himmel kommen,
Freigekauft von seinem Blut.«

Bakha war von diesem ekstatischen Hymnensingen nun schon etwas gelangweilt. Aber der weiße Mann hatte sich herabgelassen, mit ihm zu sprechen und sich um ihn zu kümmern. Bakha war glücklich und stolz, mit einem Sahib in Berührung gekommen zu sein.

»Betet man zu Jessuh Messih in deiner Girdscha ghar, Sahib?«

»Freilich«, erwiderte der Oberst und begann eine neue Hymne:

»Jesus, süßer Hirte, hör mich,
Und vergib mir meine Sünd',
Und erleuchte diesen Knaben,
Leucht ins Herze diesem Kind.«

Bakha war verwirrt und gelangweilt. Er begriff überhaupt nichts von diesen Liedern. Er war dem Sahib gefolgt, weil der Sahib Hosen trug. Hosen waren der Traum von Bakhas Leben. Die freundliche Anteilnahme, die der Mann in Hosen ihm gezeigt hatte, als er so niedergeschlagen war, hatte in Bakha ein Bild seiner selbst in den Kleidern des Sahibs erweckt. Er hörte sich selber die Sprache der Sahibs sprechen, sah sich so werden wie der Wächter, den er auf dem Bahnhof in der Nähe seines Dorfes gesehen hatte. Er wußte nicht, wer Jessuh Messih war. Der Sahib wollte ihn wahrscheinlich zu seiner Religion bekehren. Er wollte nicht bekehrt werden. Das alles war so verwirrend, daß er daran dachte, sich vom Sahib zu verabschieden, indem er ihm vorlog, er müsse zur Arbeit gehen und könne nicht mit ihm kommen.

Der Oberst sah, daß Bakha hinter ihm zurückblieb, und als ihm klar wurde, daß der neue Jünger das Interesse verlor, bemühte er sich um so eifriger um ihn. Er zerrte ihn am Ärmel mit und sagte: »Jessuh Messih ist der Sohn Gottes, mein Junge. Als wir noch Sünder waren, starb er für uns. Er opferte sich für uns.« Dann stimmte er wieder eines seiner frommen Lieder an:

»O Golgatha, o Golgatha!
Es war für mich, daß Jesus starb
Am Kreuz zu Golgatha!«

Er hat sich für uns geopfert, überlegte Bakha. Seine Vorstellung von einem Opfer war fest umrissen und genau bestimmt. Er erinnerte sich, daß seine Mutter, wenn die Familie von irgendeinem Unheil wie einer ansteckenden Krankheit oder Hungersnot bedroht war, der Göttin Kali Gaben darzubringen pflegte, indem sie eine Ziege oder sonst ein Tier opferte. Dieses Opfer sollte den Zorn der Göttin besänftigen und das Übel abwenden. Was aber bedeutete das Opfer des Jessuh Messih? Warum opferte er sich selbst?

»Warum hat sich Jessuh Messih selbst geopfert, Sahib?« fragte er.

»Er, der starb, uns zu erlösen,
Starb für unser aller Gut,
Daß wir in den Himmel kommen,
Freigekauft von seinem Blut«,

erwiderte der Oberst und vergaß, wie schon die ganze Zeit zuvor, daß der junge Latrinenputzer kein Wort von dem verstand, was er sang. Doch bemerkte er in einem lichten Augenblick den Ausdruck ängstlicher Frage im Gesicht des Jungen und begriff endlich, daß er zu viel und hauptsächlich zu sich selber gemurmelt hatte.

»Er opferte sich aus Liebe zu uns«, sagte er. »Er opferte sich, um uns allen zu helfen, für die Reichen wie für die Armen, für die Brahmanen ebenso wie für die Putzer.«

Der letzte Satz traf ins Schwarze. Er opferte sich für uns, für die Reichen wie für die Armen, für die Brahmanen ebenso wie für die Bhangi. Das bedeutete, daß es in seinen Augen keinen Unterschied zwischen den Reichen und den Armen, den Brahmanen und den Bhangi gab, zwischen dem Pandit von heute früh etwa und ihm selbst.

»Ja, ja, Sahib, jetzt begreif' ich«, sagte Bakha eifrig. »Jessuh Messih macht keinen Unterschied zwischen dem Brahmanen und mir.«

»So ist es, mein Junge, in den Augen Jesu sind wir alle gleich«, antwortete ihm der Oberst. Aber dann fuhr er geschwätzig fort: »Er steht über uns. Er ist der Sohn Gottes. Wir alle sind Sünder. Er setzt sich bei Gott, seinem Vater, für uns ein.«

›Er steht über uns. Wir alle sind Sünder. Warum sollte irgend jemand höher stehen als der andere? Warum sind wir alle Sünder?‹ begann Bakha zu überlegen.

»Warum sind wir alle Sünder, Sahib?« fragte er, von Zweifeln gequält.

»Wir sind alle als Sünder geboren«, erwiderte der Oberst ausweichend, denn der Puritaner in ihm scheute sich, die Lehre von der Erbsünde zu erklären, was an diesem Punkte notwendig schien.

»Wir müssen unsere Sünden beichten. Nur dann wird er uns vergeben, sonst werden wir ewige Höllenqualen zu erleiden haben. Du mußt mir deine Sünden beichten, bevor ich dich zum Christentum bekehren kann.«

»Aber, Herr, ich weiß nicht, wer Jessuh Messih ist! Ich weiß, wer Ram ist. Aber ich kenne Jessuh Messih nicht.«

»Ram ist der Gott der Götzendiener«, sagte der Oberst nach einer Pause geistesabwesend. »Komm mit, und beichte mir deine Sünden, und Jessuh Messih wird dich im Himmel empfangen, wenn du stirbst.«

Nun hatte Bakha wirklich restlos genug. Sosehr er es genoß, in Gesellschaft eines Sahibs zu sein, der Gedanke an Bekehrung machte ihm angst. Er hatte nicht viel von dem verstanden, was der Heilsarmeemann gesagt hatte. Er ließ sich nicht gerne einen Sünder nennen. Er hatte, soweit er sich erinnern konnte, keine Sünden begangen. Wie könnte er da seine Sünden beichten? ›Seltsam, was bedeutet dieses Sündenbeichten überhaupt? Will der Sahib irgendwelche Geheimnisse erfahren?‹ überlegte er. ›Will er irgendeinen Zauber üben, oder versucht er, etwas Unerlaubtes zu erfahren?‹ Bakha wollte nicht in den Himmel kommen. Als Hindu glaubte er nicht an den Tag des Jüngsten Gerichts. Er hatte nie daran gedacht. Er hatte Menschen sterben sehen. Und er hatte die Tatsache einfach hingenommen. Man hatte ihm erzählt, Menschen, die gestorben waren, würden in der einen oder anderen Gestalt wiedergeboren. Er fürchtete sich, als Esel oder Hund wiedergeboren zu werden. ›Jessuh Messih muß ein guter Mensch sein‹, dachte er, ›wenn er einen Brahmanen und einen Banghi für ebenbürtig hält.‹ Aber wer war er? Wo kam er her? Was tat er? Er kannte die Geschichte Rams, er hatte die Geschichte Krishnas gehört, aber nicht die Geschichte des Jessuh Messih. ›Dieser Sahib will mir seine Geschichte nicht erzählen‹, sagte er sich, aber er hatte die Hoffnung immer noch nicht aufgegeben, ein Paar abgelegter Hosen zu bekommen. Und so folgte er, wenn auch widerstrebend, dem Oberst.

»Schau, das ist unser Heim«, sagte der Oberst, als sie am Tor zu einer Einfriedung anlangten, die einen strohgedeckten Haufen Lehmhäuser zwischen Nihmbäumen umgab.

»Ich weiß es, Sahib«, sagte Bakha, der hier oft vorbeigekommen war.

»Es war eine Opiumhöhle, eine Opiumdestillation«, sagte der Oberst mit großem Stolz. »Aber vor fünf Jahren haben wir es übernommen.« Er hielt einen Augenblick inne, um sich der Mühe zu erinnern, die es ihn gekostet hatte, dieses Stück Land zu erwerben und auf ihm ein Gebäude zu errichten, und er brach in ein frommes Dankgebet aus. »Oh Herr, wie groß sind deine Werke und wie tief sind deine Gedanken! Wahrlich, Gott hat das Licht in diese Welt gebracht!« Worauf er, sich an den jungen Mann wendend, sagte: »Er hat die Heiden von diesem Ort vertrieben.«

»George, George, der Tee ist fertig!« ertönte eine kreischende, hysterische Stimme.

»Ich komme, ich komme!« antwortete der Oberst mechanisch und blieb, wo er war, begann aber mit Armen und Beinen zu zappeln. Er hatte die Stimme seiner Frau vernommen. Er hatte Angst vor ihr. Er war verwirrt. Er wußte nicht, ob er ins Lehmhaus rechts, das sein Bungalow war, gehen und Bakha mitnehmen oder ob er ihn in die Küche führen sollte. Er stand und zögerte.

»Wo steckst du denn? Wo warst du den ganzen Nachmittag?« kam die kreischende Stimme wieder. Und gleich darauf tauchte die Gestalt einer breitbackigen, fettleibigen, dunkelhaarigen Frau mittleren Alters auf, mit einer Zigarette in einer langen Zigarettenspitze im Mund, einem Band im kurzgeschnittenen Haar und einem Zwikker vor den kleinen Augen. Sie trug ein tief ausgeschnittenes Waschkleid, das mit der Farbe ihres geschminkten und gepuderten Gesichtes übereinstimmte und kaum bis zu den Knien reichte.

»So? Damit verbringst du deine Zeit? Warst schon wieder bei diesen Schwarzen!« brüllte sie wütend. Das dick überpuderte Gesicht ließ, als sie die Stirne runzelte, ihre eigene brennrote Haut unter der Pudermasse sehen. »Ich geb's auf. Du bist wirklich unverbesserlich. Und ich dachte, du wärst endlich schlau geworden, nachdem dich diese Kongreßfanatiker vergangene Woche vermöbelt haben.«

»Was ist denn los? Ich komm' schon, ich komme«, antwortete der Oberst ungeduldig, nervös und verlegen.

Bakha wollte sich gerade davonschleichen, um dem Oberst das Mißfallen seiner Frau zu ersparen, für das er sich verantwortlich fühlte.

»Warte, warte!« rief der Oberst und hielt die Hand des Latrinenreinigers fest. »Ich bringe dich zur Kirche.«

»Damit der Tee kalt wird!« rief Mary Hutchinson. »Ich kann nicht den ganzen Tag auf dich warten, während du dich mit diesen schmutzigen Bhangis und Tschamars herumtreibst.« Und damit zog sie sich zurück.

Bakha hatte nicht gewußt, warum sie ärgerlich war, aber als er die Worte »Banghi« und »Tschamar« hörte, brachte er ihren Ärger sofort mit seinem Anblick in Zusammenhang.

»Salam, Sahib«, sagte er und löste seine Hand aus dem Griff des Alten, ehe es der Missionar richtig bemerkt hatte. Und er lief weg, so groß war seine Angst vor der Frau.

»Warte, warte, mein Sohn, warte!« rief ihm der Seelsorger nach.

Bakha aber rannte im Dunst der weißen Nachmittagssonne davon, als wäre die Frau des Oberst eine Hexe, die ihn mit erhobenen Armen und krummen Beinen verfolgte.

Der alte Mann aber deklamierte fromm eine neue Hymne, während er Bakha nachblickte.

»Gesegnet sei Deine Liebe, gesegnet sei Dein Name.«

›Jeder glaubt, wir hätten etwas verbrochen‹, sagte sich Bakha, als er so dahinschritt. ›Er verlangt von mir, daß ich meine Sünden beichte. Und seine Mem-Sahib! Ich verstand nicht, was sie über Banghis und Tschamars sagte. Sie war zornig über den Sahib. Ich bin überzeugt, daß ich der Grund ihres Ärgers war. Ich hab' den Pater nicht gebeten, zu mir zu sprechen. Er kam aus eigenem Antrieb. Ich war so froh, mit ihm reden zu dürfen. Ich hätte ihn sicher um ein Paar seiner weißen Hosen gebeten, wenn die Mem-Sahib nicht so böse gewesen wäre.‹

Er schlenderte ziellos dahin, und die Last seiner düsteren Erinnerungen bedrückte ihn. Er fühlte eine Art Brechreiz vom Magen aufsteigen, einen seelischen Brechreiz, der ihn immer heimsuchte, wenn er in Schwierigkeiten geriet. Er verlor wieder die Nerven, wie am Morgen nach seinen unglücklichen Erlebnissen. Nur war er jetzt zu müde, um sich aufzuregen. Er ließ sich einfach von seinen Beinen dem Tagesende entgegentragen. Ein schwacher Feuchtigkeitsgeruch schien aus dem staubigen Boden unter seinen Füßen emporzusteigen, eine Art feuchter Wärme, die einem in die Nase stieg. Hoch über dem fernen Horizont der Hügeltäler von Bulaschah stand die Sonne wie festgenagelt, bewegungslos, als könnte sie sich nicht entschließen, weiterzuziehen oder zu schmelzen. Auf den Hügeln und Feldern jedoch war alles in seltsamer Bewegung. Lange Reihen von Vögeln flogen über den kalten blauen Himmel ihren Nestern zu, und die Grashüpfer zirpten in aufgeregtem Chor, als sie sich niederließen, um auf Nahrung zu lauern. Ein einsamer Käfer sandte elektrische Wellen zitternder Töne in die kühle, klare Luft. Jeder Grashalm am Wege, auf dem Bakha dahinschritt, war vom Licht vergoldet.

Als er so weiterging, aus den schweren Hüften leicht ausschreitend, mit gesenktem Kopf, halb geschlossenen Augen und vorgeschobener Unterlippe, fühlte er das Blut in seinen Adern kreisen. Er schien von einer Art müder Ruhelosigkeit erfüllt. Die Peinlichkeit des Augenblicks, in dem die Frau des Missionars aus ihrem Zimmer auf die Veranda des strohgedeckten Hauses hinausgetreten war und ihren Mann angestarrt hatte, hatte in seiner Seele die Erinnerung an die Vorgänge, die ihn am Morgen erschüttert und erregt hatten, aufgerührt. Der haßerfüllte Blick im runden Gesicht der Frau des Obersten und im eingefallenen Gesicht des Mannes, den er berührt hatte, war der gleiche gewesen. Bakha sah den vorgestreckten Unterkiefer des Mannes mit den durchscheinenden Muskeln, die beim hastigen Sprechen zitterten, wieder vor sich, ebenso wie seine Augen, die aus den Höhlen hervorzuquellen schienen.

Auch die Frau des Obersten hatte ihre kleinen Augen hinter den Brillengläsern auf dieselbe Art aufgerissen. Das hatte Bakha erschreckt, noch mehr als der durchbohrende Blick des berührten Mannes, denn sie war eine Mem-Sahib, und hinter dem Stirnrunzeln einer Mem-Sahib lag ein unbekanntes, auf keiner Seekarte verzeichnetes Meer von Zorn. Und darum enthielten die wenigen Worte, die sie geäußert hatte, für Bakha eine hundertmal schrecklichere Drohung als der ganze Wortschwall von Beschimpfungen des Mannes, den er berührt hatte. Wahrscheinlich lag das daran, daß die Episode am Morgen schon der Vergangenheit angehörte und zeitlich und räumlich ferner gerückt war als der Auftritt von vorhin. Vielleicht spielte auch der Zorn eines Weißen eine größere Rolle. Die Mem-Sahib war für seinen sklavischen Sinn von größerer Wichtigkeit als der Mann, den er berührt hatte, weil letzterer ja einer seiner vielen braunen Landsleute war. Einer Mem-Sahib zu mißfallen schien Bakha ein Verbrechen zu sein, für das keine Strafe zu schwer war. Und er glaubte, verhältnismäßig billig davongekommen zu sein, und wagte nicht einmal einen freundlichen Gedanken an sie. Unbewußt übertrug er so den Protest gegen ihren Zorn auf die Summe seiner Reaktionen gegen die Menschen, die ihn am Morgen beschimpft hatten.

Seine Aufmerksamkeit wurde auf einen schwarzen Leprakranken gelenkt, der in Lumpen gehüllt am Wegrand saß und seine offenen Wunden der Sonne und den Fliegen aussetzte. Er hielt die verdorrte Hand bettelnd hoch, und seine Lippen baten um eine Gabe. »Mensch, gib mir einen Paisa.« Bakha fühlte sich plötzlich abgestoßen und wandte sich von dem Manne ab.

Die große Hauptstraße vor dem Bahnhof von Bulaschah war von Bettlern überfüllt. Vor einer der vielen Garküchen, die die Straßenseite säumten, jammerte eine Frau um Essen. Sie trug einen Säugling im Arm, ein zweites Kind in einem Sack auf dem Rücken, und ein drittes hielt sich an ihrem Rock fest. Jungen liefen hinter der Kolonne von Wagen her und bettelten um Kupfermünzen. Bakha empfand eine sadistische Lust beim Anblick der vergeblich um Almosen stöhnenden Bettler. Sie kamen ihm verächtlich und gemein vor, und der Lärm, den sie mit ihrem Stöhnen und Jammern machten, bedrückte ihn.

Er hörte den rollenden Donner eines Eisenbahnzuges, der unter der Fußgängerbrücke, die er gerade benutzte, hindurchfuhr. Beinahe gleichzeitig hörte er, wie ein Schrei die stille Luft des Golbagh-Parks zerriß. Die Rauchwolke, welche die Lokomotive über die Brücke gejagt hatte, würgte Bakha im Hals und blendete seine Augen. Dann schmolzen die Schwaden wie unsichtbare, ungreifbare Schneeflocken und ließen nur eine schwarze Spur von Ruß zurück. Auch diese verblaßte im Sonnenlicht, und der Zug war in die kühle Dunkelheit unter dem Blechdach des Bahnhofs von Bulaschah eingefahren.

Diesmal zerrissen zwei Stimmchöre die Luft: Der eine stieg vom Bahnsteig, an dem der Zug gehalten hatte, zum

Himmel empor, der andere erhob sich über die Baumwipfel des Golbagh und wogte von Horizont zu Horizont.

Bakha blieb ein Weilchen auf der Brücke stehen und schaute zum Blechdach hinüber. Myriaden von Gesichtern hoben sich von den weißen Kleidern ab. Er blickte in die Richtung des Golbagh. Ein wahres Meer von weißen Kitteln hatte sich über den Platz ergossen, auf dem er gewöhnlich die Sportler der Stadt hatte Kricket spielen sehen. Jetzt herrschte dort tiefstes Schweigen. Er wartete in der Stille und lauschte. Der Chor setzte wieder ein. Wie der Funke eines Blitzes plötzlich über den Horizont zuckt, so sprang die Myriade von Stimmen plötzlich zum Himmelsgewölbe empor und schrieb in flammenden Farben den Ruf: »Es lebe Mahatma Gandhi!« Und nach kurzer Zeit trappelten eilige Füße die Treppe zur Fußgängerbrücke hinauf, und jemand rief: »Der Mahatma ist gekommen, der Mahatma ist gekommen!«

Ehe Bakha sich umgedreht hatte, liefen sie schon die Treppe am Südende der Brücke hinunter. Ein Vorübergehender beantwortete die fragenden Blicke der anderen, indem er sagte, im Golbagh-Park werde eine Versammlung stattfinden, wo der Mahatma sprechen werde.

Sogleich drängte die Menge, und mit ihr Bakha, zum Golbagh. Er hatte nicht gefragt, wohin es ging; er hatte sich keine Zeit genommen, darüber nachzudenken. Das Wort »Mahatma« wirkte wie ein magischer Magnet, zu dem es ihn, ebenso wie alle anderen um ihn herum, blind hintrieb. Die hölzernen Planken der Brücke knarrten unter dem Sturmschritt seiner Militärstiefel. Er nahm einige Stufen in einem Schritt. Er war in solcher Eile, daß er ganz vergaß, daß er ein Unberührbarer war und tatsächlich an einige Leute stieß. Aber da er weder Besen noch Korb trug und die Menschen alle erregt waren, bemerkte niemand den Latrinenputzer, der ihn gestreift hatte. Sie eilten weiter.

Am Fuße der Brücke, beim Kutschen- und Lastwagen-Standplatz, sah die Straße, die am Eingang des Golbaghs vorbei zur Festung führte, wie ein richtiger Rennplatz aus. Männer, Frauen und Kinder all der verschiedenen Rassen, Farben, Kasten und Religionen liefen auf den Sportplatz zu. Hindukaufleute vom Textilienmarkt in Bulaschah in eleganten Seidengewändern liefen neben Mohammedanern aus Kaschmir her, die aus den Teppichfabriken kamen. Von ihren makellos weißen Baumwollkleidern hob sich das handgewebte Tuch derber Sikh-Bauern aus den nahen Dörfern ab, die mit Wanderstäben in ihren Händen und den Lasten ihrer Einkäufe auf dem Rücken daherkamen. Neben ihnen marschierten wild aussehende rotwangige Pathans in roten Hemden, Anhänger Abdul Gaffar Khans, des »Gandhi von der Grenze«. Da waren die dunkelhäutigen indischen Christenmädchen aus der Heilsarmeesiedlung in ihren kurzen farbigen Röcken, Blusen und Schürzen, und auch Leute aus der Ausgestoßenenkolonie; Bakha hatte sie aus der Entfernung erkannt, aber er war nicht besonders erpicht darauf, sie zu begrüßen; auch vereinzelte Europäer kamen daher, und alle waren sie gekommen, um den Mahatma zu treffen, um Mohandas Karamchand Gandhi zu huldigen. Und ebensowenig wie Bakha hatten sie überlegt, warum sie gingen. Sie gingen einfach. Das Gehen, Laufen, Schreiten, Eilen beschäftigte sie, hinzugelangen, irgendwie, auf irgendeine Art und so schnell wie möglich. Während er dahineilte, wünschte sich Bakha eine abschüssige Brücke, auf der er zum Sportplatz hätte herunterrollen können.

Er sah, daß die Festungsstraße zu lang und zu verstopft war. Plötzlich schlug er einen Haken zu einer kleinen Pfütze, die durch das Überfließen eines Kanalrohres in einem Winkel des Golbaghs entstanden war, und sprang über den Zaun in den Park – zum Entsetzen des Gärtners, aber zur völligen Zufriedenheit der Menge hinter ihm, die ihm wie eine Herde Schafe folgte, kaum daß er den Weg gezeigt hatte. Die schönen Laubengänge, die Hindukönige in alter Zeit gepflanzt hatten und die seither vernachlässigt worden waren, wurden von der Menge, die Bakha folgte, arg zugerichtet. Es war, als wäre sie fest entschlossen, alles niederzutrampeln, wie alt und schön es auch sein mochte, wenn es sie daran hinderte, das zu erreichen, was Gandhi vertrat. Es war, als wüßten sie, mehr aus Instinkt als Erkenntnis, daß die Dinge der alten Kultur zerstört werden mußten, um für die neue Platz zu schaffen. Es war, als wollten sie durch Niedertrampeln der grünen Grashalme absichtlich und grausam den Teil ihrer selbst vernichten, den sie zu verabscheuen begonnen hatten und vor dem sie sich zu Gandhi flüchteten.

Jenseits der Laubengänge herrschte das Getümmel und Gedränge von Tausenden, die gekommen waren, um ihm zu huldigen. Das eifrige Geschwätz der Volksmenge, ihre aufgeregten Gebärden, die Erregung der Gemüter verkündeten, nur einen Gedanken, den einzigen Gedanken der wogenden Menge – Gandhi. Es war etwas Erschreckendes in dieser halb offenbarten, halb versteckten Ergebenheit der keuchenden Schwärme, die sich hier drängten. Bakha blieb stehen, als er das Ende des Kricketfeldes erreicht hatte, wo der Pavillon stand. Er lehnte sich an einen Baum. Er wollte allein bleiben. Nicht etwa weil er nicht mehr von der Empfindung gepackt war, die ihn mit der wirbelnden Woge des eilenden Menschenstromes mitgerissen hatte. Aber die Tatsache, daß er ein Latrinenreiniger war, wurde ihm durch den Gegensatz bewußt, in dem seine schmutzige Khakiuniform zu den weißen Gewändern fast der ganzen übrigen Menge stand. Es gab eine unüberwindliche Schranke zwischen ihm und dieser Menge, die Schranke der Kaste. Er war Teil eines allgemeinen Bewußtseins, das er zwar miterlebte, aber nicht erfassen konnte. Er war aus der Gosse emporgehoben worden, über die Schranken des Raumes hinweg, um an einem Leben teilzunehmen, das sein und doch nicht sein war. Er war inmitten einer Menschheit, die ihn in ihre Gemeinschaft mit einschloß, ihm jedoch eine lebendige, fühlende, pulsierende Berührung mit ihr versagte. Gandhi allein verband ihn mit ihnen, im Geiste, denn Gandhi war in jedermanns Geist, auch dem Bakhas. Gandhi mochte sie vereinigen. Bakha wartete auf Gandhi.

Eifrig und unsicher rief er sich alles ins Gedächtnis zurück, was er über diesen Mann je gehört hatte. Die Leute sagten, er sei ein Heiliger, eine Inkarnation der Götter Vishnu und Krishna. Vor kurzem erst hatte er gehört, die Spinne habe im Hause des Vizekönigs in Delhi ein Netz gewoben – ein Bild des Weisen mit seinem Namenszug in englischer Sprache darunter. Man hielt das für eine Botschaft an die Sahibs, Hindustan zu verlassen, da Gott der Allmächtige durch ein kleines Insekt verkündet hatte, Gandhi werde der Maharadscha von ganz Hindustan sein. Es war bestimmt von besonderer Bedeutung, daß das Spinnennetz in der Residenz des Vizekönigs erschienen war. Und man erzählte sich, daß kein Schwert Gandhis Körper durchbohren könne, keine Kugel seine Haut durchdringen, kein Feuer ihn versengen könne!

»Die Regierung fürchtet ihn«, sagte ein Kaufmann, der neben Bakha stand. »Der Polizeirichter hat das Verbot gegen Gandhis Auftreten in Bulaschah aufgehoben.«

»Das ist noch gar nichts; sie haben ihn bedingungslos aus dem Gefängnis entlassen«, ließ sich ein Babu vernehmen; er plapperte einen Satz aus der »Tribune« nach, um mit seiner Bildung zu protzen.

»Wird er wirklich die Regierung stürzen?« fragte ein Bauer.

»Er hat die Macht, die ganze Welt zu verwandeln«, antwortete der Babu und begann den ganzen Artikel über Gandhi herzuleiern, den er am Morgen aus der »Tribune« auswendig gelernt hatte. »Diese britische Regierung ist nichts wert; jedes Land in Europa und Amerika geht durch schreckliche Umwälzungen, politisch, wirtschaftlich und industriell. Die Bevölkerung von England, die Engländer, leiden infolge ihres angeborenen Konservatismus weniger, aber sehr bald wird jedes Land der Welt, einschließlich Englands, Problemen gegenüberstehen, die ohne eine grundlegende Änderung der geistigen und moralischen Einstellung des Westens unlösbar sind. Sie müssen von Grund auf ihre Neigung zur Befriedigung der Sinne aufgeben, die das Ziel jeder westlichen Kultur ist, und danach streben, die Sinne zu beherrschen, individuell wie auch im Gemeinschaftsleben, was das Wesentliche der religiösen Kultur Indiens ist. Indien war seit jeher die privilegierte Heimat der ewigen Religion dieser Welt, die uns lehrt, wie jeder Mann und jede Frau, entsprechend ihrer Geburt und ihrer Umgebung, ihre Sinne beherrschen müssen und wie sie durch Beherrschung der Sinne ihre höhere Natur entwickeln sollen, um so das Göttliche zu verwirklichen, das tief in den Herzen aller Lebewesen wohnt. Nach diesem Göttlichen sehnt sich die Menschheit, ohne zu wissen, daß weder Zigaretten noch Kino oder Sinneslust auf den Pfad religiöser Disziplin führen, die zu verwirklichen wohl die höchste Seligkeit bedeutet... Gandhi wird der modernen Welt diesen Pfad enthüllen und uns die wahre Religion der Gottesliebe lehren, wohl die beste Selbstregierung ...«

»Wie klug du bist, Babu«, sagte der Bauer und glotzte den Vortragskünstler bewundernd an. Er war von der

Rede des Babu beeindruckt, aber auch verwirrt. Für ihn war Gandhi eine Legende, eine Tradition, ein Orakel. Er hatte von Zeit zu Zeit während der letzten vierzehn Jahre gehört, ein Heiliger sei aufgetaucht, so groß wie Guru Nanak, der Gründer der Sikhreligion, die Inkarnation des Krishna Maharadscha, vor dem die englische Regierung große Angst hatte. Seine Frau hatte ihm von den Wundern dieses Heiligen erzählt. Es hieß, daß er nachts in einem Tempel schlafe, die Füße gegen den Schrein Gottes gerichtet. Als die Brahmanen ihn zurechtwiesen, weil er mutwillig seine Füße Gott zugekehrt habe, sagte er ihnen, Gott sei überall, und bat sie, seine Füße in die Richtung zu legen, wo Gott nicht sei. Daraufhin wandten die Priester seine Füße in die dem Abbild Gottes gegenüberliegende Richtung. Und siehe da! Der Schrein Gottes folgte der Richtung seiner Füße. Seither hatte es ihn nach dem Anblick des Heiligen verlangt. Seine Frau hingegen wollte sich mit nichts Geringerem zufriedengeben, als die Füße des heiligen Mannes zu berühren. Wie gut, daß sie nicht mit ihm hergekommen war. Der Bauer überlegte, daß die Jungen sie hätten begleiten müssen, wenn sie mitgekommen wäre, und die wären sicher in dieser Menschenmenge erdrückt worden. Wie gut, daß sie nichts ahnten. »Ich bin froh, daß ich ihn sehen werde. Mein Glück, daß er an dem Tag kommt, an dem ich meine Einkäufe mache.«

Bakha hatte dem Babu aufmerksam zugehört, und obwohl er nicht jedem Satz seines Wortschwalles zu folgen vermochte, hatte er doch irgendwie den Sinn erfaßt.

»Sag mir, Babu«, hörte Bakha den Bauern den rundlich bebrillten Mann mit dem Filzkäppchen, der die Rede gehalten hatte, fragen: »Wird er sich auch um die Bewässerungskanäle kümmern, wenn die Engländer gegangen sind?« Der Bauer schien eine ziemlich genaue Vorstellung von dem zu haben, was Gandhi bedeutete.

»Bruder, weißt du denn nicht, daß wir laut Herrn Radha Kumud Mukerdschi im alten Indien schon viertausend Jahre vor Christus Kanäle hatten? Wer hat denn die große Landstraße gebaut? Gewiß nicht die Engländer!«

»Aber, wie ist das mit den Gerichten?« fragte der aufgeweckte Bauer. »Die fünf Dorfältesten mißbrauchen den Gemeinderat, um sich an ihren Feinden zu rächen oder die Dorfarmen zu unterdrücken, wenn sie zu unabhängig werden, und ich höre, Gandhi verlangt, daß wir nicht zum englischen Richter laufen, sondern unsere Anliegen dem Gemeinderat vorlegen.«

»Ein guter Gemeinderat«, antwortete der Babu feierlich, »kann die Dorfbewohner dazu bringen, von Zeit zu Zeit das Ihrige zu tun, um Schäden durch Erosion und andere Naturerscheinungen zu verhindern. So ein Gemeinderat mag im Augenblick nicht der geeignete Gerichtshof sein, aber er war es und wurde in alten Zeiten als solcher angesehen. Soweit es sich um Angelegenheiten der Exekutive handelt, weißt du ja, daß die Ältestenräte im Dienste des Landes viel Gutes getan haben, besonders zum Beispiel im Brunnenbau, in der Instandhaltung von Straßen, Verwaltung, Kanälen und so weiter.«

Der Bauer verstand das nicht. Ebensowenig verstand es Bakha. Aber als der Bauer die Dorfarmen erwähnte, erinnerte sich Bakha, gehört zu haben, daß Gandhi sehr darum zu tun war, die Lage der Unberührbaren zu verbessern. War nicht jüngst in der Siedlung der Ausgestoßenen das Gerücht umgegangen, Gandhi faste für die Sache der Banghis und Tschamars? Bakha begriff allerdings nicht ganz, was Fasten mit der Hilfe für die niederen Kasten zu tun hatte. ›Wahrscheinlich denkt er, wir sind arm und haben nicht genug zu essen‹, ging es ihm durch den Sinn, ›und deshalb versucht er zu zeigen, daß auch er tagelang ohne Essen auskommen kann.‹

»Wir sind willens, alles zu tun, was wir können«, unterbrach der Kaufmann Bakhas Überlegungen mit einer dramatischen Geste in Richtung des Babu. »Wir können die Baumwolle aus Manchester boykottieren und die Ware aus Bradford, wenn das letzten Endes bedeutet, daß wir ein Monopol für unser eigenes Tuch bekommen. Ich höre allerdings, daß Gandhi irgendwelche Vereinbarungen mit Japan trifft.«

»Da muß man den Mahatma fragen«, antwortete der Babu, etwas aus der Fassung gebracht, weil nun der Lärm am Tor darauf schließen ließ, daß Gandhi nicht mehr fern war, und natürlich wollte der Babu sich zu einer Stelle durchdrängen, von der aus er den großen Mann gut sehen konnte.

»Der Mahatma wird weder über wirtschaftliche Autarkie noch über zivilen Ungehorsam sprechen«, rief ein Ordner der Kongreß-Partei. »Die Regierung hat ihn unter der Bedingung aus dem Gefängnis entlassen, daß er sich streng in den Grenzen seiner Propaganda für die Haridschans hält, die Kinder Gottes, wie er die Unberührbaren nennt, und die Aufhebung der Unberührbarkeit verlangt.« Nach dieser Rede, die ihm Gelegenheit gegeben hatte, mit seiner mächtigen Stellung als Offizieller bei Gandhis Empfang zu glänzen, ging der Mann weiter.

›Haridschan!‹ Bakha überlegte, was das Wort bedeute. Er hatte es schon früher einmal im Zusammenhang mit Gandhi gehört. ›Es muß etwas mit uns zu tun haben, mit den Banghis und Tschamars‹, sagte er sich. ›Wir sind die Haridschans.‹ Die Kongreßmänner fielen ihm ein, die vor ungefähr einem Monat in der Straße der Ausgestoßenen über die Haridschans gesprochen und erklärt hatten, daß diese sich nicht von den Hindus unterschieden und ihre Berührung keine Verunreinigung bedeute. Der Satz, kaum daß ihn der Mann vorhin ausgesprochen hatte, war Bakha durch Mark und Bein gegangen. Er wußte, daß er sich auf ihn bezog.

›Wie gut, daß ich hergekommen bin!‹ dachte er. ›Wird er wirklich über die Ausgestoßenen sprechen, über uns, über Tschota, Ram Tscharan, meinen Vater und mich? Was wird er wohl sagen? Wie merkwürdig, daß der Sahib von der Heilsarmee behauptete, die Reichen und die Armen, die Brahmanen und Banghis seien gleich. Und nun wird Gandhi, der Mahatma, über uns sprechen! Wie gut, daß ich hergekommen bin. Wenn er wüßte, was man mir heute früh angetan hat. Am liebsten ginge ich zu ihm hin und erzählte es ihm.‹ Er sah sich auf der Rednertribüne, nachdem alle verstummt waren und die Versammlung begonnen hatte, aufstehen und dem Mahatma berichten, daß ein Mann aus der Stadt, in die der Heilige gekommen war, um die Unberührbarkeit aufzuheben, ihn, Bakha, beschimpft und sogar geschlagen hatte, bloß weil er ihn zufällig gestreift hatte. Der Mahatma würde vielleicht den Mann bestrafen oder zumindest die Leute hier zurechtweisen, und sie würden mich dann nicht mehr so behandeln wie heute früh. Die Vorstellung schien Bakha sehr zu erregen. Er sah sich als Mittelpunkt einer dramatischen Szene. Aber dann regte sich sein Magen wieder. Er war verwirrt. Er wurde rot im Gesicht, und seine Ohren brannten. Sein Atem ging schnell. Erst als der Ruf: »Mahatma Gandhi ki-dschai!« aus einiger Entfernung herüberkam, löste sich Bakhas Spannung und wich einer plötzlichen Angst.

Er schaute hinüber und sah, daß eine ungeheure Menschenmenge durch die Tore des Golbaghs gestürmt war und ein Auto umdrängte, in dem vermutlich der Mahatma saß. Sollte er stehenbleiben, wo er stand, oder hineilen? Er wußte es nicht. Eines aber war ihm klar. Er durfte nicht hineilen, mochte auch der Mahatma die

Kastenunterschiede für diesen Tag aufgehoben haben. Er hätte zufällig jemanden streifen können, und dann würde es wieder eine Szene geben. Der Mahatma würde zu weit entfernt sein, um ihm zu Hilfe zu kommen. Er zögerte einen Augenblick, dann sah er den Baum über sich. Ein paar Leute hockten auf den Zweigen wie Geier, die auf Beute warteten. Er ging auf den Stamm zu. Seine Militärstiefel behinderten ihn zwar, aber er stemmte die Knie gegen den runden Stamm und kletterte hinauf. Er glich einem Affen, wie er von seinem Sitz auf die herannahende Prozession hinabschaute.

Hinter einem Regen von Blütenblättern, die eifrige Jünger auf ihn niederschauern ließen, mit Kränzen von Jasmin und Ringelblumen um den Hals, unter den Rufen: »Mahatma Gandhi ki-dschai, Hindu-Muselman-Sikh ki-dschai, Haridschan ki-dschai« kam der große kleine Mann in Sicht. Sein Körper war in eine milchweiße Decke gehüllt, aus der nur sein dunkler, glattrasierter Kopf emportauchte, mit den abstehenden großen Ohren, der breiten Stirne und der langen Nase mit der Brille. Er hatte ein donquichottisches Lächeln auf den dünnen Lippen und etwas Mephistophelisches in dem kleinen entschlossenen Kinn unter seinem Mund und den langen zahnlosen Kiefern, die auf einem kurzen Hals ruhten. Zugleich aber war in seinem Gesicht etwas Heiliges und Schönes, das vom gut geölten Schädel kommen mochte, der um das kleine Haarbüschel oben leuchtete, oder der Aura seines Astralleibes, die ihn umgab wie ein Heiligenschein.

Bakha betrachtete den Mahatma mit einer Mischung aus Bewunderung, Ehrerbietung und Angst. Der Weise, den er zwischen zwei Frauen, einer Inderin und einer Engländerin, hocken sah, kam ihm wie ein Kind vor.

»Das ist Kasturabai Gandhi«, hörte er einen Schuljungen seinem Freund auf dem Ast neben ihm zuflüstern.

»Und wer ist die andere Frau?« fragte der Junge.

»Mahatmadschis englische Jüngerin, Fräulein Slade, genannt Miraben. Sie ist die Tochter eines englischen Admirals.«

›Er ist dunkel wie ich‹, sagte sich Bakha. ›Aber natürlich ist er sehr gebildet!‹ Und er beobachtete gespannt den Wagen, der vor seinen Augen in der Menge von Männern und Frauen steckengeblieben war, die alle die Füße des Mahatma berühren wollten. Die Ordner bemühten sich, ihm einen Weg zwischen den Turbanen, Fezen und bootförmigen Gandhimützen zu bahnen, und schließlich gelang es ihnen, den Wagen in Bewegung zu bringen. Halb gezogen, halb geschoben, mit abgestelltem Motor, steuerte der Chauffeur das Fahrzeug zu einem Portal, das am Ende des Sportplatzes auf breitblättrigen, mit Blumen und Papierketten geschmückten Bananenstauden errichtet worden war.

Bakha sah einen bleichen Engländer – er wußte, daß es der Polizeichef des Distrikts war – am Straßenrand stehen, in einer Khakiuniform mit Breeches, blank polierten Ledergamaschen und einem Nackentuch auf dem Khaki-Tropenhelm. Er war nicht so elegant wie die Offiziere der Armee, doch entsprachen seine Sahibkleider durchaus Bakhas Vorstellungen. Allerdings hatte Bakha im Augenblick kein so großes Interesse für die Sahibs, vielleicht weil ihm inmitten dieser ungeheuren, von Begeisterung für ihren Führer erfüllten Masse von Indern der Ausländer fehl am Platz und unbedeutend erschien, war er doch Vertreter einer Ordnung, die mit den Eingeborenen nichts zu tun hatte.

»Mahatma Gandhi ki-dschai, Mahatma Gandhi ki-dschai«, stieg der Schrei donnernd in den rauchgeschwängerten Abend. Bakhas Aufmerksamkeit wurde von dem Mann mit dem dicken Gummiknüppel, dem Zepter der britischen Herrschaft, abgelenkt und wandte sich der winzigen Gestalt des Mahatma zu. Dieser saß jetzt auf dem Lotussitz auf der Kongreßtribüne, umgeben von seinen Verehrern, die leise die Stufen hinaufgekommen waren, mit gefalteten Händen den Meister begrüßt und den Staub zu seinen Füßen berührt hatten, um sich dann um ihn zu gruppieren.

Der Mahatma hob den rechten Arm aus den Falten seines Gewandes und segnete die Menge. Das Stimmengewirr erstarb, als hätte ein elektrischer Schlag die Menschenmasse zu seinen Füßen gerührt. Dieser seltsame Mann schien die Gabe zu besitzen, durch eine einzige dramatische Handlung das ganze vielfarbige, vielsprachige Indien um sich sammeln zu können. Jemand stand auf, um eine Hymne zu singen. Der Mahatma hatte die Augen geschlossen und betete.

In der Stille des Augenblicks vergaß Bakha alle Einzelheiten seiner bösen Erlebnisse an diesem Tage, den durch seine Berührung befleckten Mann, den Priester, die Frau in der Silberschmiedgasse, den Vater, Tschota, Ram Tscharan, den Spaziergang über die Hügel, den Missionar und dessen Frau. Außer den Köpfen in Turbanen, Mützen und Schleiern der Männer und Frauen, die im Gras unter ihm saßen, sahen seine Augen einzig Gandhi, und er hörte jede Silbe der Hinduhymne:

Es dämmert schon, o Wanderer, steh auf,
Die Nacht ist um, tu deine Augen auf!
Verloren ist die Seele, die schläft – weißt du es nicht?
Der Wache findet Frieden, daran das Leid zerbricht.

Wach auf, wach auf aus deinem Schlummer tief,
Und denk an deinen Schöpfer, der nicht schlief.
Schäm dich und wein, zu schlafen in der Welt,
Wenn er für dich endlose Wache hält.

Tu Buße, Seele, und du findst Verzeihn,
Du, der du irrst, geh nicht in Sünden ein.
Was frommt es, wenn man trauert, kniet und fast't,
Wenn du vermehrt hast selbst die Sündenlast?

Drum, was du morgen tun willst, tue heut,
Tu, was du tun sollst, heute ungescheut.
Was hilft dein Leid, wenn es zu spät dich reut,
Wenn diebische Vögel schon dein Korn verstreut?

Dann begann seine Aufmerksamkeit zu erlahmen. Seine Gedanken schweiften. Er dachte daran, wie er hatte laufen müssen, um hierher zu gelangen.

Es fiel ihm auf, wie still alle waren. Es verdroß ihn, alle so ernst zu sehen. Die Stille ging ihm auf die Nerven. Aber ein Teil seines Wesens schien sich verflüchtigt zu haben, verdunstet zu sein. Etwas von seinem Selbst schien verlorengegangen zu sein, und das beunruhigte ihn.

Dennoch war er glücklich und erregt. Er war froh über das Vorrecht, in der Menge zu sein, die sich um den Mahatma versammelt hatte. Die Hymne war schwer, aber das andere Gefühl war leicht. Der Weise schien so rein zu sein. Und doch verbreitete er Nähe und Wärme. Das Lächeln des Mahatma war wie das eines Kindes. Bakha starrte ihn an. Nur so konnte er seiner Befangenheit entrinnen. Nur so konnte er sich selber und alles Übrige vergessen, und so sollte es sein, glaubte er. Die braunen und schwarzen Gesichter unter ihm waren von schweigender Verzückung erfüllt. Er bemühte sich, wie sie zu empfinden. Zum Glück für Bakha begann der Mahatma gerade in diesem Augenblick seine Rede. Seine Stimme kam zuerst als leises Flüstern durch den Lautsprecher:

»Ich bin«, sagte er langsam, als wollte er jedes Wort abwägen und spräche mehr zu sich selbst als zu den anderen, »durch ein Bußopfer gegangen, das ich mir um einer

Sache willen auferlegt habe, die mir teuer ist wie das Leben selbst. Die britische Regierung will eine Politik nach dem Muster ›Teile und herrsche‹ verfolgen, indem sie unseren Brüdern unterdrückter Kasten getrennte Wahlsitze in den von der neuen Verfassung vorgesehenen Volksvertretungen zuspricht. Ich glaube nicht, daß die Bürokratie in ihren Bestrebungen, die neue Verfassung durchzuführen, aufrichtig ist. Aber es war eine der Bedingungen, unter denen ich aus dem Gefängnis entlassen wurde, daß ich keine Propaganda gegen die Regierung mache, darum werde ich darauf nicht weiter eingehen. Ich werde nur über die sogenannten Unberührbaren sprechen, die die Regierung dem Hinduismus entfremden will, indem sie ihnen rechtlich und politisch eine Sonderstellung gibt.

Wie ihr alle wißt, haben wir, während wir für uns die Befreiung vom Joch einer fremden Nation verlangen, selbst jahrhundertelang Millionen menschlicher Wesen ohne die geringsten Gewissensbisse über unsere Ungerechtigkeit unterdrückt. Mir erscheint das Problem dieser Menschen als ein religiöses und moralisches. Als ich es auf mich nahm, um ihrer Sache willen bis zum Tode zu fasten, folgte ich dem Ruf meines Gewissens.«

Bakha begriff diese Worte nicht. Er wurde unruhig. Er hoffte, Gandhi werde nicht weiter von Dingen reden, die er, Bakha, nicht begreifen konnte. Er fand seinen Wunsch bald erfüllt, denn ein mächtiges Wort gab seinen Gedanken den richtigen Ausdruck.

»Ich betrachte Unberührbarkeit«, fuhr Gandhi fort, »als den größten Schandfleck am Hinduismus. Diese meine Ansicht geht auf meine Kindheit zurück.«

Nun begann es interessant zu werden, und Bakha spitzte die Ohren.

»Ich war kaum zwölf Jahre alt, als mir dieser Gedanke kam. Ein Unberührbarer namens Uka kam regelmäßig in unser Haus, um die Latrinen zu reinigen. Ich fragte meine Mutter oft, warum es unrecht war, ihn zu berühren, und warum es mir verboten wurde. Wenn ich zufällig Uka berührte, wurde mir befohlen, Waschungen vorzunehmen, und obwohl ich natürlich gehorchte, tat ich es nicht, ohne lächelnd zu protestieren, daß Unberührbarkeit von der Religion nicht gutgeheißen werde und unmöglich gutgeheißen werden könne. Ich war ein sehr pflichteifriges und folgsames Kind, aber soweit es die Ehrfurcht vor meinen Eltern zuließ, hatte ich in diesem Punkt oft Meinungsverschiedenheiten mit ihnen. Ich erklärte meiner Mutter, sie sei völlig im Unrecht, physischen Kontakt mit Uka als Sünde zu betrachten; es könne keine Sünde sein.

Unterwegs zur Schule berührte ich oft die Unberührbaren, und ich hielt es vor meinen Eltern niemals geheim. Meine Mutter sagte mir, das schnellste Mittel zur Reinigung nach einer solchen Berührung wäre, einen vorbeigehenden Moslem zu berühren und damit die erste Handlung ungeschehen zu machen. Aus Rücksicht auf meine Eltern und Achtung vor ihnen tat ich das denn auch, jedoch nie im Glauben, ein Gebot der Religion zu erfüllen.«

Als Bakha die Geschichte, die der Mahatma über sein wachsendes Interesse an der Unberührbarkeit erzählte, Wort für Wort in sich aufnahm, hatte er das Gefühl, selbst der Latrinenputzer Uka zu sein. Durch dieses Gefühl glaubte er dem Weisen, der ehrliche und echte Anteilnahme zeigte, näherzukommen. ›Aber die Rede, die Rede!‹ Er merkte, daß er Worte der Rede des Mahatma überhört hatte, und riß sich von seinen Gedanken los:

»Die Tatsache, daß wir Gott ‘den Läuterer der verunreinigten Seelen’ nennen, macht es zur Sünde, irgend jemanden, der als Hindu geboren wurde, als unrein anzusehen – das zu tun ist teuflisch. Ich bin nie müde geworden, zu wiederholen, daß es eine große Sünde ist. Ich will nicht behaupten, daß mir das im Alter von zwölf Jahren klar wurde, doch will ich damit sagen, daß ich schon damals Unberührbarkeit als Sünde empfand.

Ich war am Tage der Nationalfeier in Nellore. Ich traf die Unberührbaren des Ortes, und ich betete, wie ich es heute getan habe. Ich möchte die geistige Erlösung erlangen. Ich wünsche mir nicht, wiedergeboren zu werden. Aber wenn ich wiedergeboren werden muß, möchte ich als Unberührbarer auf die Welt kommen, um ihre Leiden, ihren Kummer und den Schimpf, den man ihnen antut, mit ihnen zu teilen und danach zu trachten, mich und sie aus ihrer elenden Lage zu befreien. Deshalb bete ich, daß ich, wenn ich wiedergeboren werden sollte, nicht als Brahmane, Kschatria, Waischia oder Sudra, sondern als ein Ausgestoßener, als ein Unberührbarer wiederkomme.

Ich putze gerne Latrinen. In meinem Ashram reinigt ein achtzehnjähriger Brahmane die Latrinen, um den Latrinenputzer Sauberkeit zu lehren. Der Junge ist kein Reformer. Er ist orthodox geboren und erzogen. Er liest regelmäßig die Gita und verrichtet getreulich seine Gebete. Wenn er den Gottesdienst leitet, schmilzt einem das Herz bei seinen sanften Melodien. Aber er hatte das Gefühl, seine Leistung sei unvollkommen, ehe er nicht auch ein vollendeter Latrinenputzer geworden sei. Er müsse, meinte er, die Arbeit selber tun, wenn er den Latrinenreiniger des Ashram anständig arbeiten sehen und ihm als Beispiel dienen wolle.«

Bakha spürte die Erregung bis ins Mark seiner Knochen. Der Mahatma wollte als Ausgestoßener wiedergeboren werden! Er fand es schön, Latrinen zu reinigen! Bakha liebte den Mann. Am liebsten hätte er ihm sein

Leben in die Hände gelegt und ihn gebeten, darüber zu verfügen. Für ihn wollte er alles tun. Er wäre gerne Latrinenputzer in Gandhis Ashram geworden. ›Dann könnte ich zu ihm sprechen‹, sagte er sich. ›Aber ich höre schon wieder nicht zu, ich höre nicht zu; ich muß zuhören!‹

»Wenn hier unter euch Unberührbare sind«, hörte er den Mahatma sagen, »dann mögen sie wissen, daß sie die Hindugesellschaft reinigen.« Bakha hätte am liebsten gerufen, daß er, ein Unberührbarer, anwesend sei, aber er begriff nicht, was der Mahatma unter Reinigen der Hindugesellschaft verstand. Pochenden Herzens lauschte er und hörte: »Darum müssen sie ihr eigenes Leben säubern. Sie sollen saubere Gewohnheiten annehmen, damit niemand mit dem Finger auf sie zeigen kann. Manche von ihnen sind dem Trunk und dem Spiel ergeben; davon müssen sie sich befreien.

Sie behaupten, Hindus zu sein. Sie lesen die Heiligen Schriften. Sie sollen daher verstehen lernen, daß die Bedrückung durch die Hindus nicht der Fehler der Hindureligion ist, sondern derer, die sich zu ihr bekennen. Um sich zu befreien, müssen sie sich läutern. Sie müssen ihre bösen Gewohnheiten wie das Trinken von Alkohol und das Essen von Aas aufgeben.«

Aber jetzt, jetzt tadelt uns der Mahatma, fühlte Bakha. ›Das ist ungerecht!‹ Er wollte die letzten Sätze, die er gehört hatte, vergessen und wandte sich wieder dem Mahatma zu.

»Sie sollen nun aufhören, Speisereste von den Tellern der Hindus höherer Kasten anzunehmen, wie sauber sie auch sein mögen. Sie sollen nur Getreide annehmen – gutes, gesundes Getreide, nicht faulendes –, und auch das nur, wenn es ihnen höflich angeboten wird. Wenn sie imstande sind, alles zu tun, was ich von ihnen verlangt habe, dann werden sie ihre Gleichstellung erreichen.«

Das war mehr nach Bakhas Geschmack. Am liebsten hätte er sich an den Mahatma gewandt und zu ihm gesagt: »Mahatmadschi, das ist eine Rede!« Er hätte ihm gerne erzählt, daß heute, an diesem Tage und in ebenderselben Stadt, in der Gandhi jetzt sprach, er, Bakha, einen Laib Brot vom Boden neben der Gosse hatte auflesen müssen; daß heute, an diesem Tage und in ebenderselben Stadt, sein Bruder Speisereste von den Tellern der Sepoys hatte annehmen müssen, um die ganze Familie vor dem Hunger zu bewahren. Bakha sah sich im Geiste vom Mahatma bemitleidet und getröstet. Das Mitgefühl des großen Mannes war Linderung und Balsam. ›Wenn er nur zu meinem Vater ginge und ihm sagte, er solle nicht so streng mit mir sein. Wenn er nur meinem Vater erzählte, wie ich gelitten habe; wenn er nur meinem Vater erklärte, daß er meinen Kummer mitfühle, dann nähme mein Vater mich sofort wieder auf und wäre von nun an immer gütig zu mir.‹

»Ich bin ein orthodoxer Hindu, und ich weiß, daß die Hindus von Natur keine Sünder sind«, hörte Bakha den Mahatma predigen. »Sie sind nur unwissend. Alle öffentlichen Brunnen, Tempel, Straßen, Schulen und Krankenhäuser müssen als den Unberührbaren zugänglich erklärt werden. Und ihr, die ihr alle vorgebt, mich zu lieben, gebt mir einen direkten Beweis eurer Liebe, indem ihr gegen die Einhaltung der Unberührbarkeit Propaganda macht. Tut das, aber laßt euch nicht zu Zwang oder roher Gewalt hinreißen, dieses Ziel zu erreichen. Friedliche Überredung ist das einzige Mittel. Die zwei innigsten Wünsche, die mich am Leben erhalten, sind: die Gleichstellung der Unberührbaren und der Schutz der Kuh. Wenn diese beiden Wünsche erfüllt sind, dann ist die Unabhängigkeit erreicht, dann ist meine Seele befreit. Mag Gott euch die Kraft geben, zur Erlösung eurer Seelen zu gelangen!«

Als sich die Menge nach Beendigung der Rede des Mahatma zerstreute, blieb Bakha wie gebannt auf seinem Ast. Jedes der Schlußworte schien ihm den gleichen tiefen Abscheu, die gleiche Entrüstung auszudrücken, wie er sie über den Unterschied, den die Hindus der vier Kasten zwischen sich und den Unberührbaren machten, empfand. Der Mahatma hatte den innersten Winkel in Bakhas Seele berührt. ›Das kann nur ein guter Mensch sein‹, sagte sich Bakha.

Gedämpfte Rufe – »Mahatmadschi ki-dschai!«, »Hindu Muselman ki-dschai!«, »Haridschan ki-dschai!« – ertönten wieder, und Bakha wußte, daß der Weise nun von der Tribüne zum Tor zurückging. Er verharrte in seiner Stellung auf dem Baum und wurde für seine Geduld durch einen Blick auf den Mahatma, der unter ihm vorbeiging, belohnt.

Ein Mann, der auf einem Holzbrett saß und einen Eimer neben sich hatte, teilte in einem silbernen Becher Wasser aus: an Mohammedaner in rotem Fez und Hindus in weißen Gandhikappen. »Er hat Hindus und Moslems zu einem Ganzen verschmolzen«, sagte ein Bürger, überströmend von der Wärme der Brüderlichkeit und Menschlichkeit, die der Mahatma hinterlassen hatte.

»Weg mit dem ausländischen Tuch! Verbrennen wir's!« riefen die Kongreßordner. Und tatsächlich sah Bakha, wie Leute ihre Filzmützen, Seidenhemden und Schürzen auf einen Haufen warfen, der bald in Flammen aufging.

»Schwester«, sagte ein anderer Bürger zur Frau eines Mähers, die in ihrem schweren Faltenrock sich abmühte, ihre beiden Kinder nach Hause zu bringen, »laß mich dir durch die Menge helfen. Ich trag' dir den größeren Jungen.«

Nur eine einzige Stimme wich von der allgemeinen Meinung ab.

»Gandhi ist ein Schwindler«, sagte sie, »ein Narr und ein Heuchler. In einem Atemzug behauptet er, ein rechtgläubiger Hindu und für die Abschaffung der Unberührbarkeit zu sein. Er arbeitet dem Geist unseres Zeitalters entgegen, der im Zeichen der Demokratie steht. Er lebt noch im vierten Jahrhundert vor Christus, mit seinem zivilen Ungehorsam und seinem Spinnrad. Wir leben im zwanzigsten. Ich habe Rousseau, Hobbes, Bentham und John Stuart Mill gelesen, und ich ...«

Bakha kam wie ein Bär vom Baum herab und bot einen so lächerlichen Anblick, daß der Demokrat auf ihn aufmerksam wurde. Er wollte sich scheu fortschleichen, aber der Mann, ein hellhäutiger Mohammedaner in höchst elegant geschnittenem englischem Anzug, rief ihn zurück:

»He, he, mein Junge, komm her! Geh, und hol mir eine Flasche Sodawasser.«

Bakha war mit einem Satz wieder da und glotzte den feinen Herrn an, der ihn gerufen hatte. Der Mann trug ein Monokel im linken Auge, und Bakha, der so etwas noch nie gesehen hatte, wunderte sich, wie ein einzelnes Glas ohne Rahmen am Auge festgeklemmt bleiben konnte.

»Glotz mich nicht an!« rief der Herr, während Bakha noch überlegte, wer der Mann sein konnte. Er war zu dunkel für einen Engländer, zu hell für einen Inder, und er trug so elegante Kleider, mit gelben Handschuhen an den Händen und weißen Gamaschen auf den Wildlederschuhen.

»Ham desi sahib (Ich, eingeborener Sahib), glotz mich nicht so an«, sagte der Mann, absichtlich im gebrochenen Hindustani der Engländer, aber für einen Augenblick etwas freundlicher. »Ist kein Sodawasserstand in der Nähe?«

Bakha war überrascht worden und konnte sich nicht so schnell auf diese neue Situation einstellen. Also schüttelte er nur den Kopf, um anzudeuten, daß er es nicht wisse. Zum Glück für Bakha wandte der Mann seine Aufmerksamkeit einem Freunde zu, der daneben stand, einem jungen Mann mit einem zarten Katzengesicht, dunklen blitzenden Augen und langem schwarzem Lockenhaar. Er trug fließende indische Gewänder wie ein Dichter. Und so rief Bakhas unzulängliche Antwort nicht das anmaßende Schwingen des Rohrstocks hervor, das er vom Demokraten erwartet hatte.

»Es ist sehr ungerecht von dir, den Mahatma zu beschimpfen«, hörte Bakha den jungen Dichter mit sanftem Vorwurf sagen, als er sich von den beiden Männern entfernte, um die sich indessen eine Gruppe von Menschen gesammelt hatte. »Er ist bei weitem die stärkste befreiende Kraft unseres Zeitalters. Er hat natürlich seine Grenzen, aber ...«

»Ganz richtig«, hörte Bakha seinen Begleiter in fließendem Hindustani sagen, »das ist doch gerade das, was ich sage. Und meiner Ansicht ...«

»Aber hör doch zu, ich bin noch nicht am Ende«, sagte der Dichter. »Er hat seine Grenzen, aber er hat im Grunde recht. Er mag unrecht haben, wenn er Indien vom Rest der Welt abschließen will, wenn er die Wiedereinführung des Spinnrads predigt, weil das, wie die Dinge liegen, undurchführbar ist. Aber sogar in dieser Beziehung hat er recht, denn es ist nicht Indiens Schuld, daß es arm ist; es ist die Schuld der Welt, daß die Welt reich ist!«

»Du redest in Paradoxen. Du hast wohl Shaw gelesen«, unterbrach ihn der Herr mit dem Monokel.

»Ach, laß Shaw aus dem Spiel! Ich bin nicht einer von den dekadenten Indern wie du, die diesen europäischen Stars schmeicheln!« rief der Dichter aus. »Aber du weißt, daß Indien nur wegen unserer bitteren Armut hinter den anderen Ländern der Welt zurücksteht. In Wirklichkeit ist es eines der reichsten Länder und hat einen Überfluß an natürlichen Schätzen. Nur hat es vorgezogen, bäuerlich zu bleiben, und hat unter der Ablehnung der Maschine zu leiden. Dem muß abgeholfen werden. Ich hasse die Maschine, ich verabscheue sie. Aber darin stelle ich mich gegen Gandhi und akzeptiere sie. Und mit der Zeit werden wir alle lernen, sie zu lieben, davon bin ich überzeugt. Und dann werden wir unsere Unterdrücker mit ihren eigenen Waffen schlagen ...«

»Sie werden dich noch ins Gefängnis stecken«, unterbrach jemand aus der Menge.

»Macht nichts. Ich habe vor dem Gefängnis keine Angst. Ich war schon mit hunderttausend anderen, die vergangenes Jahr eingekerkert wurden, Gast in Seiner Majestät Pension ...«

»Der Bauer, der diese Welt für ein Trugbild hält, wird keine Maschine bedienen«, meinte der hochmütige Mann mit den Gamaschen und klemmte sein Monokel fester ins Auge, so daß es seinen zynischen Blick besser spiegelte.

»Indiens Genius vermag alle Dinge in sich aufzunehmen«, sagte der Dichter heftig. »Im Laufe unserer ganzen langen Geschichte waren wir Realisten und haben an die Dinge dieser Welt geglaubt, an das Hier und Jetzt, an das Fleisch und das Blut. Der Mensch wird in diese Welt geboren und wiedergeboren, heißt es in den Upanischaden, und sogar wenn er zum unsterblichen Heiligen wird, gibt es keine Befreiung für ihn, denn er wird Teil des Kosmos und wird doch wiedergeboren. Wir glauben nicht an eine andere Welt, wie dies Europäer einen glauben machen möchten. Es gab nur einen Mann in Indien, der diese Welt für ein Trugbild hielt: Schankaratscharja. Aber er war schwindsüchtig, und das machte ihn zum Neurotiker. Früheren europäischen Gelehrten waren die Originaltexte der Upanischaden nicht zugänglich, und so erläuterten sie die indische Philosophie aus den Kommentaren des Schankaratscharja. Das Wort ›maya‹ bedeutet gar nicht Trugbild, sondern eine Reihe von Trugbildern. Das hat der letzte Kommentator der Veden, Coomaraswamy, festgestellt. Und in dieser Bedeutung nähert sich das Wort den Ansichten über die Natur der greifbaren Welt deiner Lieblingswissenschaftler Eddington und Jeans. Die Zeitgenossen der Königin Viktoria haben uns falsch ausgelegt. Es war, als hätten sie, um einen philosophischen Rückhalt für die Ausbeutung Indiens zu haben, geschickt ein hübsches kleines Märchen zusammengebraut: ›Ihr glaubt nicht an diese Welt; euch ist dies alles maya. Gut denn, laßt uns euer Land für euch verwalten, und ihr könnt euch eurem Endziel, der Erreichung des Nirwanas, widmen, der Loslösung von den Fesseln des irdischen Lebens‹.' Aber das alles ist jetzt vorbei. Der Tradition derer treu, die an diese Welt glaubten und die barocke Üppigkeit der indischen Architektur und Skulptur schufen, mit ihrem profunden Sinn für Form, ihrer Geschlossenheit und ihrer Wucht werden wir uns die Maschine zu eigen machen und sie bedienen. Aber wir werden es bewußt tun. Wir durchschauen die Idiotie der Europäer, die das Geld zum Gott erhoben haben. Sie waren Barbaren und verloren den Kopf bei der Anbetung des Goldes. Wir können diesen Fallen entgehen, weil wir den Vorteil einer sechstausend Jahre alten Kultur haben, einer Kultur, die alle sichtbaren und unsichtbaren Werte aufgenommen hat. Wir kennen das Leben, wir kennen seinen geheimen Fluß. Wir haben zu seinem Rhythmus getanzt. Wir haben es geliebt, nicht etwa sentimental, aus persönlichen Gefühlen, sondern durchdringend, von unseren Herzen wegstrebend, weit, so weit, oh! So weit, daß das Leben keine Grenzen zu haben schien, daß Wunder möglich schienen. Wir können neue Gefühle fühlen. Wir können uns die Möglichkeit vorstellen, aus der Glut in unseren braunen Körpern neue Menschen hervorzubringen. Das Leben ist uns noch immer ein Abenteuer. Wir sind noch immer lernbegierig. Wir können nicht fehlgehen. Unsere Unterdrücker bringen alles durcheinander. Wir sehen die Dinge klar. Wir werden, was Maschinen betrifft, aufs Ganze gehen, während sie sich noch immer ängstlich an die Dampfmaschine halten. Und wir werden alles mit kühlem Kopf tun. Wir werden nicht zu Sklaven des Goldes werden. Man darf uns glauben, daß wir das Leben als beständig und als Ganzes ansehen.«

Diese Ansprache war schon durch ihr Feuer eindrucksvoll. Nicht nur die Menge war bewegt, auch der anglisierte Inder war zum Schweigen gebracht. Bakha war noch zu sehr unter dem Bann Gandhis, um jemand anderem aufmerksam zuhören zu können, und er war nicht allem gefolgt, was der Dichter sagte, obwohl er sich bemühte, seine Worte zu erfassen.

»Wer ist das?« fragte jemand aus der Menge.

»Iqbal Nath Sarschar, der junge Dichter, der das ›Neue Zeitalter‹ herausgibt; sein Begleiter ist der Rechtsanwalt Baschir, der in Oxford studiert hat«, gab ein anderer bereitwillig Auskunft.

Ein Geflüster der Anerkennung und Zustimmung ging durch die Menge, nur von der verächtlich kichernden Stimme des Herrn Baschir übertönt.

»Ha, ha, ho, ho! Aber was hat das alles mit Unberührbarkeit zu tun? Gandhis Anklage ist der Ausdruck seines Minderwertigkeitskomplexes. Ich glaube ...«

»Ich weiß, was du glaubst«, unterbrach ihn der Dichter heftig und erregte mit seiner schroffen Art einige Heiterkeit. »Laß mich dir sagen, daß Gandhi in der Frage der Unberührbarkeit vernünftiger ist als in seinen politischen und wirtschaftlichen Ansichten. Du hast alle diese billigen Phrasen wie Inferioritäts- und Superioritätskomplex in Oxford aufgeschnappt, ohne zu begreifen, was sie bedeuten. Du ahmst die Engländer sklavisch in allem nach.«

»Stimmt«, rief ein Kongreßanhänger. »Schaut euch seine Seidenkrawatte und den ausländischen Anzug an! Eine Schande!«

»Die Erbeigenschaften und das Lebensmilieu verschiedener Völker sind jeweils andere«, fuhr der Dichter fort, mit einer weit ausholenden Bewegung seiner Hand, die den ungehobelten Kongreßmann zum Schweigen bringen sollte. »Manche von uns werden mit großen Köpfen geboren, andere mit kleinen, manche mit mehr körperlicher Kraft, andere mit weniger. Auf hundert Millionen kommt ein Heiliger, ein großer Mann auf eine Menge von Mittelmäßigkeiten. Aber im wesentlichen, als Lebewesen, sind alle Menschen gleich. ›Hol einen Bauern vom Pflug weg, wasch ihm den Dreck ab, und er ist geeignet, ein Königreich zu regieren‹, sagt ein altes indisches Sprichwort. Die Höflichkeit, der Verstand und die Würde des ärmsten unserer Bauern sind ein Beweis dafür. Geh, und sprich zu einem Bauern, und du wirst sehen, wie gütig er ist, wie voller Höflichkeit und wie elegant seine Ausdrucksweise ist. Und die Gleichheit der Menschen ist ihm nichts Neues. Wären nicht die verschlagenen Brahmanen mit ihrem Priesterhokuspokus voll Hochmut über ihre weiße Haut dahergekommen und hätten die reine philosophische Idee des Karma, wonach alle Taten und Handlungen dynamisch sind, wonach alles in Fluß ist, alles sich wandelt, nicht den Drawidas gestohlen und sie ganz falsch dahin ausgelegt, daß Geburt und Wiedergeburt in diesem Universum von den guten oder bösen Taten in einem vergangenen Leben abhängen, dann hätte Indien den besten Boden für eine Demokratie abgegeben. So aber bildet die Kaste eine intellektuelle Aristokratie, die auf dem Eigendünkel der Pandits beruht, sonst aber völlig demokratisch ist. Der der hohen Kaste angehörende Richter des Obersten Gerichtshofs ißt ohne weiteres am selben Tisch mit dem Kuli seiner Kaste. So können wir unsere Ungleichheiten sehr einfach abschaffen. Die alten stereotypen Formeln unseres Lebens müssen verschwinden, die alten feststehenden Formen müssen einer neuen Dynamik Platz machen. Wir Inder leben so verwurzelt in unseren Beziehungen, wir sind uns unserer Herkunft so tief bewußt.« Er schien einen Augenblick nach Worten zu suchen.

»Ich kann nicht begreifen, was du meinst«, unterbrach Baschir gereizt.

»Nun, wir müssen die Kaste abschaffen, wir müssen die Ungleichheit der Geburt und die unveränderlichen Berufe abschaffen. Wir müssen die Gleichheit der Rechte, Privilegien und Möglichkeiten für alle anerkennen. Der Mahatma sagte es nicht so, aber die gesetzliche und soziale Grundlage der Kaste ist vernichtet worden durch das Britisch-Indische Strafgesetzbuch, das jedermanns Recht vor Gericht anerkennt. Die Kaste wird jetzt hauptsächlich vom Beruf bestimmt. Wenn die Latrinenputzer ihren Beruf ändern, werden sie nicht länger Unberührbare bleiben. Und das werden sie bald können, denn wenn wir einmal die Maschine akzeptieren, wird Indien als erstes die Maschine einführen, die den Kot wegräumt, ohne daß irgend jemand damit in Berührung kommt, die Wasserspülung. Dann werden die Latrinenreiniger vom Stigma der Unberührbarkeit befreit sein und die Würde genießen, die ihnen als nützlichen Mitgliedern einer kasten- und klassenlosen Gesellschaft zusteht.«

»Besser gesagt«, spöttelte Baschir, »größere Leistungsfähigkeit, bessere Auswertung, mehr Massenproduktion, Standardisierung, Diktatur der Latrinenreiniger, marxistischer Materialismus in vollster Blüte!«

»Jawohl, ja, aber keine Schlagworte und billigen Redensarten. Dieser Wandel wird organisch vor sich gehen, nicht mechanisch.«

»Schon gut, schon gut, aber gehen wir jetzt, ich ersticke beinahe«, sagte Herr Baschir und zog sein seidenes Taschentuch aus der Tasche, um sich das Gesicht abzuwischen.

Die Menge schaute, starrte, glotzte voll Staunen die beiden berühmten Männer an und folgte ihnen ein paar Schritte weit, bis sie in der nicht endenden Masse von Menschen, die den Golbagh verließen, verschwanden. Bakha stand abseits, wo er niemand berühren konnte, und dachte an die wenigen Worte aus der Rede des Dichters, die er begriffen hatte. Er spürte, daß der Dichter die Fragen, die Bakha am meisten beschäftigten, beantwortet hätte, hätte er nicht so große Worte gebraucht. ›Diese Maschine, die Kot entfernen kann, ohne daß ihn irgend jemand aufheben muß, wie so was wohl aussieht? Wenn dieser Herr den Dichter nicht mitgezerrt hätte, ich hätte ihn fragen können.‹

Die Feuer des Sonnenuntergangs loderten am westlichen Horizont. Als Bakha den herrlichen Ball von gewaltigem Glanz am Rand des Himmels glühen sah, fühlte er eine brennende Erregung in sich aufsteigen. Sein Gesicht, das noch vor einem Augenblick blaß und versonnen gewesen war, rötete sich im seltsamen Zwiespalt der Verzweiflung. Er wußte nicht, wohin gehen, was tun. Er schien immer noch bedrückt von dem Elend und der Qual der Erinnerungen an den Morgen. Er blieb eine Zeitlang an der Stelle stehen, wo er beim Abstieg vom Baum gelandet war, mit gebeugtem Kopf, müde und gebrochen. Dann klangen ihm wieder die letzten Worte der Rede des Mahatma im Ohr: Mag Gott euch die Kraft geben, zur Erlösung eurer Seelen zu gelangen. ›Was hat er damit gemeint?‹ fragte sich Bakha.

Er sah das Gesicht des Mahatma wieder vor sich, rätselhaft und allgegenwärtig. Es war darin keine Antwort zu lesen. Doch schien es eine seltsame Kraft auszustrahlen. Bakha fielen die Worte seiner Rede ein, jedes einzelne. Besonders die Geschichte des Uka. Der Mahatma hatte von dem Brahmanen, der in seinem Ashram die Latrinen reinigte, gesprochen. ›Ob er damit wohl gemeint hat, daß ich weiter Latrinen putzen soll?‹ fragte sich Bakha. ›Ja‹, kam die kraftvolle Antwort, ›Ja‹, sagte Bakha, ›ich werde fortfahren zu tun, was Gandhi befiehlt. Aber werde ich die Latrinen nie verlassen können?‹ grübelte er beunruhigt. ›Doch, ich kann es. Hat nicht der Dichter gesagt, daß es eine Maschine gibt, die meine Arbeit verrichten kann?‹ Der Gedanke, nie Kleider tragen zu können, wie die Sahibs sie trugen, und nie selbst ein Sahib zu werden, war furchtbar. ›Aber es macht nichts‹, sagte er, um sich zu trösten, und in seinem Geiste tauchte der englische Polizist auf, den er vor der Versammlung beobachtet hatte, wie er allein und von niemandem beachtet dastand.

Er setzte sich in Bewegung. Jeder Mensch hatte besondere Vorzüge. Seine lagen in seinem kräftigen Sehnen und in seiner schwerfälligen Vernunft. Er überdachte alles, was er gehört hatte, obwohl er nicht alles begreifen konnte. Er wurde ruhig, als er so dahinschritt, obwohl der Zwiespalt in seiner Seele nicht vorüber war und er zwischen seiner Begeisterung für Gandhi und den Schwierigkeiten in seinem unbeholfenen einfältigen Selbst hin und her gerissen wurde.

Die Sonne ging unter. Die Blässe, das Violett und das Purpurrot des Horizonts vereinigten sich zu dunkelstem Blau. Eine Handvoll Sterne blinkte am Himmel.

Er trat aus dem Grün der Gärten in den staubigen Dunst, der von den Straßen und Wegen aufstieg.

Während die kurze indische Dämmerung kam und verging, schoß ein plötzlicher Impuls durch die Wandlungen von Zeit und Raum und sammelte alle Elemente, die im Strom seiner Seele verstreut waren, zu einem tastenden Entschluß: ›Ich geh' und erzähl' dem Vater alles, was Gandhi über uns sagte‹, flüsterte er vor sich hin, ›und alles, was dieser Dichter sagte. Und vielleicht kann ich den Dichter unterwegs finden und ihn nach der Maschine fragen.‹ Und er machte sich auf den Heimweg.

DIETER RIEMENSCHNEIDER

Nachwort

Mit Recht ist Mulk Raj Anands Roman *Der Unberührbare* das populärste in englischer Sprache abgefaßte Prosawerk eines indischen Autors genannt worden. Seine Popularität bezieht sich dabei nicht so sehr auf Anands Heimatland, sondern ist vor allem außerhalb Indiens festzustellen. Seit 1935, als *Der Unberührbare* bei Lawrence & Wishart in London erschien, wurde der Roman in über zwanzig Sprachen übersetzt, erlebte wiederholte Neuauflagen – so zuletzt beim Verlag Arnold-Heinemann in Neu Delhi als preiswertes Taschenbuch – und blickt auf die stolze Verkaufszahl von zehn Millionen Exemplaren.

Der deutsche Leser, dem mit der vorliegenden, sprachlich überarbeiteten Neuauflage der ersten deutschen Übersetzung aus dem Jahre 1954 die Möglichkeit geboten wird, das Werk kennenzulernen, hat es in der Tat mit einem Klassiker der indo-englischen Literatur zu tun.

Die Popularität der Erzählung stellt jedoch nur einen Aspekt ihres Ranges dar, denn *Der Unberührbare* legte auch den Grundstein für die Karriere eines der wichtigsten indischen Autoren des 20. Jahrhunderts und verkörpert zugleich den Wendepunkt und Neubeginn der erzählenden Prosa des Landes. Dem Erstlingswerk des 1905 in Peshawar geborenen Schriftstellers, Essayisten, Philosophen und Kunstkenners Anand folgten bis 1955 sieben weitere Romane, eine Novelle, fünf Sammlungen von Kurzgeschichten und der erste Teil einer auf sieben Bände angelegten fiktiven Autobiographie. Damit schien die Produktivität des Autors erschöpft, der seine Themen vorwiegend in den sozialen und politischen Gegebenheiten eines vom Kolonialismus geprägten Landes gefunden hatte, die nun nach der Unabhängigkeit ihre Brisanz verloren zu haben schienen. Mit Beginn der sechziger Jahre setzte jedoch eine zweite Blüte der Schaffenskraft Anands ein, die bis in die unmittelbare Gegenwart hineinreicht. Auf drei Romane folgten vier Anthologien mit Kurzgeschichten und drei weitere Teile der Autobiographie. Fast nebenbei, so möchte man sagen, entstand eine Fülle von literar- und kulturkritischen Beiträgen für Zeitschriften und Zeitungen, Kongresse und Konferenzen. Und Anand, dem Herausgeber der 1947 gegründeten Kunstzeitschrift *Marg*, ist es in erster Linie zu verdanken, daß hier bis heute über die kulturelle Tradition Indiens auf ebenso anschauliche wie anspruchsvolle Weise berichtet wird, wie es in solcher Kontinuität keiner anderen Veröffentlichung gelang. Der Schriftsteller, der seit vielen Jahren in Bombay lebt und trotz seiner kritischen Haltung vielfältige nationale Ehrungen erfahren hat, bleibt, wie die jüngsten Buchveröffentlichungen aus den Jahren 1983 und 1984 zeigen, weiterhin im Gespräch und ist in der Tat einer der führenden – wenn nicht gar der führende – Literat seines Landes.

Literaturgeschichtlich betrachtet verkörpert *Der Unberührbare* für die bis weit ins 19. Jahrhundert zurückreichende englischsprachige Prosaliteratur einen radikalen Bruch, denn in der Wahl seines Themas und seines Stoffes, aber auch in Erzählhaltung und Stil wendet sich Anand von der literarischen Tradition ab. An die Stelle romantischer Themen tritt nun die Auseinandersetzung des Individuums mit seiner Gesellschaft; der Blick zurück in eine oft glorreich und verklärt gesehene Vergangenheit fällt ihr nun seinerseits anheim – der moderne indische Schriftsteller wendet sich der vielfältigen und komplexen Szenerie der Gegenwart zu. In den Mittelpunkt seiner

Aufmerksamkeit rückt das Schicksal von Menschen, die in gesellschaftlichen, politischen und wirtschaftlichen Widersprüchen und Gegensätzen gefangen sind und ihren Beitrag zur Emanzipation zu leisten versuchen, um die Probleme der Gegenwart zu meistern.

Anands 1935 erschienener Roman stellt den ersten Schritt dar, der bald auf Resonanz bei seinen Zeitgenossen stieß. So erschienen nur wenige Jahre später die ersten Werke *R. K. Narayans* und *Raja Raos,* zwei weitere bedeutende Autoren und Mitbegründer der modernen indo-englischen Literatur. In der Radikalität seiner Gesellschaftskritik, und dies heißt zugleich auch in der Enttabuisierung zentraler, sozio-religiöser Vorstellungen des Hinduismus, nahm und nimmt Anand jedoch eine Sonderstellung ein, denn auch wenn sich die anderen durchaus kritisch mit ihrer Gesellschaft beschäftigen, so vermochte die Mehrzahl doch nicht, eine ebenso deutliche Trennungslinie zwischen den eigenen philosophischen und gesellschaftstheoretischen Ansichten und der praktizierten Wirklichkeit zu ziehen wie ihr Vorgänger.

Für die von Anand auch in späteren Werken bevorzugte Erzählhaltung bedeutete dies, daß er nur selten völlig hinter seine Erzählungen zurücktrat, so wie dies vielleicht ein traditioneller Erzähler tat, der sich weniger als Anwalt seiner Sache denn als Vermittler eines Geschehens verstand. Narayan und Rao stehen hier der eigenen Tradition viel näher als Anand, der oft an den moralisierenden Erzähler des 18. und früheren 19. Jahrhunderts in der europäischen Literatur erinnert. Eine solche Haltung verband er aber durchaus mit dem Einsatz ganz moderner Erzähltechniken, wie sie der englische Roman James Joyce' oder Virginia Woolfs entwickelt hatte. Dabei interessierte ihn das Experimentieren mit der fremden, englischen Sprache, und auch hier beschritt er neue Wege: Durch die wörtliche Übertragung idiomatischer Wendungen aus der Muttersprache Pandschabi versuchte er, der Sprache seiner Figuren Authentizität zu verleihen. Dies wird besonders deutlich in den Dialogpartien des vorliegenden Romans. Wiederum wagen sich auch hier Schriftsteller wie Narayan und Rao weit weniger auf unbekanntes Terrain, obwohl sie durchaus der Form und der sprachlichen Gestaltung ihrer Erzählungen Aufmerksamkeit schenken.

Was aber brachte Anand dazu, nach neuen Wegen literarischer Gestaltung zu suchen? Die Anstöße zum Roman sind vielfältig und vielschichtig, und Anand hat sich hierzu selbst wiederholt geäußert. So schrieb er einmal über das wichtigste Motiv, das ihn zur Abfassung des ersten Entwurfs während eines Wochenendes im Jahre 1930 getrieben hatte: »Ich hatte über die Qualen, die Verzweiflung und die Pein (der Unberührbaren, d. R.) gebrütet, die dazu verurteilt waren, Höllenqualen zu erleiden ... Der wirkliche Aufschrei wurde in diesem Buch nicht wiedergegeben, doch sein Echo war für jeden vernehmbar, der hören wollte: ›Ein Mensch ist ein Mensch ist ein Mensch, er ist allen Menschen von Geburt an gleich.‹«

Der humanitäre Anspruch auf Anerkennung als vollwertiger Mensch, der aus diesen Zeilen spricht, stellt das Credo eines Schriftstellers dar, der aus eigener Erfahrung in Kindheit und Jugend miterleben mußte, was der Kastenhindu dem Kastenlosen an Unmenschlichkeit seit Hunderten von Jahren angetan und was der sozial und religiös Geächtete in einer streng hierarchisch gegliederten Kastengesellschaft an Erniedrigungen, Schmerzen und Ängsten, an Gewalt und Verachtung zu ertragen hatte. Anand sah sich außerstande, die religiös verankerte Vorstellung vom Gesetz des Karma ohne Protest und Widerstand hinzunehmen; ein Gesetz, welches das gegenwärtige Leben des Menschen als quasi natürliche Folge seiner früheren Existenz betrachtete, so daß Leiden als Strafe für begangenes Unrecht, der Genuß gesellschaftlicher und wirtschaftlicher Vorrechte aber als Belohnung für rechtschaffene Taten im vergangenen Leben beurteilt wurden.

Geprägt von der Überzeugung, daß alle Menschen gleich seien, die durch sein Philosophiestudium in London in den späten zwanziger Jahren bestärkt wurde, versicherte sich Anand nach der Abfassung seines Manuskriptes in Gandhis Ashram in Ahmedabad, daß er in der Figur des jungen Bakha nicht eine sentimental gefärbte Charakterstudie entworfen hatte, sondern daß er hier auf authentische Weise das Schicksal eines Angehörigen der sozial niedrigsten Schicht Indiens gestaltet hatte. Er unterwarf sich dem Kodex des Ashrams, der unter anderem von jedem Bewohner verlangte, einmal wöchentlich die Latrinen zu reinigen. Anand erlebte hier, daß auch diese Arbeit als Akt der Hingabe, der Kreativität und Selbstverwirklichung zu begreifen ist, ganz so wie alle andere Arbeit auch.

So legen persönliche Erfahrungen die Grundlage, aus denen der Schriftsteller bei der Darstellung von Bakhas Psyche schöpft. Die Tragik aller Bakhas lag nicht so sehr in dem, was ihnen von der Kastengesellschaft verächtlich als Arbeit zugewiesen wurde, sondern in der hieraus resultierenden Isolierung. Im Roman stellt denn auch der körperliche Angriff auf den Unberührbaren, der ungewollt und unglücklicherweise einen Kastenhindu berührt und deshalb von ihm geschlagen wird, den Akt tiefster Demütigung dar. Anands Erfahrungen im Ashram in Ahmedabad, seine Gespräche mit Gandhi und das Erlebnis der Wärme und Sympathie, die dieser Mann auf seine Umgebung ausstrahlte, stellten Schlüsselerlebnisse dar, die sein weiteres schriftstellerisches Tun entscheidend beeinflußten, auch wenn er Gandhis Philosophie nicht gänzlich folgen mochte. Im Roman gibt die Schilderung von Gandhis Auftritt und Bakhas Reaktion recht zutreffend Anands Verhältnis und Einschätzung der Wirkung dieses großen Mannes wieder.

Die literarischen Tabus, die der indische Autor mit der Wahl eines solchen Stoffes, einer solchen Hauptfigur, aber auch mit der entschiedenen Sympathie, die er Bakha entgegenbrachte, gebrochen hatte, erfuhr er sehr bald nach seiner Rückkehr nach London. Nicht weniger als neunzehn Verleger lehnten den Druck des Romans ab, und Anand sah sich schließlich vor die Frage gestellt, ob er nicht Selbstmord begehen solle, denn er hatte sein Herzblut gegeben. Nach der Abfassung des Manuskripts hatte er jene innere Ruhe und Erleichterung empfunden, die sich, wie er sagte, einstellt, »wenn man das Beste getan hatte, was man im Augenblick verrichten konnte, indem man eine Jahrhunderte schwere Last geheimgehaltener Empfindungen der Unterdrückung, des Ekels und des Abscheus, die einem aufgezwungen worden waren, abgeworfen hatte«. Erst die Fürsprache von Freunden und die Bereitschaft E.M. Forsters, dem Roman ein Vorwort voranzustellen, das sozusagen die im Text enthaltenen Spitzen und »Obszönitäten« entschuldigen würde, konnten einen seinerzeit weniger bekannten Verleger dazu bewegen, den *Unberührbaren* zu drucken.

Der Erfolg des Romans bei Kritik und Leserschaft war überwältigend und bestärkte Anand in seinem Glauben an die Menschlichkeit des Menschen, den er nie aufgegeben hatte. Er erleichterte zudem seinen Entschluß, an die Stelle der philosophischen Beschäftigung das literarisch-künstlerische Engagement treten zu lassen, mit dem er mehr in den Herzen der Menschen zu bewirken hoffte als mit der kühlen analytischen Spekulation. *Kuli, Zwei Blät-*

ter und eine Knospe, die Lalu-Trilogie und *Das große Herz* folgten in den nächsten Jahren und begründeten Anands Ruf als sozialkritischer und engagierter Autor, der für die Literatur der dreißiger Jahre einen wichtigen Beitrag leistete.

Kastenlose und Kulis, verarmte Bauern, arbeits- und rechtlose Arbeiter und Handwerker standen im Mittelpunkt seiner Romane und Kurzgeschichten, die Welt sozialer und wirtschaftlicher Unterdrückung und Ausbeutung bildeten ihre Szenerie. Von Roman zu Roman läßt sich in der Gestaltung der komplexen modernen Wirklichkeit Indiens, in der Auseinandersetzung mit dem Schicksal des Menschen und in Anands Glauben an die Möglichkeit seiner Selbstverwirklichung hier und jetzt ein Reifen seiner Einsichten in die Wesensbestimmung des Menschen feststellen. Sie findet ihre Wurzeln eher in der europäisch-abendländischen Tradition, die vom Menschen als dem Mittelpunkt des Seins ausgeht, als in der antihumanen und antiindividuellen Auffassung des Hinduismus. Das hat dem Autor bis heute in orthodoxeren Kreisen Indiens scharfe Kritik eingetragen, die ihn als Abtrünnigen betrachten. Damit geschieht ihm sicher Unrecht, denn er beruft sich auch in seinem Denken auf indische Geistestradition.

Bakhas Haltung veranschaulicht dies, denn in der Hingabe an seine Arbeit, in der Liebe zum anderen, seinem Verantwortungsgefühl und seiner Besorgtheit für die jüngere Schwester kommt jene Haltung zum Ausdruck, die mit *Bakhti,* Hingabe, Aufopferung, bezeichnet wird und seit dem Mittelalter im Hinduismus eine gewichtige Rolle spielt. Auch Gandhis Worte und Handeln oder die des Dichters, der wie dieser die Aufhebung des Kastenwesens fordert, verkörpern die Idee der Bakhti noch einmal recht deutlich am Ende des Romans. Bakha kann dem allem zwar nicht so recht folgen, weil ihm hierzu die intellektuellen Voraussetzungen fehlen, doch er hat Hoffnung geschöpft, daß er eines Tages das Ende seiner Erniedrigungen erleben wird. Trotz aller Rückschläge, trotz der auch heute noch in Indien weitverbreiteten Praktizierung des Kastenwesens, trotz immer wieder berichteter Grausamkeiten an diesen Ärmsten der Armen hat Anand jene Hoffnung auf die Menschlichkeit der Menschen, das »große Herz«, wie er einen anderen Roman benennt, nicht aufgegeben. Bakhas Sehnen und Hoffen besitzt weiterhin die Aussagekraft, die ihr vor fast fünfzig Jahren im ersten Roman des Autors, im *Unberührbaren*, zuteil wurde.

Worterklärungen

Ashram: religiöse Lebensgemeinschaft um einen Guru
Babu: Büroangestellter, herablassend für: Inder mit oberflächlicher europäischer Bildung
Bhangi: Putzer, Latrinenreiniger, unterste Gruppe der Kastenlosen
Brahmane: Angehöriger der obersten Kaste, ursprünglich Priester
Drawidas: Völkergruppe in Südindien und Sri Lanka, ursprünglich Ureinwohner des Subkontinents
Gita: Lied, meist für Bhagawadgita, heiliges Lehrgedicht des Hinduismus
Harridschans: »Kinder Gottes«, Unberührbare, Kastenlose
Husur: Anrede an Höhergestellte, Sir
Karma: Schicksal
Khuti: Kinderspiel mit Steinkugeln
Kschatria: 2. Kaste des Hinduismus, ursprünglich Adel und Könige
Mem-Sahib: Frau des Sahib
Paria: ursprünglich Bezeichnung für eine niedere Kaste in Südindien, verwendet für: Unberührbare, Ausgestoßene
Pathanen: Paschtunen, staatstragendes Volk Afghanistans
Radsch: Königreich, *Radscha:* Fürst
Ram, Hari, Krischna: Inkarnationen des höchsten Gottes
Rupie: bis 1957 galt: 1 britische *Rupie* = 16 *Annas* = 64 *Paisa*
Sepoy: Indischer Soldat in britischem Dienst
Tish-Mish: verballhornt für: Englisch
Tschamar: Lederarbeiter, Schuster
Upanischaden: Lehrgedicht des Brahmanismus
Veden: älteste heilige Schriften des Hinduismus

Unionsverlag Taschenbuch Gesamtprogramm

Tschingis Aitmatow
Abschied von Gülsary
UT 16, 216 Seiten, 14.–

Dshamilja
UT 1, 96 Seiten, 8.–

Du meine Pappel im roten Kopftuch
UT 6, 160 Seiten, 14.–

Der Richtplatz
UT 13, 464 Seiten, 18.–

Salim Alafenisch
Der Weihrauchhändler
UT 15, 144 Seiten, 12.–

Anar
Der sechste Stock eines fünfstöckigen Hauses
UT 20, 256 Seiten, 16.–

Mulk Raj Anand
Der Unberührbare
UT 18, 208 Seiten, 14.–

Ken Bugul
Die Nacht des Baobab
UT 10, 192 Seiten, 14.–

Assia Djebar
Die Schattenkönigin
UT 11, 224 Seiten, 14.–

Buchi Emecheta
Zwanzig Säcke Muschelgeld
UT 14, 264 Seiten, 16.–

Yaşar Kemal
Der Wind aus der Ebene
UT 7, 376 Seiten, 18.–

Eisenerde, Kupferhimmel
UT 17, 472 Seiten, 18.–

Memed mein Falke
UT 2, 344 Seiten, 16.–

Die Disteln brennen – Memed II
UT 12, 400 Seiten, 18.–

Sahar Khalifa
Die Sonnenblume
UT 5, 440 Seiten, 18.–

Der Feigenkaktus
UT 3, 232 Seiten, 14.–

Nagib Machfus
Die Midaq-Gasse
UT 8, 360 Seiten, 18.–

Kamala Markandaya
Eine Handvoll Reis
UT 19, 352 Seiten, 18.–

Nektar in einem Sieb
UT 9, 280 Seiten, 16.–

Alifa Rifaat
Zeit der Jasminblüte
UT 4, 144 Seiten, 14.–
